海韵

南方出版传媒
花城出版社
中国·广州

图书在版编目（ＣＩＰ）数据

海韵 / 岑桑著. -- 广州：花城出版社，2021.7
ISBN 978-7-5360-9263-1

Ⅰ．①海… Ⅱ．①岑… Ⅲ．①散文集－中国－当代 Ⅳ．①I267

中国版本图书馆CIP数据核字(2021)第119198号

出 版 人：肖延兵
责任编辑：周思仪　岑宇峻
技术编辑：凌春梅
封面设计：八牛设计

书　　名	海韵 HAI YUN
出版发行	花城出版社 （广州市环市东路水荫路 11 号）
经　　销	全国新华书店
印　　刷	恒美印务（广州）有限公司 （广州南沙经济技术开发区环市大道南路 334 号）
开　　本	880 毫米×1230 毫米　32 开
印　　张	10.25　2 插页
字　　数	170,000 字
版　　次	2021 年 7 月第 1 版　2021 年 7 月第 1 次印刷
定　　价	59.80 元

如发现印装质量问题，请直接与印刷厂联系调换。
购书热线：020-37604658　37602954
花城出版社网站：http://www.fcph.com.cn

岑桑

岑桑 著名出版家、作家。1926年生于广东顺德，1949年毕业于中山大学社会学系。

曾任广东人民出版社社长兼总编辑，广东省作协副主席，现为大型地域历史文化丛书《岭南文库》执行主编。

1942年开始发表作品，著有《当你还是一朵花》《美的追寻》《野孩子阿亭》《鱼脊骨》等文学著作三十余种。1997年荣获中国版协首届"伯乐奖"；2005年获广东省新闻出版局"南粤出版名家"荣誉称号；2006年荣获第九届"韬奋出版奖"；2015年荣获第二届"广东省文艺终身成就奖"等。

1992年起，享受国务院有突出贡献的专家特殊津贴。

我与文学之缘（代序）

岑 桑

我出生在一个华侨家庭，祖父是美洲华侨，胞兄是马达加斯加华侨；不少宗亲、表亲都是华侨或海外华人，父亲虽然生长在封建色彩厚重的环境里，乃父留给他不菲的"余荫"，无忧无虑，本来很容易沦为游手好闲的纨绔子弟，但他生性高洁，不甘名缰利锁；唯爱读书，爱文学艺术，曾投岭南画派宗帅高奇峰门下学艺多年。

我家处于一马平川、满目桑基鱼塘、蕉林蔗地的珠江三角洲水网之区。父亲对自己儿女们的教育十分重视。我大哥和大姊在家乡念了几年不新不旧的小学，长到十二三岁,父亲便先后让他们到广州上中学。我才五岁,父亲便让祖母把我带到广州上幼稚园(那时把幼儿园称幼稚园)。祖母领着我寄住在她的金兰姐妹家。我把祖母的金兰姐妹叫姨婆。

我开始了到幼稚园"上学"的生活。幼稚园的生活并不让我觉得很开心,倒是每天用过晚饭,祖母给我洗过澡,天黑了,快要睡了,那才是我一天里感到最快活的时光。因为每天到这时候,祖母常爱躺在床上休憩,让我一面给她捶骨她一面给我讲故事。她不知从哪里得来那么多的故事,天天讲,夜夜讲,讲不完,讲不尽。故事内容大都离不开善与恶斗,穷与富斗,弱与强斗,正与邪斗之类,叫人相信被欺压的终会出头,贫贱者终会显达,含冤者终会昭雪,怀才者终会得遇,行善者终会得报;做人要勤奋,要诚实,要正直,要乐于助人,对穷困者要同情,对落难者要伸出援手……

祖母给我讲的故事,也许大都可以称为民间口头文学吧。回想起来,那里面虽然掺有不少杂质,但还是不乏为人类心性成长所需的养分,我深信自己确实曾经从中受到潜移默化,汲取过不少精神上的滋养。

我在广州上了小学,念至四年级,害了一场伤寒病,不得不休学半年,被接回家乡疗养。这一段疗养生活,成了我与文学接触的开始。

休学在家疗养期间,父亲为了不让我白白度过那些无所事事的日子,教我画画,教我下象棋、下围棋;晚上还借助强力手电筒的光柱指向满天星斗,教我认识茫茫夜幕上的一个个星座。父亲对古诗文颇有根柢,因此诵读经典诗文成了我不可少的日常功课。他给我导读古诗文,不但要我懂得诗文内容的含义,还要我将诗文背诵得滚瓜烂熟。诸如杜甫的《兵车行》、虞世南的《咏蝉》、李华的《吊古战场文》、朱淑真的《黄花》、郑思肖的《画菊》、陶渊明的《归去来辞》、周敦颐的《爱莲说》……我都曾背诵如流,有的至今还能一字不漏地背诵出来。父亲很细致地给我讲理解诗文里的含义,我印象最深也最爱的是父亲对我解读朱淑真《黄花》中那精彩的两句——"宁可抱香枝上老,不随黄叶舞秋风"。这两句诗,我记得很深刻,日后简直成了我的座右铭。到了耄耋之年,一些亲朋挚友要我"挥毫",推却不了,我就常以自己那其实很不像话的"书法",录此两句相赠。

当我还是个五六年级的小学生时,父亲已让我读过不少童话、寓言和成语故事。从安徒生的《丑小鸭》中,我学到不要自卑,不要自惭形秽;从他的《灰姑娘》中,我学到不要怕受到委屈、受到凌辱,甚至受到迫害,相信一切苦难都不过是头顶之上偶然飘过的一片乌云……

回眸此后的几十年，自己的许多见闻、经历、遭遇，有不少都可以同祖母和父亲给我说过的故事里的某些人和事相对照，从中受到启迪，那些故事里所展示的哲理和因果，很多都可以在现实生活中得到实实在在的验证。我把自己稚年时从祖辈得来的那些精神养料，称作"心灵的母乳"。这所谓"心灵的母乳"作用于我的一生，教我要崇德尚义，要持真秉正，要抱朴怀仁；教我一念执着，一生坚守；教我哪怕一路坎坷，也不惜风雨兼程，知难而上；教我一切都应按良知行事，宁置一己荣辱安危于不顾……

1937年"七七"事变，日寇大举侵华，华北沦陷，暴敌继而占领上海，剑指南京，企图逼国民党政府屈辱投降。面临生死关头的中华民族同仇敌忾，奋起抗战。父亲预料华南势必同样要遭受日寇的蹂躏，于是做好一家子逃难的准备。他把历来几乎倾家荡产换来的珍藏名家字画、古籍善本和贵重的陶瓷艺术品包装妥当，租用一艘有篷小艇，把他那些价值不菲的宝贝藏品经水路运往四会，寄存在他以为值得信赖的一位朋友家；接着，他让我的胞兄远渡重洋，投奔他在马达加斯加经商的一位宗亲和密友；让我刚高中毕业的大姊，跟随她那几位要好的同学一起到内地去找出路；他自己则带着我和我的两位小姊姊前往香港，寄住在一位让我辈称作轩伯的宗亲家。父亲的这些策划和安排，是源于他认为这场战争不会旷日持久的这一错误估计。我们这一家老少，就这样骨肉分离了。我母亲早已于两年前因病辞世，父亲这些决定付诸实践之后，分崩离析的一家，就只余祖母和三两个亲属，凄凉地留守我们那古老的家宅。祖母幸好手里还揣着无疑是从我祖父那儿得来的、只有她自己才知道其分量的金银首饰，那是祖母的"命根子"了。后来正是全靠她那"命根子"，留守家中的几个老弱每到快要挨饿的时候，祖母便从自己的"命根子"里掰出毫厘之量，换来升斗之粮，让一家老弱苟延残喘。

我们到了香港，父亲为了减轻轩伯的负担，只留我的两位小姊姊在轩伯家住下，让我到轩伯那间摄影器材店帮点小忙混饭吃；他自己则寄寓在一位堂侄女家。过了不久，两位小姊姊便发觉自己在轩伯家不受欢迎。这时父亲发现患了不治之症，不得不入院留医并做了大手术，可是他病已入膏肓，于1938年秋去世。

那时广州已陷于敌手，家乡成了鬼蜮一般的沦陷区。祖母得知爱子身故，三个孙子孙女无依无靠，十分担忧。已届暮年且又目不识丁的她，居然不避艰难，不畏坎坷，冒险从老家徒步出行，穿过日寇的重重关卡到达澳门，渡海来到陌生的香港，左寻右访，终于找到了她一直牵挂于心的爱孙们。那是何其深沉的关爱、何等炽烈的勇气所支撑的行为啊！几十年来，每当念及亲爱的祖母，我心中都会设想起她当年在弥漫硝烟里艰难跋涉、千里寻亲的凄凉情景，不免为之怆然。

祖母千里来寻，正是我寄人篱下、深受委屈和遭人白眼的时候。她怜我的凄凉处境，把我领到她昔时的养女兰姑家。按辈分，我是兰姑的侄子辈，我喊她"姑姑"。兰姑夫妇俩热情地让我留在他们在九龙开设的一间小木材店。兰姑夫妇有一个念小学的女儿，这店子同时也是他们一家三口的住家。祖母再把我的两位小姊姊安排妥当之后，便循来路走回家乡。她行前把一笔钱放在兰姑处，请兰姑在我有需要时拿来使用。祖母为我想得很周到，正是有她这一系列安排，我才得以从生命历程的低谷中走出来。

兰姑一家都待我很好，我恍如进入了一个开朗的新境界。但是，总是不甘于碌碌无为的我，并不安于大为改善了的生活环境，一心念着的，还是离不开自己心中的那句话：我要读书！我要读书！

那时，胞兄远在海外，我能诉苦求助的亲人，唯有此时在粤西高州当小职员的大姊了。我常常给大姊写信，把父亲和我的两位小姊姊的状况告诉她，又三番四次地向她表示自己很想到她那儿去，能上学念书最好，要不就在她那儿等机会。可是，她这个势孤力薄的小职员，能帮得我什么呢？她只能给我复信，要我耐心等待。

大姊并不是说过便不算数。1940年初夏，一位女士突然来到我姑丈的木材店，携同大姊写给我的亲笔信来找我。大姊在信中问我想不想跟来人到她那儿去？读信之后，才知来人是大姊在高州工作的同事，因事来香港，个日便要回去。我喜出望外，决定跟那位来人到高州找我大姊。

兰姑也为我高兴，把我祖母寄存在她那里的那笔钱，拿出一小部分给我做路费，其余分成两半，分别藏在我的一件布背心的两个口袋里，又把袋口用针线缝牢，叫我见到大姊后把背心交她保管。那些钱是祖母的"命根子"，如今变成我的"命根子"了。

几天之后，我便跟随那位女士成行。到达高州时已是仲夏。姊弟相见，十分欣忭。我随即把藏有我的"命根子"的背心交给了她。

大姊为了便于照顾，想让我留在高州上中学。但我执意要到韶关闯，认为韶关是粤北重镇，广州沦陷后，韶关成为广东的战时省会，是广东的政治、经济、文化中心。我觉得在韶关有可能遇上更多的机会。

大姊终于同意了我的抉择。那时正值她一位我称他刘叔的同事，因公要到韶关办事，大姊请他带我同行，得到他的同意。8月初，我便穿上大姊交给我那藏着"命根子"的背心，跟随刘叔北上韶关。那时没有公交车，从高州到韶关，千里迢迢，一路崎岖，除了一小段可以乘船的水路，靠的全是用自己的两条腿走路。

8月里，风谲云诡，时而风雨如磐，时而骄阳如炙。我跟着刘叔风雨兼程，取道信宜，过南江口，跨西江，入四会，直趋清远，然后乘船沿北江水道到达韶关。到达韶关时，许多中学招生考试日期已过，幸运的是我发现有一间名叫志锐中学的还在招生。我立即报名投考，考上了，而且是榜上首名，可享受一切费用全免的公费待遇。

那时的志锐中学设在粤北始兴县。远在高州的大姊知道我要到始兴入学，来信告诉我说，她有一位老同学某某在始兴县政府做事，叫我到始兴后去找他，把"命根子"交他保管。

8月下旬的一天，学校派人把考取新生领到始兴入校。两天后，我请假到离校不远的始兴县政府找着大姊要我见的那个人，他看来慈眉善目，很热情地接见了我。我随即遵大姊之嘱，把那用报纸包扎得好好的"命根子"交给了他。他点过数后对我说，我姊姊已来信告诉他这事了，他会给我保管好这笔钱的。要我好好读书，有什么事随时来找他。

我成为一名中学生了！志锐中学全校洋溢着积极向上、追求进步、奋发图强的风气。同学们以读进步书刊、高唱抗战歌曲、苏联歌曲为时尚。在进步老师们的引导下，校里成立了素质颇高的合唱团、演剧队；各班都各自办有墙报，内容丰富，有政论，有诗歌，有散文，有杂感，有争鸣……图文并茂，办得很认真。大家都不过是十三四岁的毛孩子，但墙报却办得相当老到；校里经常举办各种文学赛事，如对某一部文学名著读后感的演讲比赛，诗歌创作朗诵比赛，作文比赛……

从初中一到高中一，我有幸在那样一个健康的、美好的、促人积极向上、使人有崇高追求的环境里学习和生活了四年。在那些难忘的日子里，我读了不少古今中外的文学名著。好些优秀的文学作品教育了我，熏陶了我；作家们在作品里所塑造的人物，以他们高洁的心性深刻地影响了我。我真喜欢、也真感念自己少年时代那段曙色一般美丽的时光。我想，我一定是在那时候偷偷地、羞羞答答地而又情不自禁地爱上了文学的。

老师夸我功课好，尤其是作文写得好，常会把我的作文卷拿出来"贴堂"。同学把我推举为班里的学习组长和班墙报的"主笔"。我这"主笔"既是编者,又是主要的撰稿者,还兼墙报美工,每期的刊头和插图都是我一手包办,我把由我定名为《白浪》的墙报办得生动活泼,有声有色,深得老师和同学们的赞许。

我为《白浪》所做的努力,切切实实地锻炼了我,深信日后的几十年中,自己对编辑工作和文学创作的执着和热爱,与我的《白浪》"主笔"生涯,一定有紧密的联系。

1944年是二战进入转折点的一年。这一年的6月6日,盟军登陆法国诺曼底,苏联红军在东线对敌展开规模空前的猛烈反攻。盟军东西两面的强力夹击,使德军难以招架,遭受重创,节节败退,虽然还在垂死挣扎,但败局已定。而日寇在太平洋虽迭遭败绩,在大陆面对国民党军队的较量,却还居于上风。它妄图孤注一掷,攻陷湘桂,北上贵阳,直逼重庆,在纳粹德国崩溃之前逼蒋家王朝结城下之盟,以战胜者一方的地位结束中日战争,从而掌握日后与美国做终极谈判的有利筹码。日寇为实现这一决策,打通粤汉线以贯通南北,然后合力西进,此属其当务之急,于是早在1943年间即做有关准备。

1944年初,日寇调兵遣将,紧急部署,一举打通粤汉线的野心已昭然若揭。韶关因而风声日紧，人心惶惶。已于1942年从始兴迁到韶关的志锐中学，也不得不做出迁回始兴的决定。校当局要全校学生在随校东迁或自寻出路两者之中选择其一。我寻思，如日寇打通粤汉线，始兴将会被隔绝于粤汉铁路以东，我与大哥大姊的联系势必中断。家乡早已沦陷，此时大哥大姊已成为我仅有的依靠，我绝不能断了与他们的联系；况且我在大姊那位慈眉善目的老同学那里还存有我的"命根子"，勉强够我得以念完高中。于是下定决心：自寻出路！

当时，同学们有不少像我一样，要自寻出路的，他们大都打算先到广西柳州后再做下一步打算。

这时我念高中一年级下学期。这个学期因为时局严峻，提前一个月结束，所以我们这些"自寻出路"的，在6月中即可离校上路。除了我，其余二十多位要到柳州的都乘火车，先北上湖南衡阳，再转湘桂铁路西去。我则决定先赴肇庆，找我在那里做生意的舅舅，看能否得到他的帮助。

出发前两天，我到始兴县政府去找那位"慈眉善目"，要向他取回我存放在他那儿的"命根子"。可是，当我到了那里说要找的人时，那"慈眉善目"的几位同事围着我，问我为什么要找他？我直告以原因，他们摇头叹息告诉我，我要找的那个人已于一个多月前被开除了，现已不知去向！这晴天霹雳，令我禁不住当众号啕大哭起来……

"命根子"断了！怎么办呢？已经向学校申报了"自寻出路"的我，回头路也断了，怎么办呢？"慈眉善目"太没良心了！这一天，我不思茶饭，通宵无眠；抱着枕头一面暗自呜咽，一面为自己的茫茫前路做种种设想……

走投无路的我，只能按原来的计划，先到肇庆去找我舅舅。

抵肇庆后，我按地址找舅舅，可是人去楼空，我无所投靠了。此时风声已甚紧，传闻肇庆以南不远的沙坪一带，日寇近日调动甚繁，有攻掠肇庆的迹象，故这个粤中重镇人心浮动。我与旅伴小李抵肇之日，当地政府已发出告示，劝谕市民于二十四小时内疏散离城。

小李决定按原定计划回东莞老家，邀我继续和他同行，前往沙坪转入沦陷区回顺德老家。我绝对不甘做暴敌的奴隶，认为沦陷区是绝路，死也不能往那绝路走。我打定主意西行，第二天，我和小李分手，各奔前程。他大清早便往沙坪走，我则到码头买前往梧州的船票。

要买船票到梧州的人很多，幸好开往梧州的渡船也不少，要买船票的在码头排起了一条条长龙。叨天之福，我不但买到了票，在船舱里还认识了一位好心的姑娘。她是韶州师范的一名应届毕业生，此时要投亲避乱。我与她同坐大舱，挨得很近，大家又都是学生打扮，所以很自然便交谈起来。大家一路上无话不谈，连各自的身世都和盘托出了。我知道她幼失怙恃，由姑妈抚养大，她姑妈在梧州，姑妈的家就是她的家了。这姑娘知道我是个举目无亲的流亡学生，十分同情，把我当作亲弟弟般看待，叫我喊她薇姐。船到梧州，她知道我还要继续上路，为了让我省点盘缠，竟把我领到她姑妈家。得到她姑妈的同意，在小客厅用几张木椅子拼成一张临时睡床，让我暂时住下。第二天，梧州发出空袭警报，薇姐还带着我走上西山躲避。

那时，梧州也日趋紧张，薇姐的姑妈一家正在筹谋下乡避难。薇姐怜悯我，竟暗自央求她姑妈把我也带走。她姑妈不同意，回绝了她，还责她天真不懂事，说："我们都自顾不暇，还带个石磨子？我同意了，你姑丈也绝不会答应。死了这条心吧！"

薇姐跟她姑妈的这段对话，是一天夜晚在薇姐姑妈的房间里轻声进行的，那时我已在客厅的临时床铺睡下多时。虽然隔着房板，我还能把姑侄俩的对话听得七七八八，连薇姐轻微的啜泣声也听进耳里。听了她们的对话和薇姐的啜泣声，我心都凉了，知道自己已经到了不能不离开这个家的时候了。为此我为离开这个家暗自做出了行动计划。

两天后,梧州又响起了警报,薇姐再次领我上西山躲避。我看计划付诸行动的机会来了。趁着解除警报,无数躲警报的人们纷纷下山的时候,我在拥挤的人群中故意与薇姐走散,悄悄往码头挤进"人龙",购买要开往桂平的船票。桂平是从梧州前往柳州的必经之地,离梧州不远。我从装在口袋里掏出仅剩的大半残钞,买到了一张最低等的大舱票,才摸索回到薇姐家。薇姐因为走失了我,十分焦灼,见我回来才舒了一口气。

前往桂平的渡船,是三天后的傍晚启航的。为了不让自己开始实行的计划稍有泄漏,我行前牢守秘密,没有露出半点蛛丝马迹。第三天晌午过后,我什么也没带,装作外出溜达,便直趋开往桂平的船码头,急匆匆上了船,头一个在船票上指定的舱位坐下。

我以为自己这行动计划神不知鬼不觉,将会成为谁也解不开的秘密。哪晓得渡船鸣笛启航,缓缓离开码头之际,我远望码头上黑压压的送行人中,有一位穿黑衣裙的姑娘也在其中挥手告别。啊,那不就是薇姐吗?正是她!正是她!正是我十分敬重的那位爱穿黑衣裙的好姑娘!她给我送别来了!不,她也许是为了要把我截留才赶来的。

我真想……

渡船离岸越来越远，码头上那黑衣裙姑娘的身影渐渐模糊，以至终于隐没在苍茫暮色之中。

这一年的7月初，我到达柳州，停留不久即决定与大约同时到达的七位"自寻出路"的同学，结伴前往贵州安顺，到设在当地的黔江中学继续升学。那时我的"命根子"剩不了多少，本来已无继续升学的条件，但是打算与我结伴的七位同学中，有一位平日与我十分要好的小邓极力要我同行，说他可以帮助我。小邓终于说服了我，我决定跟随他们一道走。

黔江中学建校于贵州省安顺。我们之所以选择前往黔江中学，不但因为它离柳州较近，还因为它对贫困学生免学杂费，更因为我们同行的小邓有一位前任老师此时在该校当教导主任，凭这样的关系，可以得到不少方便。

1944年夏秋之间，盟军在法国诺曼底登陆后，开辟第二战场，在欧陆战场不断告捷；美军在太平洋对日全面反攻，捷报频传。盟军在二战中的最后胜利已经在望。面临崩溃的日寇垂死挣扎，仍然继续按既定方针，企图打通湘桂线继续北进，直逼重庆。

但是日寇的这些图谋，终于都成为妄想了。随着意大利和纳粹德国先后崩溃，日本也终于走到末日。

1945年8月15日，日本裕仁天皇发表《终战诏书》，宣告无条件投降。这时正值暑假，大学招生，允许持有相当高中二年级学历的学生报考。我以合乎这一规定的同等学力，先是报考贵州大学英语系，其后又报考广西大学农学系。均被录取。

我思家心切。日本投降使我决定入读广西大学农学系。这既因为广西大学离我家乡近得多，而且还因为我对农业颇有兴趣，想到家里还有一些田地，天真地认为毕业后可借以经营一个小小农庄，过一辈子悠游恬淡的田园生活。

1945年深秋，我告别了贵州，回到久别了的魂牵梦绕的家乡。可喜的是祖母还健在，几位亲属都安好，大姊、二姊都在家乡教书，在马达加斯加的胞兄也常有写信回来，有时还附有一些侨汇。一家人的生活还算过得可以。回到一别多年的老家，见到亲爱的家人，使我深感欣慰而温馨，觉得再也不能离开这个家了。我改变了入读广西大学的打算，要改在广州上大学。

回到家乡，一切都变了！田园荒芜，庐舍为墟。昔年的童伴们大都已四散，杳无音信：有的已成饿殍，有的已死于非命，残存那一个个还远不到弱冠之年却都形销骨立，面有菜色。大家相见时只觉"似曾相识"，可是多半都叫不出名字了。

我父亲早已于1938年病故于香港，他早年租用一艘有篷小船运往四会藏匿的"宝贝"已无从追索。如果说，父亲还不无给我留下一些"余荫"的话，那就只能把他留在书房里的几箱书拿来算数。小小一艘乌篷船，载不了他要运走的所有"宝贝"。身份较低的其他"乘客"也就只好"向隅"了。我把因"向隅"而得以苟存的那几大箱东西翻出来看，其中竟然还有康有为的大幅书法"墨宝"、高奇峰赐赠的一幅鹰隼图……然而令我狂喜的，还不是这一类几十年后可以换成豪宅的"浓荫"，而是几个大木箱里的许多中外文学名著。我为这"伟大发现"乐不可支。

后来，向当年的父亲学样，我借来一艘草艇，把自己的"伟大发现"运出了在广州的家。

那时广州才光复不久，招考的高校中，只有广东省法商学院社会学系较为接近我的意向。我报考并被录取，在该校社会学系一年级念了一年；翌年暑假，从远地迁回广州的中山大学招考转学试，我报考，也考上了；于同年9月转入中山大学社会学系二年级，一直读至1949年，在该校毕业。

大学四年，我都与父亲那些"余荫"为伍，还不断到书店"打书钉",口袋里有点钱,都不惜用来购进心爱的新书。这时我已深为文学的魅力所迷。读到的中外优秀文学作品越来越多了。令我特别着迷的是印度泰戈尔和法国安德烈·纪德的散文诗、智利巴勃罗·聂鲁达的诗歌、苏联爱伦堡的国际随笔,美国马克·吐温、欧·亨利、海明威的小说也是我爱不释手的读物……我几乎读遍了所能找到的这些作家作品的中译本,把他们故事中的教诲和嘉言隽语记得一清二楚。

我真的深为文学的魅力所迷了。那时广州有一份《建国日报》,该报每日都刊出一份名为《国风》的副刊。《国风》以刊载随笔为主,每周都出一份文艺版,发表文艺作品,颇受青年读者欢迎。我因为《国风》的内容对社会上的丑恶现象多有所揭露和贬斥,带有进步色彩,成为它的热心读者,向它投起稿来。

当时《国风》的编者是陈子殷。他对我的文稿颇为赏识,于是约见,见我时说,想不到我还是个年纪轻轻的学生哥儿,给我多方鼓励。此后我给《国风》写得越来越多了。陈子殷离开《国风》后的几年间,接他棒的先后有魏敬群、黄向青。他两位都因为我是《国风》的热心读者和撰稿人,和我交上朋友。这两位进步朋友与我相交甚笃,我为《国风》所撰的文稿自然也越来越多。到广州解放前夕,我在《国风》发表的诗文已有七八十篇。1949年后,魏、黄两位都在《南方日报》工作。黄向青成为刚从大学毕业的我参加工作的介绍人。直到这时,我才知道他主编《国风》时,已是中共的地下党员。

1950年6月25日,朝鲜战争爆发。7月7日联合国通过第84号决议,派联合国军入朝帮助韩国作战。9月15日,以美军为主的联军在朝鲜半岛仁川登陆,帮助韩军进行大规模反攻。中国人民志愿军应朝鲜请求,入朝并肩作战。

在那全民都团结一致,敌忾同仇,全力支持抗美援朝、保家卫国的伟大斗争中,我也是积极为之呐喊的一员。打从中国人民志愿军跨过鸭绿江的那一天开始,我便写了不计其数的杂文、随笔和诗歌,抨击美帝的凶残和虚伪,歌颂志愿军的正义和英勇,分别在香港《大公报》和广州各报刊发表,见报频率很高,数月间,已刊出不下五六十篇。我将之编成集子,于1950年底在广州人间书屋出版,集子名《廿世纪的野蛮人》。这是我头一个文集,集子面世后,反响不错。不久之后,再版了一次。这个集子的公开出版,增强了我以笔耕作为终身事业的信心。

《廿世纪的野蛮人》出版时,我在广州的一间中学的高中三年级当班主任;1951年市文教局把我调到市四中去才三四个月,局里的文化科要扩展,又随即把我调了去。不久后，市文教局文、教分家，新成立广州市文化局，我被归到该局电影科。科里要出版一份电影期刊《电影与观众》，又要我兼任编辑和撰稿人，每期出版，我都需要负责写一两篇对重点片子的评论任务。那时广州市的电影市场混乱，大量美国片、香港片充斥其间，良莠不齐。为了净化电影市场，省、市文化行政管理部门联合成立进口电影审查小组，定期审查进口影片。我成为该小组的成员之一，因此又加重了我的负担。但重担子却正好锻炼了我，迫使我不能不多读多写，以过人的勤奋充实自己和完成任务。

1953年，我国颁布《新婚姻法》，全国各主流媒体都纷纷以各种形式表态，为之欢呼礼赞。广东人民出版社的一位编辑为此前来找我，约我为《新婚姻法》写点什么。我愉快地答应了。过了半个月左右，我便以小时候在家乡听到过的一些故事，加上自己的一些虚构情节，写成一篇几万字的中篇小说《巧环》交卷。书很快便出版了。

就在那差不多时候，广州的一份由民主党派创办的《联合报》副刊主编吴紫风（秦牧同志的夫人），也向我约稿，我给她交去了以抗日战争为题材的中篇小说《火仇》，在该报副刊连载。

那些日子，我把几乎所有的工余时间和节假日全都用在读书和写作上。

1955年,受广州市文化局委派,参加全国私营工商业社会主义改造,具体负责全广州市私营文娱企业方面的社会主义改造。1956年工作结束,成立专业公司——广州市影剧场公司,我被任命为该公司的科长,同年升任副总经理,兼任《电影与观众》的主编。因此观看和评审进口的外国影片以及从香港输入的影片成为日常工作。接触了好些外国文学名著改编的片子,丰富了我对外国文学的知识。

1956年,我被广东省作家协会(时称中国作家协会广州分会)吸收为会员。同年,我写的传记文学《永远的孩子》和《徐霞客游山水》,先后在香港中华书局出版。也是这一年,我被授予"广东省文化先进工作者"荣誉称号。

1958年"大跃进","卫星"满天飞。广州市文化局当然不甘后人,也要放出几颗"卫星"上天。决策者们把创办一家出版社,也列为要放的"卫星"之一。这"卫星",叫"广州文化出版社"。我随即奉调到这"卫星"当编辑部负责人。

"广州文化出版社"这"卫星"运行了约一年。那一年里,出过几本书。值得一提的只有长篇报告文学《向秀丽》一书。那是为捍卫国家财产扑火牺牲的女英雄向秀丽所立的传记，此书是由我和社里的王伟轩编辑合作采访、由我执笔完成的。由于向秀丽的英雄事迹发生在广州，广州党政领导将她作为全市人民的学习榜样，《向秀丽》一书成为辅导读物，人们争相购买，成为始料不及的畅销书，多次重印，总印数以百万计，广州文化出版社陷入困境的经济状况因而奇迹般地扭转过来。

1959年，上级领导认为同一地方不必设两个出版社，广州文化出版社于是被并入广东人民出版社。并入后，我被委任为该社的文艺编辑室第一副主任。因为该室没有正职，我成了实际上的主任。

这一年，我的国际随笔集《巨人和狼》《幽灵在徘徊》两书先后在广东人民出版社、广州文化出版社出版。

二十世纪五六十年代之交的那些日子，由于各种原因，我国经济遭遇困难，物资匮乏，难免时闻群众的怨怼之声；年轻一代思想混乱，许多人因困惑、焦虑、迷茫而不思振作，无所追求。对群众中这些负面的精神状态，各大传媒都纷纷以各种方式予以应对。广州的《羊城晚报》特辟专栏，主要面对青年群众中的此类现象，每天刊登短文给予疏导。此时负责这一专栏的编辑是魏敬群。魏是我的老朋友，自然没有放过我，有一段日子，几乎天天"光临舍下"索稿坐催。我成了那个专栏的积极撰稿人。老魏说，我写的那些短文很受欢迎，建议我集而成书；不少读者也给我来信提出同样建议；在广东人民出版社里，竟然也有人对此表示赞同和支持，而且包括社里的一把手在内。这位一把手是"三八式"的老干部，平日以稳健著称。既然连他这位"稳健派"也如此表态，我也就放胆做出决定，把自己在《羊城晚报》专栏发表的几十篇短文编辑成集，以《当你还是一朵花》为书名，作者署名"谷夫"，于1961年秋在广东人民出版社出版。想不到的是书出版后，很受青年读者喜爱，初版很快售罄。不数月间，再版两次；此后还陆续再版、重印共十二次。

又是这一年，时任中国人民解放军海军学院长的谢立全将军要写革命回忆录。他是一位老革命，二十世纪三四十年代，风华正茂的他，在延安受刘少奇亲遣南下广东，在珠江三角洲开展抗日游击战。当时珠江三角洲已沦陷，游击队面对的不仅是日寇，还有土匪和汪精卫的伪军，环境复杂而险恶，作为当时游击队领导人的谢立全同志，很想把自己经历过的许多曲折而艰难的残酷斗争记录下来。他委托老部下、时任中共广东省委宣传部副部长的李超同志，为他物色一名对当地情况较为熟悉的助手。我是珠江三角洲人，被李副部长所选中，担任了这一角色，前往南京海军学院谒见谢立全院长，在学院招待所住下来开始工作。由谢口述，我记录整理。定稿后，我携定稿南返。在广东人民出版社完成整个出版流程后，于1961年12月出版，书名《珠江怒潮》。出版后很受读者欢迎；电台将之作为重点节目，每日定时广播，使这部革命回忆录更广为流传。

翌年，谢立全同志打算继续写他当年在珠江三角洲的后期斗争史，邀我再度做他的助手，我应邀赴南京，协助他完成了可以视作《珠江怒潮》续篇的《挺进粤中》。此书搁置至1980年才得以出版。南京之行那一年，是我的文学生涯中收获较丰的一年。同是这一年，我的国际杂议《在大海那边》在作家出版社出版。也是这个时候，我被中国作家协会吸收为会员。

1964年夏天，我奉命前往阳江县平岚大队，成为当地"四清"工作队一个分队中的一员，与农民"三同"，即同食、同住、同劳动。我的"三同"户，是一个生产队里的一户贫下中农。

在农村目睹的凄凉情景，使我不仅为之心酸，同时还加强了使命感。在工作中，我常废寝忘餐，干得很卖力，觉得哪怕自己的努力仅仅能让三两个贫困人家的处境得到改善，也是很值得的。

不久之后，我被调离该村，要到别的地方当"四清"工作队副队长。这时，我发觉自己不知不觉已爱上这个村子了，真的很不想离开它。"升官"的调令不但丝毫没使我感到高兴，反而使我为之伤心。当天傍晚用过晚餐，我独个儿走出村口，踯躅于阡陌之间，在苍茫暮色中回首顾盼那老旧残破的村子，依依惜别，竟禁不住伤心地掩面呜咽起来。

在阳江农村约一年，"四清"工作第一期完成，接着要开展第二期。第二期的工作地点是阳春双滘公社。我奉命继续参加第二期的工作。在第一期，我尝到生活困苦和工作艰难的味道，颇有点怨气；但在这一期，感受却迥然不同。在阳江与贫苦农民朝夕相处经年，他们那纯朴真挚的感情，滋润了我的心田；也激发了我对农村工作的热爱。我真的丝毫也没有为了留在农村再苦一年而生怨。这一类感受和素材，日后融入了我的好些作品之中。

1965年夏，我前往阳春双滘公社，担任一个"四清"工作队的队长。

1966年夏，我奉命回原单位参加"文化大革命"，同年深秋，又被遣到"五七干校"劳动近三年。直至1971年才被召回出版社。从下农村"四清"至此，已远离了文学七年之久，以为从此与文学绝缘了，哪晓得与它还是"尘缘未断"。回到出版社，并非"官复原职"，而是在一位当"文艺组"组长的小姑娘领导下，干一般编辑工作。我毫不因此而愤愤不平。我所求者，无非坦坦荡荡地活着，干干净净地离去而已。这才是真正的幸福。我一直认为人的一生，高洁的心性方为至尊，其他何足道哉！

我干得很专注、很带劲、很勤奋，也很快活。不但干得多，自己也写得多。许多耳闻目睹的现象，都成了我的写作素材。

文学至此忆与我结下不解之缘——

1975年，被任命为广东人民出版社文艺编辑室主任。

1979年，当选中国文学艺术界第四次代表大会代表，赴京出席大会。

1981年，《野孩子阿亭》在新蕾出版社出版。

1983年，《美的追寻》在花城出版社出版。

1984年，任广东人民出版社社长兼总编辑；兼任广东教育出版社、新世纪出版社两社首届社长和总编辑。

1984年，获广东鲁迅文艺奖。

1985年，当选广东省作家协会副主席。

此后三十多年中，出版个人专集二十余种，前后共三十余种。

2015年，获广东省第二届文艺终身成就奖。

2015年，广东人民出版社出版了我的自选集。

2018年，《岑桑文存》（六卷版）在广东人民出版社出版。

在编《岑桑文存》之际，我以为自己的文学生涯到此结束了，哪晓得同时又先后接到湖北、云南两地的出版机构来电约稿。应约先后交稿之余，竟还耐不住，要继续上路。

我真的离不开文学！我真的舍不得文学！深觉自己的心性不改。但是为优秀的文学作品所优化和塑造的，在从事文学写作的过程，其实也是自我优化和塑造的过程。

因此，我常会念起海明威在《老人与海》里写的，那位老渔夫桑提亚哥常给自己说的那句话——

"只要有船和风，我还是要出海的！"

2021年

目录

1

黎明再度光临 / 2

风流云逸的年代 / 6

夕阳爱抚着白桦林 / 10

残 雪 / 16

梦归紫云英 / 20

浪谷沉思 / 27

海 韵 / 30

2

回来吧，天鹅！ / 38

金樱花没有凋谢
　　——给安珂的母亲的一封信 / 44

流水弯弯的地方 / 50

春 天 / 58

又是春天 / 60

春天的对话 / 65

我家二婶 / 69

无垢者无畏 / 76

草叶如师 / 85

3

京口漫笔 / 92

沙角怀古 / 100

古猿、神女及其他 / 110

浣花溪抒情 / 117

宝瓶口遐思 / 123

刘三姐和刘三妹 / 129

神　泉 / 133

阿炳墓前的杜鹃花 / 137

越秀层楼 / 142

徜徉山水间，缅怀徐霞客 / 148

圆明园凭吊 / 154

刘三姐的足迹 / 161

龙母祖庙前随想 / 165

4

雷州石狗 / 172

背上的痣 / 178

"金牙二"们的笑剧 / 182

"三宝"之忆 / 186

苔花的风格 / 193

敲响永乐大钟的铿锵之声 / 199

名片如其人 / 205

过三滩 / 210

"不瞬"和"死磕" / 219

关于所谓"成功"的闲话 / 225

5

历史上的和银幕上的 / 230

胸中勃勃
　　——读《郑板桥集》札记之一 / 240

直摅血性为文章
　　——读《郑板桥集》札记之二 / 243

旧安乐椅里的"道德"
　　——读《"歌德"与"缺德"》有感 / 247

海明威风格 / 252

6

忧伤的歌与反抗的歌 / 258

"文明"的野蛮人和野蛮人的"文明" / 264

石头和废铜烂铁的故事 / 268

幽灵在徘徊 / 272

巨人和狼 / 279
疯子们的预感 / 284
"武士公鸡"沧桑录 / 287

岑桑主要文学著作（附录） / 293

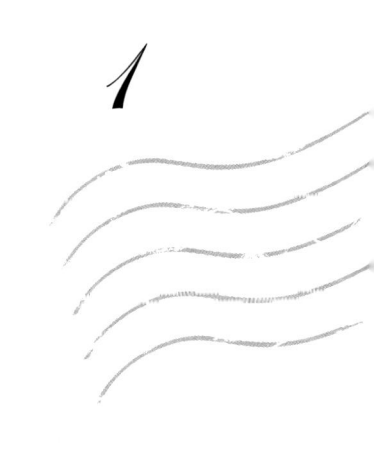

1

黎明再度光临

在天之涯,残夜开始溃退。穿越那刚刚崩陷的夜的城墙,黎明再度光临。

看见了吗?——东海水平线上已经出现了黎明的面影,它飞扬的神采映照在泰山飞溅的瀑流和海岛夜哨闪亮的刺刀边缘。从祝融峰上不眠的旅人一双双兴奋的瞳仁里,我们可以认出黎明那美丽而庄重的笑容……

黎明是属于天空和云彩的。

黎明属于高山、大海和广袤的原野;属于花,属于草,属于绿意融融的林木。它自然还属于飞鸟,它自然还属于蝴蝶……它属于那一切,并为它们唤起欢乐和希冀。

是啊,黎明尤其是属于我们大家的,因为我们酷爱光明,酷爱晨风和云雀的啼唤,那仿佛用水洗过的天空常常使我们感动得热泪盈眶。

黎明再度光临,一路上吹熄了天上星星,吹熄了林中篝火,吹熄了勤奋的人们书桌上疲惫的灯光……

黎明再度光临,一路上拉响了汽笛,吹响了喇叭,摇响了山间马帮的铃铎和千千万万自行车转铃的叮当之声……

在这黎明到来的时分,露珠和睡梦一同溶解了。

啊,黎明!我疑心你是远古的骑士,永生于云天之间。你的盔甲是金子做的,橘红色的披肩用五彩绸缎镶边。你来了!风高神迈,仪容俊美,直叫世间的所有生灵都不免为你而动容。然而,黎明啊!最使我们倾心的还不是你那非凡的丰姿,而是你无声的召唤。我们情怀激荡,是因为你将金箭射向人间,把沉睡了的期待一再唤醒过来。

黎明再度光临。大地骚动了。期待醒来了。一千一万种期待有如一千一万朵深情而专注的向日葵:

你知道花儿在期待着什么吗?

——花儿期待着蜜蜂啊!

你知道叶芽在期待着什么吗?

——叶芽期待着阳光啊!

大路期待的是车轮子,土地期待的是三铧犁……

啊啊，忠诚的期待！殷切的期待！黎明所到之处，期待苦苦相随：

炉膛不是期待着"乌金"吗？

油层不是期待着钻头吗？

实验室期待聪明的大脑，原稿纸期待优美的心灵，边陲的火炮期待着复仇的弹药，焦躁的枣骝马期待着勇敢的骑兵。

那么天空呢？

——天空期待我们飞向星际的宇航员。

那么大海呢？

——大海期待我们驶向南极的破冰船。祖国的期待比地心的熔岩还要灼热，她期待的是十几亿儿女的丹心一片。

黎明再度光临，是启程的时候了！

起锚吧，让风灌满船帆！我们要航行七海。

迈步吧，让水灌满行军壶和骆驼的胃囊！我们要走向世界的不毛之地，让新的"丝绸之路"在脚下诞生；惊讶的世界将会重新认识古老华夏的新颜。

黎明再度光临，是启程的时候了！我们得把足够的希望和勇气灌满自己的心房，然后开始艰辛而愉快的新行程。我们生来就是为了要走路，从事永无休止的创造和追求。所以黎明最伟大的功绩不在于他赋予人间以良辰美景，而在于他让人们看得见脚下的坎坷和漫漫前程。是的，我就是这样认识和理解黎明的。

所以我说：诗人啊！当你赞美黎明的色彩的时候，更衷心地赞美他那使世界变得透明的光芒吧！

所以我说：歌手啊！当你讴歌黎明的音籁的时候，更深情地讴歌他那激动人心的无声的召唤吧！那是最强有力的召唤，叫人们义不容辞地迈开大步。

黎明给我们以美的享受，也让我们知道前路的修远和崎岖。在这霞光满天的时分，美的享受和严肃的使命感糅合在一起，绚烂的晨曦仿佛融进了我们豪情涌荡的心怀。

此刻我离黎明很近，细心端详了他动人的容颜。只见黎明像往常一样笑着，分不清那笑容里面是美丽多于庄重，还是庄重多于美丽。其实庄重又何尝不是美的一种形式呢？庄重使黎明的美升华到更高的境界了。就我们的感觉而言，严肃的使命感也使美的享受升华到更高的境界了！

黎明再度光临。放眼四方，"江山如有待"。当我们意识到，自己是为了满足人世间某种庄严的期待而活着时，就会觉得黎明的美是一种充满希望和活力的美，使人们活得更加高尚和更有价值的美，因而是一种超越了一般意义的美。

我们的世界和我们自己，将因这种美而变得美起来。

1981年

风流云逸的年代

多少个年头了——每个清晨，每个静夜，我们以深沉的心声在呼唤：风呵，回来吧！回来唤醒我们这个昏迷的大地吧……

当我们盼得眼睛都红了，头发都白了，风，终于飘然而至，吹凉了从我们渴待的双目中流出的热泪。

风在流动，飘荡在我们赖以生活的又辽阔又狭小的空间，流水一般，悠然而过。风，轻轻摇晃着这个凝固已久的世界，抚慰着人们郁结已久的心灵。

这流动着的，是什么风呀？

这是崇真尚实的风，真实的风，这风虽则还嫌太轻，然而柔韧，源源不绝。它无休无止地流泻在那层积于万事万物的茫茫云烟间,冲荡着那些曾被罩没于迷雾之中,以神秘、诡谲和虚妄的形式出现的东西;洗刷着那为阴谋与偏见所污损了的一切。这风,对那一帮子一度飞扬跋扈的政治歹徒,正在还其嘴脸以本来丑态;对那千百万曾经含垢忍辱的政治贱民,正在还其品格以本来光彩。

风起了,大地正在醒来。

好哇,我们这风流云逸的年代!从地心深处涌溢而生的清风,终于四下流动,为我们拨开云云雾雾,让我们看到了许许多多经过扭曲和矫饰的事物的真相——

这风使我们终于从云雾的缝隙中看见了真实世界之一角,惊异于它的荒诞,欣喜于它的苏生……

感谢这风吧,我们曾一直生活在密云浓雾之中,习惯于仅凭听觉生活,这沁人心脾的风,使我们的意志与大地一同苏醒,同愚昧和盲从诀别了。

好哇,我们这风流云逸的年代!从地心深处涌溢而生的风,终于一层一层地呵融了我们心房的霜冻,我们借着这暖气,开始敢于说几句一直深埋于心田冻土之下的真话——

我们在呼吁,真理要由实践来检验;

我们慷慨陈词,要求砸碎牢笼,冲破禁区,从科学领域中把巫术彻底驱除!

这风使我们终于确信自己的嘴巴已经归还给了自己，可以用来表达自己心中的意愿。我们开始敢于说出人人心中都有数的一切了……

感谢这风吧，我们曾一直习惯于处处为自己设防，这畅人胸膈的风，使人们的心灵都忽然变得明亮起来了。

如今，真实仿佛是个正在舒展筋骨的巨人，在这曾经囚禁和虐待过它的地方，站了起来，吐气扬眉，抖落了那使它羞辱的囚衣。

久违了，无私的巨人！你是我们这风流云逸的年代的象征。巨人呵，我们翘首仰望，看见你的脸容，又安详，又威严；有时像忠厚长者，有时像怒目金刚。

是呵，真实的巨人已经回来，默然站在我们跟前。它魁伟有如大山，我们像是它脚下青青的小草。这无私的巨人刚刚恢复神智，正在俯瞰人间，使我们这个世界慢慢变得公正起来。

平反了！改正了！昭雪了！活着的"化外之民"噙着感激的眼泪；焦灼不安的冤魂已经安息；而昔日叱咤风云的妖魔鬼怪正面临着大快人心的末日审判。

显赫的老子的官威，再也保不住"二熊"和"陈衙内"了；丑恶的神圣同盟，再也救不了炙手可热的王守信了。

我们衷心赞美，为了生活中出现了毛遂自荐的车间主任！

自学成才的大学教授！破格提升的总工程师……

崇真尚实的风，给跳海而死的范熊熊以力量，让她的忠魂参与了一场面对特权的攻坚战。这风呵，让那业已沉没的"渤海二号"，也仿佛化作了"阿芙乐尔号"巡洋舰，向官僚主义的冬宫开炮射击……

是呵，这些零碎却又明确无误的图形，构成了我对这风流云逸的年代最初的印象。这个褪去虚饰、返璞归真的年代，是以老百姓脸上灿烂的笑意和嘴里吐出的闷气为根本标志的。

欢呼吧，为我们这充满希望的年代！尽管眼前的光明尚嫌朦胧，前路还有坎坷，还会经历痛苦和不幸……然而，风在流去，云在飘逸，从前那许许多多藏匿于我们心中的天真幻想，已经逐步成为现实，不再纯然是冬天的童话了。朦胧的光明，毕竟也是光明呵！

感谢这风吧！信赖这风吧！风将劲吹，扫尽残云。我们将敞开透明的心怀，拥抱一个透明的世界……

写于"四人帮"倒台之后

夕阳爱抚着白桦林

"跳舞去吧!"有人不知怎么灵机一动,提出这样一个出人意表的建议。

都是五六十岁的人了,还跳舞?

"不怕年轻人笑话我们吗?"

"怕什么!我们去的是老人场,早上九点钟开始的老人茶舞,优待我们这些老公公、老婆婆的,每客才收一元钱,连茶水,还有空调。立即动身,正好赶上时候。这顿早茶由我结账。走!"

几位老同学相顾而笑,哼哼哈哈的,没有谁提出异议,这当然就算一致通过了。我们这伙几十年的老同学每月一次的茶聚,向来"莫谈国事",只不过是照例报报平安,打打哈哈,谈谈血压、石油气、特异功能、房屋奖券；讲讲媳妇、女婿、儿女（近年还加上孙子）们的许许多多懊恼事（看来全世界的爷爷奶奶家难念的经书几乎都可互相通用）。茶市一收，便又纷纷散去。这样的"雅集"，越来越觉单调了。对啦，该来点新刺激，茶叙之余，跳跳舞，听听音乐，舒展舒展。

从前，我说的是新中国成立之初，当我们这几个老家伙还是风华正茂的小伙子小姑娘的时候，有哪一个周末之夜不是鞋掌沾满滑石粉回家，累得倒头便睡的！后来，不知怎的，诚惶诚恐，息交绝游，闲来自囚于斗室，不但不敢侈言舞事，同学们连串串门也视若畏途了。那情景，如今回想起来，真是犹有余悸。直至近年，人际关系慢慢变得正常，心情渐觉舒畅，我们这几个曾是患难之交的老伙伴，才恢复了以月圆之日为准的一盅两件的聚会。至于狐步、探戈之类的玩意儿，却早成隔世，俱往矣！风流人物，压根儿不再是我们了！今早，那位慷慨解囊结账的勇士的灵机，真不知为何者所触发？真可以说是鬼使神差了。怪啊！

其实，说怪也并不怪。谁说人老了，就不再想干年轻人的事了？只不过是他们的某些并未老化的愿望为世俗偏见所慑住、束缚住罢了，勇气一来，便有了天不怕地不怕的气概，干出种种令人吃惊的事情来。

我们那沉睡已有三十余年之久的兴致，经不起那位觉醒最早的勇士分秒之间的撩动，奇迹般苏醒了，而且一旦醒过来，便立即抖擞如昔，于是阵势堂堂地鱼贯进入老人场，找到了称心如意的座位。

老人场的气氛并不老。时光在这个小小的世界里仿佛霎时倒流了三十年，老人们都返老还童了，或者说，都忘记了自己的实际年龄。这里灯光幽暗，然而闪烁、斑斓；彩灯不停地摇摆、旋转，显得神秘和变幻莫测。乐曲悠扬，时而轻快时而凝重的旋律，绕荡于若明若暗、疑真似幻的空间里，勾起人们心灵深处最难忘怀的残而未碎的记忆。

所以，我感到，这里的人们都似乎竭力在往后越过时空追寻一些什么。舞池里，人很多，大家都唯恐错过每一个翩翩起舞的机会。这些多半已经有了孙辈的人，在这样的时刻就以自己的实践揭示了人间的一大秘密：青春常会随着人们年岁的增长而冬眠至死；然而它也会在某个离奇的时刻再醒来一次，犹如惊蛰之于昆虫。你瞧老人们的舞步何其轻盈而娴熟呀！不要看他们的两鬓，看他们的脚步吧！看脚步，你能猜得出他们今年多少岁了？

好哇，我的同龄人！让我们以自己儿女辈的激情投进这人生美妙的漩涡吧！我不甘人后，和我那位五十多岁的舞伴旋舞于自得其乐的芸芸众生之中。我突然觉得自己恍如一尾在历史的涵洞中洄游的鱼儿。是啊，这是一个历史的涵洞啊！

急旋着的彩灯有几束白光按一定的周期横扫全场，随着那明亮的光束，我甚至看得清人们脸上的皱纹。历史，是印记在那些额头和眼尾的皱纹之上的。那一大段历史，大抵是从当年沙面租界那边英、法军警发射的一连串机关枪声开始的吧？好一大段枪声、炮声、炸弹声不绝如缕的历史啊！"九一八"的，"一·二八"的，从卢沟桥打响以后就连绵不断的……啊，我们那血雨腥风的少年时代啊！真想向那一张张历尽风霜的脸孔询问：朋友，你钻过山林吗？你走过黄沙吗？你躲过重庆的防空洞吗？你挤过湘桂大撤退的敞篷车厢吗？啊，你呢？还有你呢？……啊，朋友们，你还记得在弥漫的硝烟中告别童真日子的时候，自己的那双满含疑惧的眼睛吗？后来我们一同进入了人生的"黄金时代"，开始了各自一连串悲欢离合的故事。后来，后来我们又一同欢呼过，呐喊过，拼搏过，幻想过……奔波、劳碌、折腾。我们那些为汗水所淹泡掉的漫长岁月竟是作废得如此无辜，真可怕，仿佛只是一夜之间，人人都说我们老了。唉，这就老了吗？我们真的老了吗？我们这样容易就老了吗？还不像呢！此刻我们跳得多年轻呀！我们的儿女们也不外如此吧？我们诚然都已不是罗密欧与朱丽叶了，也没有谁再想做拿破仑，然而还不曾成为冬天蜷缩在公园石凳上晒太阳的人瑞哪！我们曾经沧海，备尝辛酸，而生命的汁液到头来毕竟还是甘的，越是临近枯竭的时候越觉得它的宝贵。别再大口大口喝了，像潮汕人品尝工夫茶那样，用舌尖去舐尝我们生命的余津吧！

《魂萦旧梦》和《萨巴女王》之后是《安妮塔之舞》。我乐此不疲，而我的舞伴已经气喘吁吁了。我从不喝酒，然而常为音乐所醉。有如行云流水的旋律使我怡然坠入微醺之乡，遐想飘飘——

能不能给老人场写一首诗呢？老人场也能诞生罗曼蒂克的故事吗？

三十年后，如果也有老人场，到那时候，我们两鬓如霜的儿女辈翩然起舞之际，会是怎样的一种心情呢？会是怎样回味他们的似水年华的呢？那时候，冉冉升起的他们心中的记忆，该不会是硝烟、瓦砾和仇恨了；而是野营的烧烤，而是一个个历史名城的大理石塑像，而是野百合花和生日蛋糕……

一支陌生的乐曲从巨型音箱里轻轻倾泻而出，优美异常。

"这是一支什么乐曲呀？"

"《夕阳爱抚着白桦林》，"为我伴舞的退休音乐女教师回答道，"捷克的古老民谣。"

啊,夕阳爱抚着白桦林,名字真美!境界真美!岂止是晨曦呢?夕照也分明是金色的。跳吧!跳吧!跳吧……

1980年

残 雪

残雪不甘沦落，东一堆，西一堆，在那坑坑洼洼的地方，还积得老深，散发出令人战栗的寒气。

所以，你还不相信隆冬已尽，春天已经来临了吗？

那时候，朔风凛冽，周天寒彻，我们这个世界埋在坚冰底下，气息奄奄。人间是喑哑的，欢乐和树林一起凋零了。希望蜷伏在冻土深处冬眠；生活的光彩都已褪尽，歌声都已隐没，只有叹息，只有风声和寒鸦的鸣叫。人们心都碎了，神经都麻木了。绿色的信念随着枯枝败叶慢慢地枯萎，如果说世界还有鲜丽的色彩留存，也许就是雪原之上的斑斑血迹了。

那简直是一个漫长的冰川时期啊！

长夜里，人们习惯于在苦寒和无望中生活，以至到了冰消春暖的时光，对于时序的迁流，竟还有人木然不敢置信。

莫非正是因为这样，你才不相信春光就在眼前？

残雪不甘逝去，这里一摊，那里一摊，在那背着阳光的角落，还积得很厚，发出咄咄逼人的余威。

所以，你还不承认隆冬已尽，春天已经来临了吗？

那时候，千里冰封，万里雪飘，我们这个世界委实凝结得太久太久了。人们屈从于冰雪的淫威之下，痛苦地期待着、期待着。对于春天的渴望，使他们焦灼得快要撕裂自己的胸膛。

啊，什么时候，才有彩蝶蹁跹，才见群莺飞舞？什么时候啊，才让繁花竞放，树木葱茏，蜂房酿满蜜汁，人心注满情谊？……

美丽的期待，在人们心怀里跳荡不安，因为生活荒凉已久，谁也难以继续忍受了。人们祈求一夜之间冰化雪消，花繁叶茂；而坚冰毕竟太厚，最初的春色毕竟还不够浓艳。现实并无点化而成的奇迹，得以满足人们可以理解的迫切心愿，以至到了飞燕衔泥的时光，竟还有人感觉不到如今已是换了人间。

莫非正是这样，你才不承认春光就在眼前？

残雪以它白皑皑的回光，刺痛我们的眼睛；然而它正在崩溃，再也堆不起几个雪罗汉了。

残雪以它冷冰冰的神态，傲然盘踞在依旧可容立足的东边一角、西边一隅；然而它正在没落，再也不能无休无止地扼杀大地的生机了。

残雪啊，你是丑恶势力绝不甘心隐退的明证；也是它摆脱不掉败亡命运的象征。你是属于冬天的，有着冷酷而凌厉的秉性；然而你以自身残缺的形象，反证了春的胜利，我们因之得以透过你的寒光，探寻到切切实实的春意。

隆冬退尽了，残雪是为它殿后的。

时间无情，却也深情，它让该死的死，该生的生；让该诅咒的归于毁灭，该赞美的郁郁葱葱。

春天从天外轻盈地飞了回来，化作柔风和云雀。

春天从地里悄悄地冒了出来，化作草叶和芽苗。

春天从山间喧闹地奔了过来，化作溪流、河川和波光潋滟的湖泊。

春天化作一千一万种生命的形式；还化作歌声，还化作微笑，还化作温暖的美丽的色彩……

久违了，春天，你这生机萌发的美妙时节！今天我们贴起春联，挂起灯笼，架起高矗的彩楼，点起不眠的灯火，孩子们还燃起他们的爆竹和烟花，姑娘们还戴起她们的蝴蝶结，穿起她们的花衣裳，高高兴兴，衷心把你欢迎。

啊啊，春天，唱不尽的大好时光！比起我们对你如此激动的情怀，这一切加起来又算得上什么？

我想最好还是用我们刚刚苏醒过来的希望，来把你欢迎吧。

我想最好还是用我们刚刚腾升而起的志气，来把你欢迎吧！

残雪啊残雪，当希望之火越烧越旺，我们将怀着宽慰的心情，看着你啊，你这隆冬的余孽终于彻底融入泥泞，坠了沟壑，化作摊摊污水。

就在那样的时刻，我们那绿色的梦幻，将会在现实中明确无误地呈现出来，一天浓似一天，一层浓似一层……

1980年2月

梦归紫云英

家宅旁边的空地上,那一小片紫云英是谁种的呢?

远行归来,刚回到家门口便发现了那些熟稔的花儿。啊,久违了,紫云英!我们曾是知交。你那匍匐在地上的长茎,羽毛一般均匀地展开的叶子和那紫红紫红的蝴蝶花冠,在我心中浮现的时候总是闪耀着亮晶晶的露珠……

我和花,本是没有多少缘分的。

当我还是个乡下孩子的时候,心目中的花的世界并不见得多彩多姿。我只知道世上有桃花、李花,荔枝花、石榴花之类的果子花;有菜花、稻花、豌豆花、芝麻花之类的庄稼花。顶多还知道江边有白芦花,路旁有野菊花,藩篱之上还有牵牛花……所以在我看来,花谢自然要比花开还更值得关心。

其实，花的魅力又何尝无动于我那孩子的心呢？尽管那时候我还不知道什么叫芍药、玫瑰、海棠，也不知道什么是凤仙、银柳、大丽花，然而在我们那个淡泊的水乡，那些土生土长的花儿也是十分诱人的。我最喜欢的是那种北方叫作水葫芦、珠江三角洲一带叫作假水仙的水生植物。它们在池塘、河汊里和小溪边起劲地繁衍，每年谷雨过后，便放肆地开出红色的、紫色的、白色的花儿，斑斓夺目。我们村子旁边有个小小的湖，假水仙花在那儿开得特别茂盛，所以赢来了一个高雅的名字——水仙湖，每到春夏之交，花儿竞相怒放，密密匝匝地占满了整个湖面，好像成了一方厚厚的、松软的、五彩缤纷的地毯。在那上面，蜜蜂营营，蝴蝶翩翩，紫燕翱翔，翠鸟唧啾，简直是个梦境一般的世界。再也没有什么比趴在水仙湖边的大麻石上观赏那个美妙的世界，更令我心旷神怡的了。这是一个足以叫人忘却穷困和不幸的地方。然而这小小的乐园却是脆弱不堪的：有一年春暖花开的时节，水仙湖成了土霸杀人的屠场，一个才十三岁的小囚徒被装进猪笼，沉进湖里，给活活淹死了。人世间的奇丑大恶，使那个美丽如花的童话世界，在霎时之间可悲地破灭了。我那孩子的心，与水仙湖上那个花的梦境一同碎了。我的童年，就是这样凄怆地和花告别的。

坎坷的少年时代，时常与我为伍的是忧伤和苦难，而不是花。我觉得自己同花的距离越来越远了，我连挨近它们细心观赏的勇气都显得不够。五光十色的花儿有如一群高贵而骄矜的陌生姑娘，向她们多看一眼也叫我为之羞赧。

直到解放之后，生活安定下来，日子变得好过了，我才慢慢发觉自己同花的关系和对花的感情都发生了变化。我生活和工作的地方，是四季飘香的花城。新的境遇使我恍如一觉醒来，突然面临一个五彩缤纷的世界，感受到几乎无处不在的奇花异卉的迷人魅力，无论是在公园里、庭院里、公共宿舍里，还是在低矮湫隘的居室里、桨声欸乃的水上人家里……我都见得着它们的绰约风姿。尽管花卉依旧是那样的高雅、矜持而娇媚，可是在它们跟前，谁也不必自惭形秽了，我也不再以为它们是仅仅属于哪个阶级的专有物了。可不是么？花卉是属于我们这个世界的，属于大家的，自然也应该属于我的。于是我开始亲近它们，在它们的芬芳中怡然而醉了。

然而，我的这种来迟了的福分却是短暂的。六十年代之初，当我才学会花一角钱买门票去参观菊花展览，大年三十晚徜徉于灯火辉煌的花市，在家中那个原本光秃秃的小露台上栽种了茉莉、月桂和米兰，开始享受那种原先以为与自己无缘的乐趣时，突然在一夜之间，传来了关于花的凶耗：花，被宣判为足以使革命者灵魂受到腐蚀的不祥之物，是孽种，是异端，是落后、腐朽、衰颓的象征。它们被无情地从庭院、阳台、居室乃至宣纸和画布上驱除出去了。我与芸芸众生同样感到茫然，不得不一再与花卉糊涂地分手，在花盆里改种上辣椒和大葱。

随后，浩劫降临，花的无妄之灾与日俱增，甚至与花卉沾亲带故的一切，也都难免受到株连。关于这方面的许多咄咄怪事，令人啼笑皆非。我这个本来与花卉无多少缘分的人，竟也受累了，原因只不过是因为我出版过一个集子，书名叫作《当你还是一朵花》。且不说它的内容，光是这个书名也是够瞧的了。具有讽刺意味的是：在那些以花为罪孽的日子里，我竟同花结下不解之缘。

不过，与我结交的可不是瓷盆里那些千娇百媚的奇花异卉。那些使我为之神往的花儿是长在地里的、作为绿肥之用的紫云英。那时候，我有好几年是在荒山野岭之上度过的。哪怕境遇多么艰难，命运多么困厄，心中的生活情趣都不至于荡然无存。有时候，一点星光，一声鸟鸣，或者是一丝思念，一段回忆，也会从苦难和绝望中唤起我生的意志。记得那一年，春天来了，我们备耕大忙，连日的过度劳累，使我的带病之躯无法继续支持。然而以我这戴罪之身是不容躺倒的，我必须拼死拼活地干下去。那天傍晚，我又饿又累，实在不能再撑持下去了，觑了个空，踉踉跄跄地走到一条水圳边，趴到护堤上去喝水。那应当是一个美丽的黄昏。夕阳把它的余晖洒落在涓涓不息的流水上，水面跳荡着令人目眩的波光。这时，我清楚地看见了自己的倒影，那么褴褛，那么憔悴而委顿，头发蓬松，于思满脸。我禁不住为自己那可悲的形象而流起泪来。我哀伤，我怨愤，垂首沉思，茫然不知所以。当我从慵倦中抬起头来，忽见眼前的一大片紫云英在夕阳的映照下显得特别美丽，它们灿烂地争相开放，一株接着一株，一丛连着一丛，连绵不绝，四下延伸，直到田野的极目远处。我还不曾见过这样美丽的景色呢！啊，那在我眼前展开的，是从天而降的一片紫色祥云吗？抑或是一个涌荡着紫色波涛的大海？抑或是一场虚无缥缈的紫色梦幻？然而不管那是什么，我都为之心醉了。我醉于它们的美态，我醉于它们的芳香，然而毋宁说我醉于它们那恬淡而真诚的品格吧！啊，紫云英！美丽而谦逊的紫云英！它们有色有香，然而自甘于卑微。它们开花的时候是蜜源，凋谢的时候是肥源。它们是属于大地、属于山野的，随遇而安，从不自炫于花瓶之中。它们毕生与泥土相伴，从不附丽于别人的襟头。它们平凡而又高贵，随和而又尊严，显得如此淡泊、诚挚，生意盎然！这使我记起了罗曼·罗兰那部迸射着哲理光芒的巨著中那位主人公说过的一句话："我依旧昂起头，重新歌唱，渺小而顽强。"

这便是紫云英！这便是紫云英的花魂的呼声！

我为什么不能像那小小的、寻常的、谦和而又刚强的紫色花儿那样，昂起头，重新歌唱呢？为什么不能呢？

一种抑制不住的冲动，驱使我跨过水圳，走过去，折了一枝刚刚绽放的紫云英，带回我那个用茅草和山竹搭成的棚寮，找来一个药水瓶子，把它养起来……

是的，我和花儿的缘分，是从这个时候才开始的。我慢慢学会揣摩各种花卉的品格，觉得它们不仅是有生命的，而且仿佛是有思想、有意志、有情怀的。它们不仅是为了点缀我们这个世界，使天地生色而存在，而且仿佛是为了教化人生，给心灵以滋润才开放的。那无言的花语，曾使多少善良的心变得更加美丽呀！

这些年来，我才真正亲近了花的世界，——熟知了它们的品质和性格：牡丹是雍容华贵的，水仙是超尘拔俗的，百合秀外而慧中，剑兰妩媚而刚正……然而使我最为难忘的，还是那些在料峭春寒中生机勃勃的、渺小而顽强的紫云英。

家宅旁边的空地上，那一小片紫云英是谁种的呢？

啊，紫云英！你勾起了我关于自己与花的世界泛泛之交的记忆。我和花，本来没有多少缘分，紫云英啊，只有我们曾是

知交。我常梦归于你,感觉到你的长茎匍匐在我的胸怀;你那紫红的花儿开在我心中,老在向我喁喁而语:

"我依旧昂起头,重新歌唱,渺小而顽强……"

1985年6月

浪谷沉思

我常和大海做伴，不曾见它有过片刻的平静。

大海是善感的，每时每刻都以波浪的形式表达它复杂的感情。它时而心怀敞荡，时而焦躁不安；有时因欢乐而狂舞，有时因震怒而咆哮，即便在它心平气和的时候，大海也不会平静得像个山潭。

我们的小船，乘风破浪，行进在横无际涯的水天之间。我们是通过波浪来认识大海的。大海之所以成为大海，不仅在于它的辽阔，也在于它的深邃，还在于它的无休无止，不正是无休无止的波浪，为大海赋予生命和魅力的吗？

此刻，我分不清大海是以什么样的感情来迎接我们这一叶小舟的。只见茫茫海上，波浪泛起白沫，层复一层，从水平线上逶迤而来，起伏着，涌荡着，奔腾着……

没有什么比波浪更率真和更不讲情面的了。没有谦卑，没有忌惮。海浪成群结队，相率而来，一次又一次，永不妥协地扑打着我们的船儿。沙啦啦！沙啦啦！沙啦啦……随着每一下猛烈的撞击，浪涛在船头片片碎了，化作雪白的水花，漫天飞舞，折射着阳光，现出缤纷的彩虹。

我们就在这披上奇光幻影的波峰浪谷之间，摇晃着、颠簸着行进。是的，这航程是艰苦的，险象环生。我们必须勇敢、坚定、竭尽所能地使船儿保持平衡，并按照既定的航向行进。我们需要极大的气魄和不可少的智能，去征服困难，甚至征服灾难和死亡。当我们备尝艰苦，带着欣慰和豪情归航的时候，就会尝到这征服的乐趣，懂得这乐趣原来是大海的波浪所赐。是啊，这滋味，是未曾经受过颠簸之苦的人们无从感知和理解的啊！

波浪，无休无止、无穷无尽的波浪！

啊，要是没有了波浪，大海还有什么足以动人的魅力呢？

这也许就像蓝天上没有了云吧！

这也许就像空间里没有了风吧！

没有波浪的大海，将是一僵死的大海，它只能使航海成为平庸而乏味的事业。我深信大海的光彩和活力，纯然是来自永不停息的波浪的。

波浪，不但丰富了大海，它还丰富了航海者的生涯。

航海者那为大海波涛所塑造的刚毅的脸容，是多么令人神往啊！航海者是自豪的，因为他们毕生与海浪周旋、搏斗，并且终于成为它的征服者。在回顾飞逝而去的岁月的时候，轻松地笑谈那一段段惊心动魄的经历，何等舒畅！何等豪迈！因为那是他们生命的亮色所在啊！

是的，生活也无异于海洋。生活的风涛，也在不停地摇撼着我们，让我们备尝甘苦，领略颠簸的艰难和乐趣，以朱丹色的彩笔圈点我们各自的生命史。

大海啊，你汹涌吧！只有扬帆于惊涛骇浪中的船儿，才是最美的船儿。

生活啊，你澎湃吧！只有挺立于狂风骤雨中的人生，才是最美的人生。

无论是大海里的还是生活中的浪涛，都把美态和光彩，献给了自己的征服者。

1986年8月

海 韵

一辈子都在奔波中,高山大川,荒漠莽原,都是我曾涉足之地。海之滨、岭之崖,自然也曾是我流连所在。然而令我最为心驰神往的,还是海。

世上一切景物,无一不是大自然的作品。在那一切景物中,最为杰出的,莫如海!

海,无比广袤,无比壮美,无比开阔,无比深邃……

海,以其无与伦比的魅力,吸引着天下无数"智者"。

孔子的弟子们把老师说过的话辑录成《论语》。《论语·雍也》有云:"仁者乐山,知者乐水。知者动,仁者静。知者乐,仁者寿。" 后人多取其前八字。人们解读之意是:有仁爱之心者喜欢山;有智慧的人喜欢水。笔者觉得人们一般对"知者"的直译，似乎稍嫌绝对。若把"知者"作"爱思考的人"或"爱求知的人"，而不仅作"有智慧的人"解，是不是会稍稍妥善一点呢？

一向被视为道家学派的始祖兼代表人物、尊称太上老君的老子，也说过海。在他的传世之作《道德经》中，就留下"澹兮其若海"这句不朽的名言。

关于"澹"的释义，辞书曰"静止貌"，平和宁谧之意也。浩浩乎大海，恢宏壮美，横无际涯。风平浪静的时刻，远远看去，一派茫茫，何其辽阔广袤、凝重安详！何其雍容恬淡、肃穆慈和！恍如豁达大度、敦厚慈祥的长者。

澹，是大海宏观的常态。它也有并不寻常的时候。所谓澹，只不过是大海的形态和性格的一面；其实它还有与此截然相反的另一面。

范仲淹在他脍炙人口的《岳阳楼记》中，"阴风怒号，浊浪排空"……那一段撼人心魄的描写，虽然仅仅是"在洞庭一湖"中偶然一遇的难堪景色，尚且令读者为之悚然，而大海一怒，又何止"阴风怒号，浊浪排空"！当它原本那安逸祥和的脸容蓦然一反常态，以暴怒的姿态出现，惊涛骇浪，咆哮狂啸，那情景才真教人难免为之色变。

澹，当然概括不了海的形态和性格。世上根本没有一个词儿可以概括得了大海那时而安详淡定、时而狂放不羁的性状。不过，正是由于它兼有形态和性格的二重性，海才得以称其为海，得以称其为令人赞叹及至敬畏的存在。大海若然只有其"澹"的一面，无风无浪，水平如镜；老是静如止水、寒潭，那么，它还有什么足以令人为之陶醉、激动，为之心旷神怡的魅力呢？没有了！大海正是由于它在淡定的一面之外，还有它狂放的另一面。这二者的统一，才成全了大海；才使大海变得丰富，变得充实，变得完美，才让它无时或已地涌溢出古往今来无数诗人吟咏不尽的诗情。可不是吗？

从大海想到了人生。

倘若把"澹"单纯理解为平稳、宁谧、安详，那么，"澹兮其若海"的人生，应该说是值得羡慕的吧？当然，不愁冻馁，无忧无虑，平平安安地活着是再好不过的。谁乐于过挨饥抵饿、惶悚忧患、漂泊无依的生活呢？我们毕生的诉求，无非是让家家户户都能过上"澹兮其若海"的丰足而安定的生活罢了。可是，古往今来，何曾有过一辈子绝对一"澹"到底的吉人雅士呢？诚然，世间不乏自出娘胎即已在安乐环境中倚仗先人福荫，饭来张口，衣来伸手，心舒神定地度过一生的人，可是，即便是这样的一些"上帝的选民"，也是不可能百分之一百超然于尘世烦嚣以外的。任何一个人，只要不是长期处于与世隔绝的真空环境里，都不可避免地被牵扯到或这或那，或大或小的风波或漩涡里，受到或轻或重的震荡。不论是武夷山上的道士，还是终南山上的隐者，也不见得毫无物质上的还是精神上的烦恼。像大海一样，"澹"，只能是相对的；风波总会在"时辰一到"的瞬间出现，不以人的意志为转移。这便是人生！这才是人生！生活不正是因为除了"澹"之外，还有风波，还有跌宕，还有喧嚣和吵闹，才显得鲜活和多姿多彩的吗？人的一生，要是从少到老都平平稳稳，好比在湖上泛舟那样悠然度过那么几十年，未免太单调了，因为这样的人生领略不到那另外的一番滋味。是的，颠簸是一种滋味，折腾是一种滋味，甚至苦难也是一种滋味。其味虽带苦涩，然而换上一种心态待之，却可以舐尝出它那从苦涩中沁溢而出的甘香。

我自己就有这样的切身体验。我幼失怙恃，少年时又值日寇侵略，国破家亡，为求学而闯荡天涯；中华人民共和国成立后，以为可以从此"澹"将起来，哪晓得还不断在困惑中备受颠簸之苦……然而回想起来，真的常会回味到那苦涩之中的甘香。比方说吧，忆想血雨腥风抗日战争年代，刚上中学，"恰同学少年，风华正茂"，我们与亲爱的祖国同休戚、共患难；吃不饱，穿不暖，心境凄凉却又热血沸腾。

同学们一面念书一面下乡,宣传抗日,写标语,演活报剧,唱战歌……童声虽还稚嫩,然而深情、热烈、真挚,敞开心怀,全情投入,噙着热泪为祖国呐喊,为祖国祝福。那情景真有点儿悲壮。至今回想起来,还因为自己曾与危难中的祖国共患难而顿生幸福之感。又比方说吧,几十年前,当自己忽然被人"打翻在地还踏上一只脚",备受凌辱与折磨……日子并不好过。但是,既然挺过来了,也不必耿耿于怀。那逆境虽不美妙,但有过如此经历,比没有同样体验的人,却因为曾经身处逆境,而磨炼得更聪明一点,勇敢一点和坚强一点;并且最终还会因历史的权威宣判,深感幸福到热泪盈眶。

如此幸福之感,是无此经历的人们所享受不到和难以设想的。

"澹兮其若海",我们要以大海为塑造自己品性的楷模。不过,"澹"只是大海常现美态的一面;每当风起云涌,大海以浩浩滔天的澎湃怒涛来回应,其怒不可遏的形象也是很美很动人的。那是一种豁达之美,灿烂之美,仿佛是因义无反顾而无所忌惮和置后果于不顾的倾情之美。大海以这种有别于"澹"的形态表现出来的另一种品性美,不也是很值得赞赏的吗?

"澹兮其若海"令人心仪，面对邪恶与丑陋敢于拍案而起，令人崇敬。像大海那样，人的品性，也是要以姿态不同的两面来显示其完美的。

2015年 初稿

2021年 改定

2

回来吧,天鹅!

来自北京的一则消息:惊蛰日的凌晨,玉渊潭公园里的两只野天鹅飞走了;它们是去年12月间从寒冷的北方飞来过冬的。这是野天鹅首次在北京过冬成功。眼下天气回暖了,这些候鸟要飞回北方老家去了。

说到天鹅,我们脑海里便会自然而然地浮起这种优雅、雍容、庄重的珍禽形象。那雪白的羽毛、高贵的仪态和那从容不迫的气度,使它们显得卓尔不凡,给人以至善至美的印象。所以天鹅向来是文艺家们讴歌礼赞的对象,成为高洁、善良、优美的象征。芭蕾舞剧《天鹅湖》,便是以模拟天鹅的艺术形象来打动观众的,它作为人类文化宝库中的艺术珍品,年长月久而光彩依然。结合得恰到好处的音乐形象和舞蹈形象,体现了作为美好事物的象征的天鹅们美之极致。观众是从天鹅们的美妙形象中获得极大的艺术享受，而又从它们的胜利和恶魔的失败，即美好事物对丑恶势力的否定中得到安慰和满足的。芭蕾独舞《天鹅之死》则恰恰相反，那只美丽可爱的白天鹅，最后孤独地、痛苦地痉挛而死了；这一美好事物的毁灭，给万千观众带来过多少惋惜和哀伤之情啊！

爱美是人类的一种天性。人们总是心甘情愿地与美好事物共哀乐的。在文学艺术领域里，作为美好事物的象征的天鹅形象，不知陶冶过多少美好的心灵！在安徒生美丽如画的童话世界里，就常常出现天鹅优美而典雅的形象。那篇描写11位王子为狠毒的后母所逼，变成11只无家可归的野天鹅的动人故事《野天鹅》，便是一首诗一般美妙的天鹅篇。100多年来在世界各地几乎家喻户晓的《丑小鸭》，写的其实也纯然是关于天鹅的故事。那只在鸭群中显得特别怪诞的"丑小鸭"，原来却是天鹅的孩子！它最后在公园里澄明如镜的溪水上发现了自己的真容。故事的结局真叫人胸膈为之大畅！

几十个年头过去了。时至今日，每当提起天鹅的时候，我仍会情不自禁地想起《丑小鸭》故事里说的那个开满苹果花和紫丁香花的大花园，想起在那清溪水上悠然浮泛的天鹅们，以及那群小孩子发现了美丽的新天鹅时那种欢欣雀跃的神态。美，是动人的。正像对于世界上的一切美好事物都无不心怀向往之情那样,人们见到这种风高神迈、仪容俊爽的珍禽,有谁不为之衷心赞叹呢?

当然,这里指的只能是具有正常感情的人们罢了。美,对于某些感情麻木的人却是不起作用的。——几个月前,玉渊潭公园的湖上发生过一桩令人揪心的丑事:一个年轻人举起气枪,向一只来自遥远北方的野天鹅瞄准射击,枪声起处,野天鹅血洒明湖,惨遭杀害。文明世界里的这桩耻辱事,不知曾叫多少人为之痛苦地深思。

以摧残美好事物为赏心乐事的,其实何止是那个举枪射杀天鹅的年轻人!多少人连美与丑、善与恶的基本分辨能力都已丧失殆尽,或者从来就不曾具有过。所以他们对于自己摧残美好事物的丑恶行径,是不知羞耻的。他们不但不以向公园里的金鱼池吐痰为耻,不以向动物园里的能言鹦鹉教唆污言秽语为耻,甚至不以向节日里盛装出游的姑娘们扔爆竹、放火箭,用镪水烧烂她们艳丽的衣裳为耻……

若干年前,这里流传过一则珍闻:有几位洋商到一家著名酒家品尝广东菜,为了炫耀自己的富有,要厨师给他们做出各种各样的山珍海味,规定其中的一款必须是价值500元的。那时候,一个人每月的伙食费才20元左右,500元是个大数目了。酒家的当事人经过商量之后,果真给他们做了这样的一款名贵菜式——清蒸金鱼，结果皆大欢喜。对于这则传闻，我是不大相信的。我想，这也许是人们编造出来的一则笑话，用来嘲笑一下某些外商的粗鄙行径吧？所以一直只将之当作一则笑话来看。直到不久之前，才知道吃金鱼的玩意原来并非子虚乌有，在生活里确曾有吃金鱼吃得津津有味的人。

清代"扬州八怪"之一的郑板桥，一生关心民瘼，愤世嫉俗，写过"横涂竖抹千千幅，墨点无多泪点多"的诗词书画。在他传世不多的词作中有一篇《沁园春》，词中有这样狂放的几句："花亦无知，月亦无聊，酒亦无灵。把夭桃斫断，煞他风景；鹦哥煮熟，佐我杯羹。焚砚烧书，椎琴裂画，毁尽文章抹尽名。"这是一篇饱含着多少怨愤之情的辞章啊！很显然，填这首词的时候，满怀悲愤的郑板桥把他在词中罗列的几样荒唐行径，当作不可理喻的事情来看待的。这是几句反话。这等"煞他风景"的事本来是不会发生的，只不过是极度的怨恨和苦闷，驱使着人们不由自主地干出这一类荒唐事来。怪不得郑板桥用了一个"恨"字来作为这首词的题目。回顾业已流逝的200余年，板桥此"怪"，一直以怒目裂眦的形象，影影绰绰地出现于历史的尘烟之中，以他冷峻的目光，见证了那个积怨含恨的时代。

"恨"，使人们干出过多少荒唐事啊！十年浩劫，从某种意义上来说也可以说是一部恨史。"夭桃斫断""鹦哥煮熟""焚砚烧书，椎琴裂画，毁尽文章抹尽名"，在那时是常见事了。那是一个任由一群野猪闯进了花园的时代，美好事物都因之几乎荡然无存。既然给女演员剃"阴阳头"都受到鼓励，既然捣毁龙门佛像也被称作英雄行为，既然连花朵也被视为邪恶，智慧也被视为罪孽，美，在我们这个世界里还有什么可容立足之地呢？美，不是被宰杀了、烹熟了，就是飞走了、躲藏了。整整一代年轻人至少在十个年头当中失去了美的熏陶、爱的教育。他们从开始懂事的时候起，就不曾看见过美；即便看见了，也信以为那真是异端，是腐朽，是病毒。那个积怨含恨的荒诞年代，是以把别人"打翻在地，再踏上一只脚"作为一种美德，去教育年轻一代的。人生仿佛就是一种打翻别人或者是不被人所打翻的努力，因此人活着，单要冷酷无情也就够了。什么真，什么善，什么美，什么精神文明，都一律是多余的东西！

这便是那场内乱所曾给予整整一代年轻人可悲的影响。这种影响分明至今还在一部分人心中起作用。杀天鹅、烹金鱼之类行为，正是这种潜在作用的继发性反应。这种祸害，源远流长，确乎不是三朝两日可以消弭得了的。

当然，尽管在我们的现实生活里不乏杀天鹅、烹金鱼之辈，"世风日下"的慨叹还是大可不必的。十年内乱虽然残酷，然而我们精神文明的根柢毕竟还不太脆弱。它生机长存，正在人们心中复苏，不断发荣滋长。不久前，天津市也传出过一个关于天鹅的信息：一只野天鹅降落在郊区农村的一个水坝里，被一个正在那里溜冰的少年捉到了。这少年把野天鹅带回家里养了一个多月之后，再将它送给了天津市动物园。这个美好的信息，说明了我们的精神文明毕竟是毁灭不了的。"野火烧不尽，春风吹又生。"伟大祖国一度凋残了的精神文明，一定会重新变得绿意融融。

玉渊潭的两只野天鹅，谅必已经平安地回到它们的北方老家去了。报上那则电讯说："这两只从北方飞来的野天鹅首次在京过冬成功，有人估计它们今后有可能带领其他野天鹅来京过冬。"这是肯定的。如果迎接它们的不是嘘声，不是吆喝，不是石头和气枪的子弹，而是歌声和善意的微笑，玉渊潭公园的湖上一定会出现数之不尽的野天鹅。

回来吧，天鹅！把更多美丽的珍禽带到我们这儿来！

回来吧！天鹅！和我们的美好事物一同回来吧！我们这里太需要美了！

1972年

金樱花没有凋谢

——给安珂的母亲的一封信

莘华同志：

　　三月初，我因为身体不大好，遵医嘱回故乡疗养。离穗前数天，我还见过安珂一面。那时你赴滇丁父忧未归，他到你的办公室来取信件，我们碰上面了。他总是那样的彬彬有礼，向我问好，说等我病好后，和爸爸妈妈一起到我家来看我。怎么也想不到，那竟是最后的一面了。

　　那最后一面的印象是如此的深刻。我发觉他变得更加沉实、稳重，因而显得更加老练和成熟了。我喜欢他那豁达开朗的性格和干脆利落的作风。那天，跟他握别后，我就曾想道：

毕竟是从炮火硝烟中锻炼出来的战士啊！小安是好样的。

可是一周之后，老王到顺德去看我，一来就把小安舍己为人、英勇牺牲的不幸消息告诉我了。这一令人震惊的噩耗太突然、太可怕了。哀伤和愤怒，使我们相对无言，沉默了几分钟之后，我们终于禁不住唏嘘起来，泪水模糊了我们的双眼。

我们都是亲眼看着安珂怎样从一个红领巾变成一名共产党员的。安珂成长在风流云逸的大时代里，我们几乎认得出他在自己短促的生命历程中的每一个脚印。

莘华同志，日子过得如此之快，十二个年头仿佛在眨眼之间流失了。十二年前，我从干校回来，大部分时间都和你在同一间办公室工作。初次看见安珂的时候，他还是个刚上初中的小娃娃呢！暑假寒假，为了便于看管，你常让他到我们单位里来玩。在我的记忆中，小安珂是不大爱玩的，他爱看书，不是在阅览室里，便是坐到叔叔阿姨空着的座位上，一本正经地捧着书本读上老半天。有一次，我问他："小安珂，你读了那么多书，都记得住吗？"他答道："记不全。"我又问："那么，你记得的是些什么呢？"他不假思索地用爽朗的童音回答："勇敢的人的勇敢故事！"这很有性格的答话使我呵呵笑了。后来我把这次对话当作趣谈向你说了，你笑道："将来就让他当兵吧！"一九七八年，你和老安果真送他入伍了。至今我还清楚地记得你送子参军那天的那副兴奋劲儿。一个充满幸福感的母亲的笑容，真是令人难以忘怀啊！

安珂入伍未久，便随部队开拔到广西去了。随后，对越自卫反击战打响。这场战争既考验了这个还带着稚气的新兵，也考验了你。事后证明，那严酷的考验，都被儿子和母亲所经受住了：安珂立了战功。你呢？当战火平息，战士们的家长都纷纷接到平安信，而安珂信息杳然，生死未卜，作为母亲的你，那精神负担该有多重啊！我深知，当时你是忧心忡忡的，消瘦了，憔悴了，然而你艰难地挺着，坚持工作，不稍懈怠，直至许久之后，才终于接到了儿子平安的信息。你随即高高兴兴地到前线看望儿子去了。归来之后，你写了一篇在硝烟缭绕的边境上，母子相会的情景的散文给我看，那便是后来发表于《花城》的《盛开的金樱花》。

我欣赏那篇散文，因为它不但是真挚的，而且是优美的。在那篇诗意盎然的散文里，你从边境线上漫山遍野盛开的金樱花说起，回忆起童年时代，母亲带着自己走过鲜花盛开的山野时的教诲。母亲告诉你：山上的花比平地的花色彩鲜艳，是因为山上的阳光比平地的强烈，所以，花儿反射出来的色光也就比平地的更为丰富多彩了。看到了隔别一年的儿子，你对三十多年前从母亲那儿听到的一种对自然现象的解释，有了进一步的参悟。当儿子换岗下来,在帐篷里与你相见,你立即在心中完成了许多对比:"身子消瘦了一些,仿佛也长高了一点。微拱的背,挺直了,肩膀也结实浑厚了。过去有些呆滞的目光,似乎明亮多了,眉宇间透出一股坚毅的神气。……"听了儿子关于战斗生涯的笑谈,以及连长对他衷心的称赞,你猛然想到了:这是一朵红艳艳的金樱花!这个经历了血与火的考验的孩子,仿佛在瞬间长大了!你这样写道:"那漫山遍野的小花,由于阳光的强烈,而反射出特别浓艳的光与色;我们新的一代,在革命部队里,在正义的战争中,在充满热情与忠诚的蓬蓬勃勃的集体生活里,也如那向阳的山花一样,特别迅速而集中地吸收了党的阳光雨露,因而比在普通的环境里更快地成长了。这大自然的奥妙和人生的哲理,岂不是一脉相通的吗?"

去年春节,我到你家去拜年,跟久别了的安珂见了面。啊,真的不再是稚气盈盈的小孩子了!那谈吐,那神采,那器宇,都跟当年不一样了!这叫我立即想起你那关于金樱花的比喻。对了,我眼前的这个小伙子就是那样的一朵金樱花!我高兴地问他:"小安,你读过你妈妈写的那篇《盛开的金樱花》吗?""读过的。""你们都是金樱花啊!"他羞涩地笑了,谦逊地说:"人家是,我可不是。我只不过是一片叶子。"这使我更加真切地感觉到眼前这金樱花令人倾心的光和色。

那天，在你家里，我们聚会的时间很长。我要安珂多谈谈自己在战场的惊心动魄的经历，他就是不肯多说，以致我一直都不知道他曾经多次受到嘉奖和立过战功呢！直到他牺牲之后，报上刊登了关于他当年在战场上的表现，我才知道这个勇敢的人的勇敢故事，竟是如此的动人。

然而，关于这个年轻的大勇者最可动人的英雄故事，却是在广州的长堤发生的。背上和两肋的九处刀口，验证了一个顶天立地、无私无畏的英雄。这是一场比在战场上更为严酷的考验啊！因为在战场上两军对垒，没有袖手旁观、见死不救的战友；而那天，三月八日下午六时许，在广州长堤大马路上，尽管多的是人，而敢于奋举义拳，拼死拼活的，却只有安珂一个！

安珂倒下了。他身上的九处刀口，控诉了在阴暗角落里仍然存在令人发指的丑恶；也检验出在我们的社会生活中，因为十年内乱所导致的精神后遗症，实在太可怕了！这所谓精神后遗症的特征之一，就是慑于丑恶势力的无法无天，于是习惯于以一己的幸免为福。然而，这只不过是从消极的一面说的。英雄安珂的生命捐献，其根本意义在于庄严地宣告了正义的永生。历史赖以前进的那种高贵的传统，业已为以安珂为代表的年轻一代所继承了。勇敢的人的勇敢故事，将代代相传。无数勇敢的人们，将不断地推动人类历史在坎坷不平的路上颠扑前进。

英雄的母亲，请让我以同志的名义向你致敬！你离开病榻未久，父亲刚刚去世，又遭到了这样的不幸，这过于沉重的打击实在是让人难以承受的。但我相信你的坚强。人民希望看到你的坚强；儿子如有知，也一定欣慰于自己有一个坚强的母亲。

亲爱的同志，金樱花没有凋谢。金樱花永不凋谢。金樱花开在亿万人心里，比你当年在边境山野上看见的还要多，还要美，还要灿烂。

老安均此不另了。我们都还有很多事情要赶着做，望各各多加珍重。

岑　桑

1983年清明节于顺德

流水弯弯的地方

想必是因为自己已经一大把年纪的缘故，近两年来，记忆中的故乡景物比过去任何时候都更常浮现于心间，思乡之情有点儿难以自抑了。要是能抽个空，回到那生养了我的地方去安下心来住几天，回味那梦魂萦绕的童年日子，该有多好！

这夙愿终于得以成全了。早些时候，由于健康的需要，遵医嘱找个清静的地方去做短暂的休养。我兴致勃勃地回到历尽沧桑的家乡，一住就是十多天。在我们那个坐落珠江三角洲水网地带之一隅的小村庄，我怀着激动而欣悦的心情到处走，遍寻记忆中的一木一石，遍访一个个与我还能彼此相认的父老兄弟。故乡与我，依旧是如此款款情深。这是一回泪花闪闪的相聚啊！

昔年的世界走样了！从前香火鼎盛的大庙如今矗立着新盖的学校，星罗棋布的小洋房错杂在古老的低檐矮舍之间。这个古朴的村庄真的变了！然而记忆中的景色毕竟还依稀可辨。须臾间，时光仿佛倒退了几十年。我怀着一颗孩子的心在这熟稔的乡土流连，在郁郁葱葱的蕉林蔗地穿行，呼吸着水乡特有的甜丝丝的空气，踯躅在桑基上、鱼塘边，在溪涧之间采集灯盏花和崩大碗……啊，我心中有的纯然是自己儿时的感觉呢！然而这感觉此刻却变得有点儿陌生而新奇了。我觉得自己像是进入了某种介乎现实与梦幻的境界里。那些曾在这蓝天大地之间发生过的蒙上历史尘烟的难忘往事，都一一披着古老色彩，层复一层地淡入淡出于自己似还未觉苍老的心头。

是啊，那一切都还历历在目啊！我记得江渚间的金鲤、芦花、白鹭和野蔷薇，记得雨后的彩虹，常挂在长空的某个角落。深秋里，壮观的雁阵总是从远天的哪个方向迤逦飞来。我记得盂兰节的矛尖粉，中秋节的孔明灯；记得五月端午的龙舟鼓响，除夕夜里孩子们"卖懒"的灯笼。我自然还记得家家户户都郑重其事的葛仙翁诞，到了那天，从朝到暮都有虔诚的香火缭绕在村前村后的闸门楼边……

这一切都是令人神往的。然而，故乡最使我情怀缱绻的，还是村前那弯弯的流水吧？这小河是为西江的支流所派生的。

浑黄的流水,一路上为两岸的芦丛和河床上丰盛的茜草所过滤,迤逦来到我们村边,便变成碧澄碧澄的了。这是一条与我们这小小的村子相依为命的河流啊!人们世世代代饮它的水,用它的水,以它的水灌溉,挖它的泥肥田;向它索取鱼虾螺蚌,在它的水面上放养鸭群鹅群,繁衍四季常青的假水仙和水浮莲……在我们村子里,谁能有一天离得开这条小河的赠予呢?离不开啊!离不开啊!像村子里所有的小孩子那样,我也是在这小河的爱抚和哺育中长大的。还拖着鼻涕的时候,我便常常赤条条地跳进小河里游泳嬉戏,和一大群小伙伴在河里捉迷藏、打水仗、戽水捉鱼。我谙知小河每个地段的深浅,哪个地方有暗流,哪个地方有漩涡。我熟悉它两岸的每一株树和每一块石头。小河与我太有缘了!以至日后每当想起故乡的时候,这流水弯弯的小河总是首先流过我乡情涌荡的心怀,也总是这小河的粼粼波光,照亮我那已因年长日久而变得暗淡了的记忆。

是的,太不能忘情于这可爱的小河了。我曾不止一次地把它写进了自己的作品里,并且还曾有过夙愿:有朝一日要为它立个小传,寄托我对它永不消退的深情。这小河在我心中仿佛是有生命的,是我的故旧,我的知交。如今我们是久别重逢了。回到家乡的头一天,还不等夕阳西下,我便忍不住扑进心爱的小河里,像是迫不及待地从它那儿捡回那失去已久的亲情和欢乐。

久违了,我的小河!你还能认出我来吗?你还能从我老了皱了的脸庞追忆起从前那一个个金色的黄昏吗?记得我从小桥上跳进你的怀抱时,老爱拖着的一声竹叶般尖长的童啸吗?啊,亲爱的小河!我倒是记得住关于你的一切呢!——那不是祖母淘过米,母亲捣过衣裳的石埠头吗?那不是哥哥卡过虾罾、姊姊捞过螺蛳的桑基坑吗?那里曾有过一棵高高的芒果树,鸦雀老爱在它顶儿尖儿的树梢上筑窝;那里还曾有过一列水杨梅,夏天时,枝丫间到处是鸣个不停的知了……

童趣伴随童心一起回来了,我用从前在这里刚学会游泳时的那种原始姿势,缓缓地游到那小河拐弯的地方。从前,这里的两岸间杂丛生着茂盛的水翁树、石栗树、凤凰树、鸭脚木、番石榴和许许多多不知名的灌木。每到春夏之交,水翁花、石榴花、鸡蛋花竞相开放。斑斓夺目,馥郁芬芳,惹来成群的蜂蝶和鸟雀。这为葱茏树木的浓荫所遮盖的流水弯弯的地方,因为它的荫凉,因为它的芳香,也许还因为它那多少带点神秘色彩的迷人魅力吧,它自然而然地成了孩子们的乐园。这乐园是海量汪涵,包容一切的。这里没有贫困,没有忧伤,没有眼泪,仿佛与世隔绝了,因为这一切都被忘却了,为哗哗啦啦的水花声，叽叽喳喳的鸟雀聒噪声，和孩子们此起彼伏的喧闹声、嬉戏声所淹没了。这是一个远离了虚伪、欺诈和势利的孩子世界。这世界是欢快的，友善的，真诚而光明的。哪怕孤苦得像一颗颗螺蛳的孩子，也可以从这里得到短暂的平等和快乐。这个在小河的臂弯里憩息的小小世界，是全凭树群的绿荫和孩子们自己的一片无邪的童心来维护的啊！是一个美丽而圣洁的世界啊！回到这流水弯弯的地方，我就自然而然地想起了旧时的一切。

啊，小河呀小河！那些树到哪里去了？那些花到哪里去了？那些画眉和伯劳呢？那些一直低垂到你水面上的老榕树的长髯呢？还有，那一大群总是在夕阳西下时分汇拢来的孩子们哪里去了？……是的，我想念他们。那些吵吵嚷嚷的孩子的皮肤是黧黑的，都有一副脆生生的嗓子，一双水灵灵的眼睛，还有一颗亮晶晶的心。我清清楚楚地记得他们当中每一个人的小名和眼睫毛。他们仿佛在昨天的黄昏还来过呢！他们的喧哗声仿佛还在这水面上漂浮呢！可是，他们眼下都到哪里去了？……

我沿着那个分明是新修的麻石埠头和梯级走上了岸。

啊，水杉！针松！还有青竹和石榴！还有乌榄和荔枝！好哇，好哇！这些栽种未久的树木虽还稚嫩，但却青翠欲滴，生机勃勃。它们将要蔚然成林，替代那些在灾难年月被砍伐净尽的树木，用它们浓密的枝叶，重新把这流水弯弯的地方染饰得更加绿意融融。面对这个一度枯萎了的小小世界的苏生，我释然了。随之而来的是一点憬悟：只要还有嫩叶青枝在，就不必为化作了薪柴的老树残柯而悲伤。

正在沉湎于遐想的时候，传来一阵喧闹的童声。抬头看去，只见三五成群的孩子们止兴高采烈地走来。他们来了一群又一群，走到小河边，把裤子一脱，便蹦蹦跳跳地沿着麻石垯头的梯级，扑通扑通地跳进水里，开始打发他们一天当中最快活的时光。这流水弯弯的地方顿时热闹起来了。还是我们小时候的那一套呢！他们在小河里追逐嬉戏，捉迷藏，打水仗，夕阳的余晖把他们溅起的丛丛水花点染得金光闪闪。还是我们小时候那个小小的世界呢！瞧，那些快乐的孩子，一个个黑里透红，都有一副脆生生的嗓子，都有一双水灵灵的眼睛……

忘记了自己的年龄，我回到小河，沉浸在无忧无虑的孩子们中间。孩子们丝毫也不见外我这老伯伯，用欢呼和笑脸围着我，和我交谈，跟我开玩笑。多可爱的孩子！多亲切的脸蛋！当年的小伙伴仿佛又出现在我的周围了。啊，这不是阿明吗？这不是阿勤吗？这就是阿赐了！这就是阿良了！……啊不，时光已经流过了几十年，不可能是他们了。也许只不过是酷肖他们的后代吧？我试图从孩子们一张张湿漉漉的脸蛋寻找自己儿时伙伴的面影，然而记忆中许许多多稚气盈盈的模样儿已大都无从寻觅了。当年在这流水弯弯的地方玩乐过的孩子们，有的已死于战争，死于天灾，死于人祸；有的已远走他乡，不知所终。总之，就像这两岸曾经有过的花草树木那样，被灾难历史的利斧砍得七零八落了……

然而不要忧伤！不是还有嫩叶青枝吗？面对着正在把小河闹得沸沸扬扬的孩子们，我忽然想起刚才在岸上见到的水杉、针松、青竹和各种各样的果木。是的，孩子们也将蔚然成林，比他们的先辈不知要繁茂多少！在经过一段历史的劫难之后，这个流水弯弯的世界将会一代复一代地变得越来越美的。可不是么，曾经是小文盲的阿明、阿勤、阿赐、阿良们的后代，如今都是小学生、中学生了。这些不知苦难为何物的孩子，是不会理解他们的先辈当年为什么只有在这流水弯弯的地方，才会得到短暂的平等和欢乐的；因为当他们在夜色初临的时分从这里兴尽而归，家里等待着他们的不是芋头稀饭和祖母的眼泪，而是香喷喷的鱼汤和准时开始的电视节目。

在飞溅的水花和喧闹而欢快的童声中，我品尝着只有自己才懂得的滋味。没有谁比我更能见证这个小小的孩子世界的沧桑史的了。啊，这流水弯弯的地方将要再变成个什么样子呢？

这诚然是只有小河自己才知道的,但是两岸的嫩叶青枝和河里的孩子们欢笑声,已为它的未来发出了明晰的朕兆。正是这泛绿的柔情,这令人欣悦的朕兆,使遥远的忧伤都变成美丽了。

小河啊,再见了!有朝一日,我将在蝉鸣鸟噪的时节回到你身边,从此不再离开。

1985年8月

春 天

我曾被那只呢喃的燕子所迷惑了。这不就是春天了吗？我说，一燕知春，谁说一只燕子还不算是春天呢？

我曾被那一阵熏风所愚弄了。春天不是翩然而至了吗？我说，我甚至感到了她的柔指轻轻抹过我的肌肤。

那时我很天真，把第一滴冰融的水点，当作春天了。

那时我真轻信，把第一朵耀眼的金蕾，当作春天了。

是出于善良还是无知呢？我是如此迫不及待，为自己那近乎梦幻的预感而欢呼雀跃，大叫大喊，仿佛一切都忽然变得美丽如花，蜂房注满了蜜，人心注满了仁慈；所有溪流，都在一夜之间怀孕了。

我还衷心规劝人们相信这一切都不是虚无缥缈的幻觉，而是大自然慷慨宣言的切实兑现。我感极而泣，愿世上一切生灵，以与我同等欣忭的心声，营营共振于苍穹。

质朴的人们笑了：吉祥鸟啊，你这天真的吉祥鸟，你唱的我们都看不见，只见你自己依旧瑟缩于冰冷的树洞里……

质朴的人们说了真话。我发现自己用牧笛吹奏的春之声，从笛孔滑落于牛背，迅即流失在龟裂的冻土缝里。为此我惭愧得汗颜无地。

不知道是什么契机，使人憬悟过来——

春天，岂能是一两只燕子衔来，一两阵熏风送来的呢？春天原来不是星星点点孤零零的点缀，而是一种大面积的生机，大规模的希望；是我们极目难及的一种伟大的综合。

春天，不是一幅绚烂的水彩画。花开满园，还不算是春天呢！绿漫田畴，也还不是春天呢！春天，花将一直开到人们襟头上，绿将一直漫到人们心窝里。

如今该不再尽信燕子和风了。我要从大片大片羞怯的叶子那儿，去谛听春天的信息，我将重新变成一个无忧的孩子，拿起牧笛，跳上露水晶晶的牛背。

我将重新变成一个孩子。

我会重新变成一个孩子的。

1992年1月

又是春天

"春",是一个最常见、最古老、最经久耐用的作文命题。记得年纪小小的时候,头一次堂上作文,老师在黑板上端端正正写了个斗大的"春"字,要我们以此为题,写一篇作文,即堂交卷。有同学请老师给点提示,老师边拍掉手上的粉笔灰边说:"这还不容易?春天,还不是花呀草呀鸟儿呀,还有蜜蜂蝴蝶什么的!春天里有什么,看见什么,你们就写什么吧!"同学们于是都不约而同,花呀草呀鸟儿呀,还有蜜蜂蝴蝶什么的,写了一大堆废话交给了老师。

由小学及中学,以"春"为题的作文,少说也写过十次八次了。"春",成了国文老师们传统的不朽作文命题。同学们年年写花写草写腻了,有一次堂上作文,一位新来的国文老师又在黑板上写了一个斗大的"春"字,有个同学禁不住轻声叫起来:"哎,又是春天!"

老师的耳朵灵,听见了,愠然于色,立即转过身来恶狠狠地斥骂道:"什么?'又是春天'?谁说的?春天有什么不好?'暮春三月,江南草长',有什么不好?'春和景明,波澜不惊',有什么不好?难道冷得发抖的冬天好吗?多少文人学士的灵感,都是从春天里来的?有见过不写春天的诗人吗?我就没见过!'春',一辈子也写不完呢?"

老师说的没错。"春",确实唤起过不知多少文人学士的灵感。春天来了,冰化雪消,草木萌发,燕雀啁啾。金子般的春阳,使原先昏沉冰冷的世界,慢慢变得色彩缤纷、生意盎然了。人们历尽苦寒,缓步进入了一个大异其趣的明媚境界,顿觉豁然开朗,胸怀大畅。感觉敏锐的文艺家们,诗兴、画兴、文思、乐思就都如泉涌了。难怪一部《全唐诗》,"春"字就数以百计。拜伦、雪莱、普希金,都曾以春日唤起的激情,倾注于他们的诗篇之中。从米勒、塞尚,到齐白石、刘海粟,都无不为春日的繁花与燕雀所感,深情地把这个美妙季节的情景移驻于他们的彩笔之下。春天又不知化作过多少撩拨人心的旋律,颤动在帕格尼尼的小提琴和瞎子阿炳的二胡弦线上。一年四季当中,没有比春天更令人欢欣雀跃的了。春天,在人们心目中是温暖和光明,是欢乐和富足,是诞生希望和爱情的大好时光。"春",被程式化了:一说到春天,人们便会不期而然地联想到呢喃的燕子、待放的蓓蕾;联想到如茵青草、依依杨柳;联想到繁花竞放的山头和盈盈欲溢的溪流……"春",被女性化了:人们总爱把春天形容为天使,形容为女神。人格化了的春天,是集美丽温柔于一身的。怪不得狂放豁达、不修边幅如郑板桥,在说到春天的时候,也一改常态,变得温情脉脉起来。爱讲趣闻笑话和市井故事的乔叟,竟也要用一副温柔的笔墨去赞颂春天。他像一个唱圣诗的少女般虔诚地咏叹:"春天拨动每一颗温柔的心,把他们从梦中唤醒……"啊,真是不由人不相信:多少文人学士的灵感,都是从春天里来的!

老师说的也没错:"春"一辈子也写不完呢!我自己就是个活生生的例子。——在学校念书时,在老师的提示下,花呀草呀鸟儿呀,还有蜜蜂蝴蝶什么的,不知写过多少遍了!活到几十岁的时候,每到挨年近晚,当编辑的老朋友诚心约稿,还得照例花呀草呀鸟儿呀一番,积少成多,也难以数计。如今大寒已过,腊月将尽,编辑朋友们未能免俗,要在春节光临的当儿把版面弄得春意融融,于是命题要稿,又是春天!老师的话,不幸而言中了:"春"这个传统的不朽作文命题,果真是要写一辈子的呢!不过,这一回,我再也不能老是花呀草呀鸟儿呀，还有蜜蜂蝴蝶什么的了。

这一回，又是春天！说几句关于春天的大实话吧！——我想，古往今来，人们对于春天太多幻想，太多溢美之词了。春天其实并非纯如人们通常赞颂的那样美丽可爱。这个向来为诗人们情有独钟的季节，除了花花草草，还有与之俱生的芒刺蒺藜；除了蜜蜂蝴蝶，还有与之并存的虫豸蛇蝎。立春之后，在远方睃巡的寒流还会伺机而至。料峭春寒，路边仍难免有冻死之骨。春天，淫雨霏霏，天潮地湿，霉菌繁衍，蚊蝇滋生。这个反复无常的季节，时而山洪暴发，殃及庄稼；时而干旱得田地龟裂，插不下禾秧……应该说，这才是真实的春天吧？

我们习惯于一边倒，不是说绝好，便是说绝坏。这个老毛病，古已有之。对于春天的歌颂，可成一例。其实世上哪有完美无缺的存在呢？一切都是矛盾的组合。一切都是对立的统一。即如春天，既有金阳，也有阴雨；既有希望和爱情，也有绝望和苦情……而我们说到春天，却总是想到前者而忘掉后者。这是坏习惯使然，还是源于过分的天真呢？

我这样说，不会有人疑心我在主张描写春天的时候，还它以芒刺蒺藜和虫豸蛇蝎吧？有这样可笑的主张的吗？不是的。我只不过在借题立言，建议改变一下我们跛脚的思维惯性，不要在对美好事物大唱赞歌的时候，对它的负面视而不见，或则讳而不言。当然，思考问题与唱圣诗是两码事。在给春天命题作文的时候，谁也不会责怪谁不把芒刺蒺藜和虫豸蛇蝎，也一股脑写上去的。

如今大寒已过，腊月将尽，又是春天了！不必说太多花呀草呀鸟儿呀，还有蜜蜂蝴蝶什么的；也不必为它掩饰丑陋的一面。只要是生机蓬勃的季节，不管说多说少，它都是实实在在的春天。

春天真的来了！尽管它也有芒刺蒺藜、虫豸蛇蝎，但它毕竟是个活脱脱的春天。

1995年1月

春天的对话

不知道是梦还是不着边际的遐想,我看见一老一少在村道上相遇,并且清楚地听到他们的对话——

那个人分明垂垂老矣!瘦小,佝偻,拄着一根弯弯曲曲的藤杖蹒跚而来。雪帽的护耳飘飘,遮住了他布满皱纹的两颊,又厚又阔大的棉袄笼罩在他身上,仿佛沉重得令他不堪负荷。路旁刚破土而出的小草露水晶晶,把他的一双棉鞋打湿了。这景象有点儿凄凉。然而在料峭春寒之中,阳光灿烂,慷慨地洒落在他斜垂的双肩,使他那衰颓的身影居然也染上了一星点儿亮色。

一个快乐的小伙子哼着小调儿,驾着一辆咆哮的手扶拖拉机迎面而来。路太窄,小伙子不得不在离老人不远处关了油门,让拖拉机停在一旁。

"啊，老师，原来是您老人家！您早哇！"

老人抬头看了看。他浊眼昏花，认不出来。

"呵呵，后生哥！你是谁？"

小伙子乐呵呵地嘻嘻一笑。那笑声在这宁静的早晨显得特别清脆："老师，您忘了吗？我是您的学生，听过您的语文和历史课。我的名字叫……"

"噢，记起来了！记起来了！你是班里年纪最小、个子也最小那个。呵呵，眼下你们都已长大成人啦！哎哎，光阴似箭，日月如梭。岁月像风一般飘去了，像水一般流逝了。我们这些可怜的生灵，前不见古人，后不见来者，念天地之悠悠，独怆然而涕下！唉唉，真教人感慨万千！"

"老师，你在念诗？"

"陈子昂的《登幽州台歌》呗！我好像教过你们的。"

"这诗的调子好悲凉呀，老师！"

"唉唉，人生本来就是可悲的。人一生下来便一天天走向死亡。一个最无情、最悲惨的结局早就在等待着。寒来暑往，年复一年。叹韶光之易逝，哀人生之易老。唉唉，'二月初吉，载离寒暑，心之忧矣，其毒大苦。'"老人念起来摇头晃脑，不知道他是忧伤还是快活。

"老师，您念的什么？"

"《诗经》！《诗经·小雅》的《小明》。无非哀叹时序迁流，岁月无情。无情啊，无情！一年容易，又过去了！"

"啊，老师！请不要回眸过去，为枯树伤心。它们终究要绿起来的。这世界寒冬已尽，残雪融入了河川。春天再度光临，云雀唱了，河水涨了，生机现了，又是一个充满希望的季节。"

"孩子，别太天真！你留得住春天吗？春天的花儿能开到深秋吗？春去夏来，接踵而至的是苍凉的秋日，然后又是漫天飞雪，压根儿埋葬那曾为阳春所诞生的一切。年年岁岁，莫不如此。到头来还是冰雪的胜利。生机只是暂时的，毁灭才是最终的主宰。"

小伙子谦和地说："不是还有另一个春天吗？蜜蜂和蝴蝶还要回到这个曾经虐待过它们的世界上来；冰雪才不是永恒的，大地仍将飘散花卉的芬芳。"

"可是那之后，那之后呢？"老人涨红了脸，有点不耐烦了，"那之后还不是一次又一次对春天的否定？！"

"老师，我想春天还是要否定那曾经否定过自己的一切。我深信生比死强。"

"胡说！宇宙间没有永恒的生机！万事万物到头来都终归于毁灭。孩子，你知道吗？连我们居住的这个星球，也终将逃脱不了毁灭的命运。"

小伙子仍旧谦恭,侃侃而谈:"老师,我想,即便到了那个亿万光年的遥远未来,地球不再旋转,生灵都丧尽了,谁晓得生命又以何种形式活跃于哪个温暖而潮湿的天体?宇宙是恒动的,充满活力,生生不息。它不断在膨胀,不断在运行,了无穷期。这个永恒的积极趋势注定了生强于死,美胜于丑,创造大于毁灭。宇宙如此,地球如此,我们的生活亦无不如此。哪怕千里冰封、万里雪飘,也窒息不了小草的生机;哪怕天多昏、地多暗,到头来还会阴霾散尽、阳光普照。再说一遍吧:生强于死,美胜于丑,创造大于毁灭,这仿佛已成冥冥中的定律。难怪人世间的生灵越来越众,幻化为芸芸众生的天使总是多于扮作人形的魔鬼。老师,给我这番话打个分吧!"

老人默然无语,沉思片刻才说:"还是让别人去评判吧!现在已不是凡老师说的都对的时候了。孩子,走你的路吧!你这要往哪儿去呀?"

小伙子又是乐呵呵地嘻嘻一笑。那笑声在这宁静的早晨显得特别清脆:"老师!我育种去。插秧大忙的时节就要来了!"

说了声再见,这快乐的小伙子又哼起了小调儿,然后开动了他的铁毛骡,扑扑突突,向朝暾初现的远处欢快地奔去……

1995年1月

我家二婶

说我的家,不能不以大部分篇幅说我的丈母娘。丈母娘是我家的守护神。

我母亲比我父亲死得早,我享受到的母爱太少,也太短促了。小的时候,有祖母给予补偿;后来轮到丈母娘,她待我与母亲并无两样。从她那儿我寻回了失落的很大一部分母爱。

我与妻子是相识了四年之后才结婚的。结婚前的那段日子,我在大学念书,广州没有我的家,未婚妻的家就如同我的家了。她母亲早就决定把自己的独生女许给我,认可了这门亲事,对我自然就情同母子。

我与妻子完婚于1950年年底,婚后,我便把丈母娘接过来同住了。此后三十多年,我们都从未分开过。我家的主心骨,不是我，而是我的丈母娘；因为即便没有我，我们这个家还是个家，若然没有她，这个家就不知会变成什么样了。

没有经历过五六十年代的人，很难想象那些日子是怎么过的。——上下班制度严之又严，一天到晚忙于工作，晚上还要回到单位参加政治学习；星期天又常常给义务劳动占了去。被派下乡工作，参加修堤筑坝、夏收夏种，是常有的事，往往一去便是数周、数月甚至一年两年。1964年我被派到农村"四清"工作队，下乡就达两年之久。我和妻子，离家的时间要比在家的时间多得多。

妻给我生了三个儿子，一个接一个。每个孩子都只能得到母亲五十六天产假的照顾，一恢复上班，全副担子就都落在孩子们的外婆肩膀上了。没有这样一位能干的外婆，天晓得他们会换上什么样的一种"活法"。可以说，完全是外婆一个个把他们拉扯大的。丈母娘不但把这个家操持得井井有条，还把我们的三个孩子带得挺好，照料得挺周到，叫我们毫无后顾之忧。那时我们夫妻收入不多，每个月的工资合起来也不过一百多元。这寥寥糊口之资交给丈母娘精打细算，这六口之家居然还过得既温且饱。孩子虽多，我们这个家竟也不曾经历过真正困厄的时候。"家中有一老，犹如有一宝"，对于这句话，没有比我感受得更为深刻的了。

对丈母娘的感念，如果仅止于她给我们这个家的种种恩德，说她如何含辛茹苦，把生活安排得妥妥帖帖，把孩子们抚养成人，意义就不大了。丈母娘令我感念不已的，主要还是她的善良，她的刚正，她的通情达理和处处体谅别人的那种懿德。

直到丈母娘进入耄耋之年，岁月还没有彻底磨蚀了她那与生俱来的秀气。见过我丈母娘的人都猜想她年轻的时候一定长得很美。如果他们看见她年届半百时的照片，也不必去猜想了。她容颜端正，仪态雍和，举止淡定。我觉得丈母娘常以她带笑的脸容形象地写出"善良"二字。不是蕴藏着一颗善良的心，是不可能透现出如此透明的音容笑貌的。她心地善良，对朋友、对邻居，都有求必应；即使要节衣缩食，她也不忘周济一些生活比自己拮据的乡亲。

丈母娘出身贫苦，小小年纪便在乡下的丝厂做缫丝女工挣钱弥补家计了。她没有上过学，但却能说出许多历史人物故事，满肚子是精彩绝伦的民间谚语，往往随口而出，令人叫绝。她又懂得珠江三角洲一带的不少民俗民风和民间故事，还会唱南音和咸水歌，真说得上是个文学创作素材的小小宝库了。我曾在自己的好些作品中运用过她提供的素材。我那得过几个儿童文学作品奖的《野孩子阿亭》里那个悲惨故事，以及那里面一些关于孟兰节民俗的描写,便是从她那里听来的。她通情达理,有幽默感,对人对事都有自己的见地和分寸,偶然吐露出来的言谈,往往叫我到访的朋友大为欣赏,对她刮目相看。"大跃进"那时,谎言遍地,有一次听人说起连县放了个水稻亩产五万斤的"大卫星",丈母娘哈哈大笑说:"一亩田长五万斤谷子,这亩田不都成了炒米糕了吗?那么叶子往哪里长呢?能相信这样的大话吗?"那时候,我在一家出版社工作,出版社要大力宣传"人民公社好",到处征稿约稿。有一位作者送来一个小演唱曲本,叫《八仙争入社》。我回到家里说起这件事,丈母娘听了又是哈哈大笑道:"入社还不是为了有饱饭吃!神仙不食人间烟火,肚皮饿不着,入社做什么?那'八仙',该查查他们是真是假。"

令我永难忘怀的是1966年那个酷热的夏日,那时"红海洋"淹没了一切,到处是大字报,远近响起了恐怖的锣声和震耳欲聋的口号。我已成了众矢之的,家里被"红卫兵"和"革命群众"抄查了三次,连竹凳子的几根竹竿,都被拆下来检查过了。这个风雨之中的寒碜的家,眼看就要遭灭顶之灾。第三次来抄家的人走后,我满心歉疚,对饱受惊吓的丈母娘说:"二婶(我一直跟妻这样称呼她),我连累你了!"丈母娘却不以为然,泰然说道:"没相干。既然把女儿嫁给了你,就已经预定坐牢也跟你在一起了。这杯苦酒是人人都得喝的，只不过有的人早点喝，有的人迟点喝罢了。我们这个家算是喝迟了点啦！"我说："要喝，只应由我来喝，不应连您也得喝。"她苦笑道："你是我的崽，瓜连藤、藤连瓜，命分不开了，你还说这样的话做什么呢？不要再说了！你是我的崽，你受罪，若我不跟你一起受罪，我算是什么呢？没罪的人又怕什么受罪！"

这番话，一字一泪，叫我怎能忘怀！

丈母娘就这样跟着我们这个大难临头的家一起受罪了。我在受批、受斗，受尽侮辱之后，被扫地出门，以戴罪之身被押解到英德黄陂"五七"干校监督劳动，饱受肉体上和精神上的摧残，还有人格上的凌辱。作为"专政对象"，只能每月领取十多元的生活费。丈母娘把我节余下来的生活费糅合在她女儿"鸡嗦一般多"的工资里，省吃俭用，含辛茹苦，颤颤巍巍地领着三个稚嫩的孙儿，挨过那漫漫长夜。为了让这个家不至于分崩离析，为了让三个孙儿吃得饱、穿得暖，她每天拖着才几岁大的小孙儿走遍市场，拣最便宜的瓜菜买。她把自己的旧衣服全都翻了出来，看哪一件可以改缝给哪个孙儿，因为布票都拿去换钱了。

丈母娘为我们这个家，心力交瘁，她付出的太多太多，而我给她的回报却太少太少，这种反差，每次想起来都令我有愧于心。为了带好三个外孙，她宁可让我老丈人孤零零地守着那间相当宽敞的房子，来到我那湫隘的家，一住就是三十多年。我夫妻俩微薄的工资，要支撑这个家已属不易，根本说不上什么舒适的享受了。虽说我不时还有点稿费收入，但也只能作为家计的补充罢了。三十多年里，丈母娘在我家可以说没有享受过一天舒适的生活，偶然一两次要和她上馆子，她都坚决不肯去。

丈母娘去世了。今天是她的十年祭，这十年来，孩子们一个个都成长了，老大、老二都已结婚生女，各自建立自己的小家庭，只有未婚的老三还在我们身边。不消说，家境比以前要宽裕多了。我们已先后迁居两次，住屋一次比一次宽敞。每迁居一次，我都对妻子说："要是二婶这时还在，该有多开心！""要是二婶这时和我们生活在一起，她可以有个自己的房间了……"听我这样说时，妻子就黯然神伤，说不出话来。

是呀，要是二婶还在，该有多开心呀！当儿子喜气洋洋地挽着新娘子进屋；当儿媳妇抱着刚出生的婴孩，从医院产房回到家里；当客厅里的一树梅花开得灿烂，一盆盆金橘的枝丫吊着累累红玛瑙一般的果实，阖家九口围在一起吃团年饭；当仲夏的黄昏，我们两老抱着小孙女在清风阵阵的凉台纳凉的时候……我总会想起敬爱的丈母娘，满心遗憾地想起她，满怀愧疚地想起她。

而在我的脑海中，我慈祥的二婶，却总是扬起宽容的笑意爱怜地凝望着我，令我老泪盈眶。

1994年8月写于医院

无垢者无畏

与戴厚英结识,纯属偶然。

1979年年底,一位文学界的前辈与我谈起上海文坛近事,说上海一位女作者写了一部长篇小说《诗人之死》,记叙了她与诗人闻捷的恋爱悲剧。书稿送到出版社,已经发排,但在出版过程中横生枝节,受到阻滞,被搁置下来。他建议我不妨向作者把书稿要来看看。那时我是广东人民出版社分管文艺书籍编辑工作的副总编辑。我接受了建议,给戴厚英发去了电报,商请她把《诗人之死》书稿寄到广州来。她给我回了信,说书稿出版的事经过一番折腾之后已有了转机,问题可望最终得以解决。为了不使我失望,她说她可以给我们另写一部以知识分子生活为题材的长篇。我当即去信表示欢迎。事后不久,她果真把题为《人啊，人》的长篇稿子寄来了。我阅稿后，十分欣赏，随即请文艺编辑室的两位年轻编辑杜渐坤和杨亚基抓紧阅读。他们读后，也很赞赏。我们三人交换意见之后，便由杜、杨两位带着书稿和我们商定的修改意见到上海拜会作者，商讨修改方案。由于改动不大，作者很快便将书稿修改完成。她接受了我们的邀请，于1980年8月间到广州来定稿。大约用了两周时间便完成定稿工作，随即发排了。

出版《人啊，人》，是我和杜、杨三人共同决定的。签发之前并没有请教或请示过任何人。这并非因为我们过于天真幼稚和不知天高地厚，也不能说是无组织无纪律的行为。《人啊，人》是一部具有浓厚的人道主义色彩的作品，它关心人的命运，通篇洋溢着亲切温馨的人情味。那时"四人帮"虽已倒台，但是推行了多年的极"左"文艺路线，在人们意识中形成的惯性还相当顽固。《人啊，人》的主题无疑是冲犯极"左"路线的"禁区"的，要将之出版，这在当时是多么的不合时宜！然而，这部作品字里行间的许多倾诉和呼唤，不正是千百万老百姓尤其是知识分子的心声吗？人民需要这样的文学作品，这样的作品是有价值的，因而为之冒风险也是值得的。为一己的安全着想，我本来可以把球踢给上级，由上级领导拍板负责，这样一来我便可以高枕无忧了。但是我深知我的上级领导饱经沧桑,行事谨慎,这样一部作品要在他眼前过关是绝对不可能的事情。道义与良知常使人置一己的荣辱安危于度外,我决心要让这部难得的作品面世。我们都知道,戴厚英在上海文艺界是一个有争议的人物,缘何有争议,我们也是颇知其详的。据了解,戴厚英在"文革"期间,对"造反有理"的盲从,使年纪轻轻的她成了批判资产阶级学术权威的"小钢炮",得罪过上海一些文化界的头面人物。"文革"后,她自然难免被人回过头来算账。戴厚英要在广东出书的消息在上海不胫而走。有人忙不迭地向广东施加影响和压力,企图阻止她的书在广东出版。事不宜迟!我们深知只稍微迟疑,这部作品便很可能在外来的影响和压力下遭到扼杀,我们必须争分夺秒!为此我做出了自己有生以来也许是最为困难而又大胆的决定。

果然,书稿刚送到印刷厂排印,一位从上海出差回来的领导一下飞机便气冲冲地召见了我,要制止《人啊,人》的出版。我说:"书稿已付印,不能改变了。"他警告说:"风要刮来的,你得有思想准备!"

就这样:《人啊,人》在1981年元旦即将来临之际问世。书一出来,便在文艺界和广大读者中产生了轰动效应。兴奋的读者奔走相告,赞不绝口。然而正如我那位富于斗争经验的领导所曾预料的那样，风，果真猛然而至了，而且越刮越凶，顷刻之间便形成了风暴般的大批判态势。那风首先是从上海刮起来的，然后来到广州，进而波及其他。各报各刊都连篇累牍地刊登了许许多多留情或不留情、说理或不说理的文章，从"讨论"批判逐步升温到近乎声讨了。从来势之猛，人们都预见到《人啊，人》及其作者以至其出版责任者，都将不可避免地陷于灭顶之灾。真难以想象厚英这样一个无所依靠的单身弱女子，如何承受得了如此严酷的精神重压。然而她是坚强的。就在那四面楚歌、沸沸扬扬的时刻，她仍镇定自若，照样谈笑风生，从来不曾见过她对自己的凶险处境表现出丝毫的恐惧和忧虑。有一次我去看望她，见她正在奋笔疾书。我问她在写些什么？她反问我："你猜呢？"我打趣道："此时此刻，你只有写检讨的份儿了！"她听了哈哈大笑，然后才说："我这人从不写检讨，也不会写检讨！我对自己做过的一切都永不言悔。有比下跪求饶更难看的丑态吗？"接着，她揭开谜底了，原来她正在草拟自己下一部长篇创作的提纲。"这一部，"她告诉我，"也是写知识分子的，可以说是《人啊，人》的姐妹篇，书名打算叫《空中的足音》。这书名你看怎样？若说不好，将来请你给它另起一个。"好一个戴厚英！她的本色出来了！性格坚强，内心踏实，因无垢无私而无愧无畏。她的豁达使我为之感动而惭愧，顿觉自己因处于逆境而戚戚然患得患失的心态，实在太渺小了。患难是友谊的沃土。自此之后，厚英和我，还有出版社里的几位弟兄——王曼、李士非、杜渐坤、杨亚基、胡荜华，都成了知心朋友、莫逆之交。通过我们，厚英又结识了广东文艺界、出版界的好些朋友。她带笑说，广东成了她"巩固的后方"了。"到了弹尽援绝的时候"，她打趣道，"我便要退守后方，受用后方的粮饷了！"广东真可以算得上是她的"后方"。厚英不但有着我们这些"同上了一条船"的朋友，连我们大家的妻子儿女也都跟她稔熟了。孩子们都前一声"戴姨"后一声"戴姨"地喊得挺甜挺亲热，令作客的她有宾至如归之感。她每次到广东来，常在我们家住宿，由各家"派饭"。遇上春节，大家争相宴请，叫她无法分身。没有谁比我们这几个更深知厚英的品格和喜恶的了。

我们敬重她，爱护她，不仅因为她冰雪聪明，她过人的才智和文采，更因为她心性高洁，如玉壶白雪，如秋水寒潭，了无尘垢。她因为心境光明而开朗、豁达和无所忌惮。她仿佛是透明的，真诚而耿直，从不隐瞒自己的观点。她愤世嫉俗，与丑恶的人和事难以相容，但有时也难免失之偏颇，唯其如此，就难免开罪了一些人。这位秉性刚烈的女子也有她温厚的一面。她古道热肠，极富同情心，每因别人的苦难而焦灼和忧伤得落泪。前些年华东水灾，她不惜自己病弱之躯，不顾酷暑骄阳，深入灾区，出钱出力，为灾民奔走呼号，简直可以说是鞠躬尽瘁了！她不止一次地向我吐露过自己的一个夙愿：到了退休之年，便回老家办一间小学。为家乡的穷孩子们做点力所能及的实事。她说她要积攒一些钱，就是为了将来要实现自己的这个愿望。1995年夏天，在厚英遇害前一个多月，她回安徽老家前夕从上海给我打来电话，告诉我她要回去待一段日子。我说："安徽近日发大水，你还要回去？"她朗声大笑："你以为我要回去过小日子吗？越是大水，越是要去！"

这是我最后一次听到厚英的声音了。

至于与厚英的最后一面，则是1989年的初夏。那时候，国事蜩螗。厚英经广东出国。那天早上，是我把她送到火车站的。一路上她神情凝重，告诉我，她此去只是暂时，她是永远也舍不得也不会离开中国的，只有中国才是她安身立命的地方。握别之际，她一连说了两声"再见"。我说："一路福星！我们终归会再见的！"然而事与愿违，那竟是我与她的最后一面了。

厚英在国外漂泊了几度春秋之后回到上海，几次打算南来会会众多关心她的老朋友，但都因为这样那样的原因未能成行。真诚的厚英绝不是说说便算数的那种人，在几次南来未果之余,她曾郑重其事地许愿1996年一定要在广州和老朋友们过春节。可悲的是冷血歹徒的凶刀夺去她宝贵的生命,我们无缘再见了!

与厚英睽违的七年,虽不相见,而书信往还未尝稍辍。几年间,她的来信有数十封之多,大都保存至今。她身后,重温她的遗书,如见故人,音容宛在,不禁潸然。

这几年间,厚英的世界观发生了极大变化,这种变化,显然是在她到了美国不久之后就开始的。在1990年4月3日的一封来信里,她说想回到乡下,做一个隐士。不到一周,她又在另一封来信中说:"我要考虑认真安排我的后半生了。也许我将放弃一切追求,做一个隐居者。"这一年的7月5日,她离开芝加哥。翌日回到上海。同年11月间,她到杭州游览,灵隐寺香烟缭绕的宗教氛围,一定使她的心境变得更加苍凉。她在11月11日的来信中说了这样的一段话:"我去了灵隐,三十二年过去,大雄宝殿的大佛给我的印象至今未忘。那是一种崇拜混杂着恐惧的震惊。这次的体验仍一样,只是没有第一次强烈。"此后的几封来信,一封比一封更甚地涌溢着宗教意味。她说:"我越来越倾向于宗教。在世界上活了五十多年,有过不少欲望和追求,也付出过不少代价,但终于觉悟了——无欲无求便拥有了一切。这世界上没有一样东西是属于我的。但也正因为这样，它们都属于我。"她说："我已失去了目标。那个以前的我已不复存在。种种的物质欲望对我已失去诱惑。我只求心灵的宁静。"她说："我思考着自己的道路——人性的迷失到复归。我的道路由宽到窄，又由窄变宽了。"……在1992年5月28日的来信中，她写道："我会皈依佛门的。现在，每当心不宁静时，我就求佛帮助，离开人间罪恶。"

其后的好些来信，厚英都向我诉说她业已进入的那个精神世界的诸般美态。她说："宗教可以拯救我们的灵魂。"她说："这几年我一直寻找心灵的归宿，终极的关怀。现在找到了，我为之欣喜。"……我日益清楚地看到她心境的变化，她的感情色彩，她的思维方式以至她的生活方式，都在明显地层层蜕变。有一次，我在信中对她说："你此时过的是近乎居士的生活了。"她在复信中说："我已经是一个居士了。"啊，究竟是一些什么使厚英如痴如醉地进入了那样的一个精神境界呢？尽管她自己为此而深感欣喜，但作为她的朋友，心中有的却是困惑和忧思。我无从探寻她心灵升华的过程，更不要说去为之解释了。无垢的心灵是难以为世俗所破译的。我只深信：厚英的抉择纯然出于灵魂的高洁。

是的，晚年的厚英变了！然而她心性的原色依旧，丝毫也没有改变。她依旧是一个无限忠诚的爱国者。她在美国时来信说:"一想到回国,心里就有一种亲切感。中国,还是我最爱的地方。"对于父母,她依旧是一个千依百顺的孝女。她在信中说:"父母老了,需要安慰和照顾,我不能逃脱自己的责任。而且,我的故乡是我的创作基地,通过它,我与人民中国息息相通。我要尽可能多地到那里去。"对于朋友,她依旧是如此深情,不时向我打听这个那个,关怀他们的健康状况、他们的生活和工作。1994年我生病住院,她忧心忡忡地给我写信,"写这信的时候",她写道,"我曾停下来,对着面前的鲜花为你祷告。我觉得花草树木均有佛心。我为此感动得流泪。……朋友,你的病会很快好起来的,因为我为你祷告了。读了这封信,你的身心都会感到轻松。我相信你就在此刻,在我写信的时候,你已经感到轻松了。"

每读一遍,这些话都会使我感念无已。

厚英说从前的她已不复存在,然而在我心中,戴厚英永远还是那个戴厚英。

1995年9月

草叶如师

我们在日常生活中接触到的某些事物或现象，若然对之细加观察、品味和思考，往往会从中有所感悟，受到启示，获致教益。

我与青草绿叶真的有点缘分。髫年生活在乡下就常与草叶为伍。家乡顺德当时是丝织业的王国，桑基无处不在。我的名字就源于满目桑树的浩瀚如海的叶子。稍长，到省城上小学，每逢寒假暑假、过年过节，都照例被接回满目青草绿叶的家乡。抗日战争那些年，在内地念书，浪迹山野，又是到处萋萋青草，蓁蓁绿叶。中华人民共和国成立，参加了工作，每到农事大忙，单位派人下乡支农，往往都少不了我，自然又是常与草叶做伴；1964下乡"四清"工作两年；1958被遣往"五七"

干校三年，都在山野林木之间过活，与草叶就更为亲近了。进入暮年，从闹市迁居郊外，小小居室紧贴着一片草坪，窗外乔木成林，浓荫遮天蔽日，恍如隐居于树林里。在这与草木比邻的环境之中，一过便十有余年，草叶与我日夕相依，对它们的品格似乎揣摩透了。

世上平凡不过的莫如随处可见的小草了。难怪好些与草字相连的词语如草率、草莽、潦草、草寇等都带贬义。成语如"草菅人命""贱如草芥"，更是把草视作毫无价值的东西。

小草虽属平凡，世上却岂能少得了它们！

小时候读启蒙课本，知道原始人以草为寮，以草取暖，觉得他们真可怜，暗暗庆幸自己不会再过那样可怜的原始生活了；哪晓得过了几十年之后的"文革"时期，自己竟也当了几年以草为寮、以草取暖的"原始人"。1968年冬，"文革"如火如荼。我作为"另类"中的一分子，以戴罪之身被押解往设于粤北英德县黄陂的宣传口"五七"干校，接受审查和监督劳动。我们这些"另类"是和"接受贫下中农再教育"的"五七战士"们一起出发，从广州乘火车到英德车站下车的。下车时已日落西山，随即步行前往数十里外的黄陂。到达目的地时已时届午夜。疲惫不堪的我们在简陋之极的营房打开自己背来的简单铺盖倒头便睡。那"五七"干校原来是部队养育马匹的军马场,后来改为劳改场;劳改机构迁走后空置了一些时日,"文革"使它时来运转,蓦地荣升为"五七"干校。那天晚上正值寒流南下,冷得叫人直打哆嗦。空空如也的营房只是一块冷冰冰的水泥地,我们只能席地而眠。幸好营房堆放着好些干稻草,领队下令允许我们每人各分若干稻草来垫铺取暖。那个苦寒之夜,地铺之上背脊之下的稻草,使我生发的幸福之感至今难忘。此后我们"安营扎寨",伐木为梁,炼泥为砖,扎草为篷。那些时日,我们这些原始化了的现代人,是没有理由不感激草类给予自己的恩泽的。

且不说小草之用途如何如何了,光就视角的感受而言,小草也是令人愉悦的。"绿草如茵",多美!"风吹草低见牛羊",多美!"长亭外,古道边,芳草碧连天",多美!难怪韩愈在他脍炙人口的《初春小雨》里,把雨中的草色之美,赞叹得连"满城烟柳"的美景也为之逊色得多。诗云:"天街小雨润如酥,草色远看近却无;最是一年春好处,绝胜烟柳满皇都。"王安石在他的《初夏即事》中,更是把夏日丰盛的绿叶和青草夸赞得比春暖时节争妍斗艳的繁花还要美。他是这样吟唱的:"晴日暖风生麦气,浓荫幽草胜花时。"

啊,若然没有了草,我们这个世界将会变得多么枯燥!多么索然无味!

小草之美，当然远远不仅仅是形态之美而已。

小草之美是青春之美。它们总是那么欢快地成长着，尽情享受大自然赋予自己的生存权利和旺盛生机。

小草之美是淳朴之美，它们以朴素无华的容颜透现自己恬淡的情怀。

小草之美是自尊自重之美，它们从不因自己的渺小低微而自惭形秽，哪怕在乔木林下、百花丛中，也从不稍露怯色，而是豁达地、无拘无束地坦然显示自己的存在。

小草之美是坚韧不拔之美。"天涯何处无芳草"！泥土之上，固然到处可见它们的身姿，即便在砖之缝、石之隙，屋之脊、墙之基也不乏它们的踪影；甚至戈壁滩头、大漠深处，也可以发现它们的家族成员。有一年我到了新疆吐鲁番，在干旱酷热的火焰山下，竟然看见了一丛丛欣欣向荣的芨芨草，不禁为之惊叹。

啊，小草！小草！像你们那样活着，能让周边多一丝青色、给别人添几分暖意，不也很快乐很欣慰很有意思吗！

世上堪与小草相提并论的恐怕只有叶子了。叶子和小草有许多共性，都是那么平凡，随处可见。不过，叶子虽然平凡，若然没有了它们，不也如同没有了小草那样，我们这个因为绿意融融而显得生机勃勃的世界，将会变得多么枯燥和索然无味！

叶子虽然平凡，也是世间不可或缺的。不知有多少植物端赖自身的叶子进行光合作用方得以存活；也不知有多少动物全凭以叶子为食方得以成长。先民也赖树叶以御风寒、营居室；树叶吸收二氧化碳，释放氧气；为人间净化空气、调节气候；遮挡沙尘、抵御风暴。许多种树叶都有药用价值，造福人间……总之，树叶为人类做出的贡献之多之大，无论怎样评价也不为过。

然而，叶子在世人心中的分量却往往不见得是合乎分寸的。一棵树，有花、有果、有叶子。人们都爱欣赏树上的花朵，赞叹树上的果实；却有多少人青睐它的叶子呢？其实，对于一棵树来说，花、果、叶三者中，最不可或缺的是叶子而不是花朵或果实。一棵树，如果没有花朵和果实，只长一树叶子，它还是地地道道、堂堂正正的一棵树；若然这树光秃秃的一片叶子也没有，枝丫上只挂满花朵和果实，那怪物还能称之为树吗？

人们欣赏树上的花朵之美艳，赞叹树上的果实之丰硕，自属合情合理；而树上那许多虽属平凡但却不可或缺的叶子，不也理应受到尊重吗？

少年时代深爱泰戈尔的散文诗，简直为之陶醉。泰戈尔在印度的崇高地位，堪与李、杜在中国的地位相伯仲。记得念高中的时候，泰戈尔全部作品的中译本在我国都已基本出齐了。他的《飞鸟集》《园丁集》《新月集》《游思集》《吉檀迦利》等，我都将之揽购回家，大都通读不止一次。对其中有的警句，记得滚瓜烂熟，直到现在还能背诵如流。例如《飞鸟集》中的一段话，我就记得牢牢的。泰戈尔用诗的语言表述的这一段话，教育了我一辈子。

诗人这样写道："果子的事业是甜美的，花朵的事业是尊贵的。让我们做叶子的事业吧！叶子是谦逊地专注地低垂绿荫的。"

说得多好！

对泰戈尔这一段话，是不是可以作这样的理解呢？——"谦逊"，是对别人的衷心尊重，总是先从仰视的角度去观察、审视、应对世间的一切人和事；"专注"则是全心全意，倾情投入的意思；"低垂"用以形容虔诚、恳切、心甘情愿；"绿荫"自然是指有利于社会、有益于大众的贡献。诗人以精练的文字描写了叶子的姿态，让读者从中细味这些姿态所隐喻的深刻内涵。我就是这样理解泰戈尔这一段话，并且从叶子"谦逊地专注地低垂绿荫"的姿态中学样为人的。

草叶无言，而草叶如师。

2020年

3

京口漫笔

前些日子,乘便游了一个充满传奇色彩的地方——镇江。

镇江古称京口,是南京的外卫,在历史上向与南京同兴替。三国时,孙吴在此起家;南北朝时,刘宋踞此立业。历代江南有事,这个形势险要的滨江城镇,是兵家必争之地。这一带的自然环境也可谓得天独厚,大江奔流至此,浩浩滔天,气度无涯,直叫四周景色大增瑰奇。

走马看花,穷一日之游,也只浏览了江边的北固山、金山和江上的焦山。这三座山,各有特色:北固英挺昂藏,雄崎岸边,气势凛然。"丹阳北固是吴关,画出楼台云水间",李白早就把这座名山的奇美之态描述过了。登上山头的"江山第一亭",俯瞰大江,浩渺苍茫;在那荡荡江风之中,帆舟竞发,沙鸟嬉游,一派清新活泼的景象尽入眼帘;远眺江北,则见一马平川,旷远无极,这一切真叫人心神大爽。金山胜在绮丽诡奇,山上的江天古寺,恍如幻化而成,十分惹人遐思。只消看它一眼,便会马上被它吸引到白蛇故事的境界里去了。至于焦山,则以端庄俊秀见长。据说这是东汉末年隐士焦光的隐居处,故名焦山。记得游焦山时,江边芦花正茂,烟霭迷离;远远看去,江水泱泱,焦山在芦丛里穆然而立,超绝极了!

这几座山,古迹随处皆是,但是赝品和牵强附会之说也多。谈谈那些赝品和胡诌,也是一趣。——北固山甘露寺后的长廊,有一块大石头,上刻"狠石"二字。据说,这原是一只石羊,作跪伏状,头向大江,尾对寺墙;如今剥落得只余块石,不复羊形了。传说当年曹操领八十三万大军直下江南之际,诸葛亮(一说刘备)曾与孙权骑在这石羊上,共议拒曹之计。宋人武衍曾至此行吟道:"二雄曾向此盘桓,鼎立功名各未安;留得坐时顽石在,至今人尚说曹瞒。"可见这"狠石",历来是颇惹骚人墨客的凭吊的。至今有知道这个传说的游客,仍常爱在这顽石之旁流连再三,不忍遽去。其实,这石头是后人安上去的。陆放翁在《入蜀记》中,已指出过这"狠石"是件赝品。他说,甘露寺旁有过那么一块石头,"世传为汉昭烈吴大帝尝据此石共谋曹氏。石亡已久,寺僧辄取一石充数。游客摩挲太息，僧及童子辈往往窃笑之"。这赝品，原来至少已有七八百年历史了。又据说金山的中泠泉，泉水轻清香滑，既甘且洌，经古代有名的茶客陆羽、刘伯刍、李德裕等人品评过，皆认为是"天下第一泉"。有人把这泉水说得神乎其神，说饮过之后，"胸腋间皆有仙气"，遂觉飘飘而起。因此到金山去的游客，大都爱看看这个名泉。如今江天寺里有一口井，井旁有一块刻着"天下第一泉"的碑石，人们说这就是中泠泉了。其实真正的中泠泉在金山西南边的野外；江天寺里的那口水井和它旁边的碑石，不晓得是哪个年代的和尚取巧挖凿而成的。又是赝品！关于北固山上的"双麟冢"的传说，也无稽得很。据说明万历年间，民间有牛先后各产一麟，皆数日而死，埋葬于此，这就是著名的但现已不知所终的"双麟冢"。我国民间传说中的牛尾马蹄、背毛五彩，只有"圣人出、王道行"才会出现的"麒麟"，本已不知是何种动物，而牛竟能生之，这真是荒诞极了！至于甘露寺里的什么"相婿楼""孙夫人梳妆楼"，北固山上的什么"试剑石""跑马涧"等等所谓三国时代的遗迹，以及江天寺脚的据说是藏过白素贞的"白龙洞"，也是无中生有，穿凿附会的东西罢了！……

　　知道了这许多赝品和胡诌，到镇江去访古寻幽的心情就大减了。镇江之游，使我兴致勃勃、心旷神怡的，还是那美不胜收的如画江山。在山上，在江边，目睹如此宏伟瑰丽的大地，气象万千的河川，心中对祖国的深厚感情禁不住又一次沸腾起来。美丽无匹的大好江山把我迷住，所以那儿的许许多多被人们说得有声有色的古代遗迹，也只好叫我等闲视之了。

但是，游到焦山，有个遗迹却曾使我感慨万端。"焦山山里寺，金山寺里山"。与金山的江天寺凌驾于山上不同，焦山的定慧寺是藏在山的怀抱之中的。要到定慧寺，须通过山门。山门迎面有一堵石墙，墙上嵌有一板黑油油的碑石。在这碑石上，赫然有被炮火轰打过的痕迹。碑石在中弹的地方脱了一大块，作花瓣形向四面散开。这无疑是经历过浩劫了。

为了要知道这是什么时候遗下来的痕迹，我问了那位渡我们过江的老艄公。老艄公答道："这伤疤，比我还要老多啦！从前听人家说，这是夷鬼打的呢！"

老艄公的答话，使我把碑石上的伤疤，同一百二十多年前鸦片战争的镇江之役联系起来。1842年6月（道光二十二年五月）间，英国侵略者攻陷吴淞后，两江总督牛鉴望风而逃；英寇继陷宝山、上海，随即溯江而上，追逼江宁（南京）。这时牛总督逃至镇江，"劝谕"城内百姓捐银十二万两向侵略者进贡，请他们手下留情，免使镇江"生灵涂炭"。可是这个卑鄙之徒还来不及施展他的"抚夷"之计，海盗们的兵舰已把炮口对准镇江了。牛总督眼见形势危急,慌忙逃命,直跑江宁,上奏力主投降。朝廷里那些被侵略者的凶恶形象吓得心慌意乱的统治者,正在筹划如何顶礼加额向英国海盗乞求和平的时候,第一次鸦片战争的最后一役,便在镇江这个山明水秀的小城打响了。

那是多么壮烈的一役啊!镇江守将海龄旗下的一千多兵卒,在老百姓的支援和配合下,只凭弓箭、刀剑、矛戟和少量的土枪土炮,与拥有七八十艘兵舰和压倒优势的火力装备的一万五千余英国海盗,进行了激烈的战斗。勇士们前仆后继,死而后已,表现得无比英勇顽强,使侵略者遭受了极大损失。连那个狂妄至极的刽子手——英国海军大佐J.义律·宾汉也不得不承认:镇江守军"做了一次最顽强的抵抗,他们寸土必争,因此每一个城角都是短兵接战而攻陷的",守军的勇敢坚强的确"令人惊悸"。可见这一役,镇江军民拼死奋战,叫侵略者尝到的味道是够苦的。那时英寇中的一个头目,在事后还犹有余悸地招认,他们在镇江之役所遭受到的损失,比起以往侵华战争的任何一役还要惨重。事实确实如此。如果当年中国人民这种斗争精神和无可估量的巨大潜力,得到充分发挥,如果朝廷里没有膝软善媚的当权派,那么,鸦片战争的结局,就绝不会是后来史书上所载的那么一回事了。

据刽子手宾汉后来说,他们在镇江之役中所遇到的"出乎意外"的坚决抵抗,是中国人"误解他们的征服者的性格和秉性"的结果。然而什么是他们的"性格"和"秉性"呢?镇江一役,海盗们在破城之后大肆烧杀抢掠,其凶残程度,得未曾有,以致宾汉在他的屠杀回忆录——《英军在华作战记》中,也只好供认在他们的暴行之下,中国人的"损失一定是惊人的"。在那部刽子手的供状中,到处都流露出占有的欲望,杀人的快感,掠夺的豪情,掩也掩不住,藏也藏不了,这就是侵略者的"性格",这就是侵略者的"秉性"!他们是多么害怕中国人民"误解"其贪婪残暴的天性呀!

在侵略者看来,幸而还有"善解"他们的天性的人。所以宾汉在他的回忆录中,曾经十分轻松愉快地追述这样的一段插曲:在第一次鸦片战争最后的日子,清廷乞和,"在初步协议媾和的期间,中国的官员到康华丽号来了。我方以盛仪相招待,又让他们遍船参观,'蛮夷三板'的惊人的装备颇震惊了大人们的心,而一杯一杯的樱桃白兰地酒倾覆了他们的……几个有趣的人的平衡。……这次协议期间……我们的军营中曾发出一些小声音。中国人变得格外地害怕,以为他们立刻就要被袭击了。三四个受惊的不同颜色的'顶戴们',因为这场虚惊的作用,喘气来到全权大臣所乘的皇后号旁边的江岸,涉入水中,水几乎没到他们的下颌,摇着白旗,声嘶力竭地喊'和平!和平!'"

这段文字,显然融进了宾汉大佐的笑意,那是满足的笑,优越的笑,嘲弄的笑,讥诮的笑。请看那丑态百出、狼狈万状的"顶戴们",不是理应赢来征服者这种笑意的么?当然,这些"善解"侵略者的天性的"顶戴们",对此是不知也不以为羞耻的,例如牛总督就曾厚着脸皮大声疾呼"中外同系赤子""耀德而不观兵,并无伤于国体"。这些常使侵略者为之流露笑意的软骨头,是多么善于用他们的朱笔,蘸上人民的鲜血,把侵略者的炮火所造成的弹痕细心描成桃花,当作壁画,以耀其"德"呀!

让我还是把文章拉回那弹痕累累的碑石上来吧!——记得那天游罢,已近黄昏。我和同行的友伴们迎着透过芦丛飘来的江风,踏着鹅黄色的斜阳余晖归去。离开焦山山门的时候,我们都禁不住把那碑石之上的千真万确的弹痕摩挲再三。当然,那时在我们心中生发着的,绝不是淡淡轻烟般的思古之幽情,因为在那幅为牛总督之流所曾竭力描涂的"壁画"之上,我们看见的不是什么桃花,而分明是彻头彻尾的、千秋万代也不会忘怀的仇恨,分明是侵略者的"性格"和"秉性"的清清楚楚的写真,其明确程度,是连三尺孩童也不会"误解"的。这遗迹给我们唤起的,是对古往今来的海盗们的深仇大恨;是对那一切容易为敌人的几杯樱桃白兰地酒弄得失去了平衡,为敌营里的一些小声音吓得魂不附体、赶忙摇起白旗大喊"和平!和平!和平!"的软骨头的鄙蔑之情。

  出了山门,下了埠头,渡江的木船就载我们往回走。站在船头瞭望,只见江流浩荡,横无际涯。祖国苦难的历史,已在这滔滔流水中沉淀了;而大江之上,仿佛还卷起了历史上的英雄人民的面影。幻觉暮色苍茫处,百年前的正义之旗还在飘扬,千军万马与滚滚波涛一并飞跃奔腾,用弓矢戈矛杀向船坚炮利的敌人……

1963年2月

沙角怀古

我们的船沿着珠江,顺流而下,过了黄埔不久,便折进狮子洋,越过西岸的莲花山,江面更见宽阔。船经小虎岛、大虎岛、亚娘鞋岛,穿过那由横亘中流的上横档、下横档等岛屿所形成的狭长水道,瞻望前方,只见隔江对峙的一双绝壁拔地而起。啊,那左边不就是沙角,右边不就是大角了吗?

是了,虎门到了!

虎门,珠江的"金锁铜关"!古往今来,多少诗人惊愕于它的险峻雄奇,以叹为观止的心情慨然咏叹:"茫茫烟水阔,浩浩接苍溟。""峭壁东西立,下临不测渊""虎门雄踞吞千里,龙驭惊腾下九霄"……然而当你面临这寥廓江天,就会发觉关于它的这一切题咏,都未免显得大为失色了。

不过，虎门令人为之神往的，我以为不仅仅是它那壮阔威严的气度和亦幻亦真的境界，使我更为倾心的，还是它那作为古战场的风貌。一百三十多年前，这一带曾是艨艟相接，炮火轰鸣的地方。中国的近代史，就是从这四周山头的鼓角声中，翻开它的新页的。这里演出过我们民族的悲剧，也诞生过人民英雄的史诗；它曾使我们感到屈辱，也常令我们为之自豪。我仿佛看见历史的风云之间，狼烟四起，烈焰飞扬，在那刀光剑影的背景之前，再现着许许多多荡气回肠的英雄故事。每逢来到这伟大祖国山河的一角，心中总会不期而然地生出庄严肃穆的感情。

虎门，像它的名字那样，雄姿英发，威仪奋烈。要领略这个要塞凛凛然的气度，如不借助船舶沿江游览，是难以办到的；然而要凭吊那十九世纪中叶的古战场，追寻那硝烟弥漫的艰难时世的影迹，就非得舍舟登岸不可了。

我们怀着庄重的感情，来到了沙角。

互成掎角之势的沙角炮台和大角炮台，是鸦片战争期间中国人民在珠江口御敌的第一重门户。由于地势和地形的关系，沙角远较大角重要。比起沙角来，后者只能算是个"配角"而已。一百多年过去了，沧海桑田，沙角的一切都已随着时光的流逝而不断变化。共和国成立以来，这个昔年遐迩闻名的战场，已被建设得好像一座大花园。然而当我们仔细追踪那历史的脚步，却还可以大体认出可敬的先人们活跃过和战斗过的地方。

那场战争留存至今的遗物，这里已经不多了，当时佛山铸造的六千斤生铁炮，算是引人注目的一种。用现代人的眼光来看，这种炮的威力自然是微乎其微的：每发填火药十五斤，可将十五斤一枚的炮弹发射一公里之遥；由于每放一发炮弹，炮身炽热，要用水冷，所以每小时只能打三发。但是仅仅仗着这一类近乎原始的武器，当年虎门的守土将士们竟曾把英国侵略者打得落花流水。所以这些简陋的生铁炮，后来被人们称颂为"功劳炮"。这些"功劳炮"，有四千斤的、六千斤的，也有八千甚至万余斤的。当年佛山的炉户接受铸造八千斤的炮时，铸造工人出于对英国侵略者的义愤，竟铸造出一万多斤的大炮。如今在濒海台前的滩头，就陈列着一门六千斤"功劳炮"。这生铁铸造的炮身虽已锈蚀，但上面镌刻的文字还大致可以辨认。面对这生铁炮，我仿佛看见一位沉默寡言、不尚虚饰、忠诚而专注的古武士肃立跟前。这"古武士"此刻正面向浩渺烟波，好像在回味那腥风血雨的年代、虎虎飞腾的战火似的。当年的战斗一定是非常激烈的，如今在我们跟前如此质朴而沉静的"武士"，那时候一定如雷吼，如火烈，无情地惩罚过敢于入侵的外敌。当时的两广总督邓廷桢不是曾经在这个地方吟咏过这样的诗句吗？——"万里潮生龙穴雨，四围山响虎门风。长旗拂断垂天翼，飞炮惊回饮涧虹。"啊，我们的"功劳炮"，当年分明是声名显赫、威震敌胆的。这是由我们佛山的铸工和虎门的士兵那一颗颗对祖国的赤子之心聚变而成的、足以使侵略者为之丧胆的声威啊！

后来沙角、大角终于不保，完全不是戍守于此的忠勇将士们所应负责的。1840年秋，被北上的英国舰队吓坏了的道光皇帝，在投降派群丑的包围和唆使下，罢了林则徐的官，派卖国贼琦善到广东来"羁縻"英国侵略者。这个骨软善媚的家伙一到广东，便迫不及待地撤除江防，裁减兵员，解散水勇；以致1841年元月七日英军攻打沙角、大角时，这两座炮台的守兵寡不敌众。附近各炮台也因势孤力薄而无法支援，终被攻陷。当时守备沙角炮台的三江协副将陈连升和他的儿子鹏举，便是在这场众寡悬殊的战斗中壮烈牺牲的。关于这场战斗，史料中有不少记载。林则徐主持两广军务的时候，在沙角、大角炮台的后山都分别驻有重兵和设置防御工事，以防敌人从炮台之背偷袭。后来琦善将这些驻军和工事尽行撤去。英国侵略军攻打这两座炮台时，主要就是从后山进逼，轰破围墙扑向炮台的。沙角之战是一场极其惨烈的战斗。六百守军与五倍之敌拼死周旋，在弹尽援绝的情况下，大都壮烈牺牲。陈连升与敌人搏斗，胸部中弹后，被凶残的敌人连砍数十刀而死。他的儿子也表现非常英勇：有说他与父亲同时阵亡的；有说他被俘不屈，被剖腹而死的；也有说他宁死不屈，跳进江中自尽了。

人民群众对于英雄人物，常会在怀念之余，为之增添好些奇光异彩。对于陈连升，就有个流传甚广的义马的故事。据说陈连升死后，他的马为英人所得，这马失去了主人，常常悲鸣流泪。英人饲它以刍豆，它不食；骑在它背上，被它颠扑在地。英人含恨，用剑劈伤马背，把它弃投荒野。这马后来竟绝食而死。在反映鸦片战争的文学作品中，关于这匹义马的描述是颇不少的。当然，说的是义马，称颂的实际上却是马的主人。

在沙角，如今要寻求陈连升的墓葬和有关的文物已不可得了。只有后山拱卫炮台的围墙，仍残存一段。那是据说用掺有糯米饭和红糖的三合土垒成的厚墙。"土到三和坚似铁"，虽经历代风霜，土墙斑驳已甚，但是仍旧十分牢固。据导游的同志说，那崩塌的地方，就是当年沙角之战被侵略者的炮火轰毁的。面对这战争的遗迹，不禁使人想到当时的惨烈情景。曾经参与沙角之战的英军大佐J.义律·宾汉，在他所著的《英军在华作战记》一书中，对英军由后山毁墙攻陷炮台后的野蛮屠杀，有过一些记述，虽仅属轻描淡写，但仍不打自招地吐露了那伙不远万里而来的海盗的野兽本性。根据宾汉的叙述，在潮水般地从山后拥来的入侵者的逼迫下，顽强的守军有的退进了炮台里面，有的藏身在小屋子和周围的房子中间，把自己反锁起来。"抓住每个机会从里面向战胜他们的人射击。这种情形给他们招来蛮乱的杀戮。"很显然，这位英军大佐是完全无意表彰守军可歌可泣的事迹的，然而他到底不经心地把那些哀兵义薄云天的英雄行为说出来了，请注意：那些面临绝境的士兵，并不是向自己势均力敌的对手，而是向业已"战胜他们的人"开枪射击的；而且，他们并不是消极地抵抗，而是积极地"抓住每个机会"去攻击自己的战胜者的。而五倍于他们的强敌，对待这些孤立无援的爱国者，却是"蛮乱的杀戮"。这就是这场战斗扼要而明确不过的写真。当我从山后穿越那三合土的断垣残壁进入炮台的一侧时，想起自己曾从海盗的自供状中看到过的那残酷的一幕，真是难以按捺心中的悲愤。

啊，沙角！这古战场不管有过多大的变化，它永远是一个爱国主义教育的课堂。到这里来游览的人们，都不免要到节兵义坟去凭吊一番。坟墓筑在白草山下临江的地方，这由砖石砌成的坟墓是1949年后修筑的，相当壮观。坟前竖一碑石，上书"節兵義坟"四个繁体字，碑石右边刻有一行小字："道光二十三年六月吉旦",左边则刻有"箭兵七十五位合葬"等字。这碑石是1958年此地修建码头时,从江边的沙滩发掘出来的。这块碑石,一直引起人们的很大兴趣。这主要是因为"節兵義坟"四个字写得有点稚气,字的大小也不很一致,而且四个字中竟有两字有笔误:"節"字的"卩"误作"阝";"義"字的"我"漏写了一点。根据这几点来推测,书写和铭刻这碑文的人,文化水平一定不高;加之这碑石并不堂皇壮观,长度只有一米二,由此可以推知当时立碑的很可能是一般劳动人民。更有说服力的一点是:碑文并无立碑者的落款,可见当时筑坟立碑的既不会是官绅大户,也不会是钓誉之徒。看来,当时筑坟立碑之举,很可能是当地老百姓一次自发的集体行动。立碑的时日距沙角之战已有两年半之久,第一次鸦片战争早已以《南京条约》的签订为标志而宣告结束。为了纪念英勇献身的死者,老百姓亲自动手把忠骸丛葬于白草山下,请一位粗通文墨的人题几个字,铭刻在一块从沙角战后崩塌的炮台乱石丛中捡来的普通麻石上,不事声张地办完这样一件事。我以为这样的假设是可以成立的。站在那块小小的碑石之前,对英烈们深切的缅怀之情不禁油然而生,想起当年那些胼手胝足的老百姓,曾经怎样以朴素而又深沉的感情,对待那许多"命锄于田畴,荷戈于战阵"的死者,真是叫人有所心动。那块因质朴得近乎幼稚而更觉其可贵的碑石,使我想到"人民"这两个大字,毕竟从来都是光华灼灼的。

作为鸦片战争中的风云人物的林则徐,正是因为他的禁烟政策反映广大中国人民的利益,而且因为他毕竟认识到"民心可用",在一定程度上与人民结合起来,共御外敌,才使他得以在历史上披上动人光彩。当我们在白草山下凭吊战士们的英灵的时候,又怎能忘怀这位民族英雄的风姿!白草山上那草木葱茏的高处,正是林则徐当年登临过的地方。1839年的中秋佳节那一天,作为钦差大臣的林则徐偕两广总督邓廷桢亲临虎门,在排列成阵的兵船火船之间查点兵勇册籍之后,他们俩曾邀请水师提督关天培等人同登沙角炮台小酌。晚上月出时,众人又一起步上白草山顶的望楼赏月。那时候,以林则徐为首的禁烟派,在禁烟运动中先声夺人,在与鸦片贩子们的斗争中,取得了又一个回合的巨大胜利。不久之前才在太平镇附近的镇口村江边,销毁了外国鸦片贩子们呈缴的鸦片二百三十七万余斤。在这一胜利面前,作为主帅的林则徐,其兴奋的心情是可以想见的。沙角赏月之后,林则徐归作的七言古诗一章,就很足以反映他当时欣慰的心境。在以明快的诗句叙述了沙角之行沿江所见情景之后,他以抒情的笔触描绘了虎门的中秋月夜:"涵空一白十万顷,净洗素练悬沧洲。三山倒影入海底,玉宇隐现开琼楼。"在这意兴风发的时刻,他禁不住以宽慰的心情在吟咏:"蛮烟一扫海如镜,清气长此留炎州。"是的,在雷厉风行的钦差大臣的赫赫声威之下,海盗们的炮舰和鸦片趸船,这时都远远躲避到伶仃洋上去了,省河上下都出现了暂时的太平景象。然而,敌人的阴谋还在继续,战争的导火线还在冒烟。"蛮烟"未灭,"清气"难留。林则徐那天晚上在望楼面对皓月而生的心愿,不久之后就被事实证明是不切实际的了。在"天朝"的投降派穆彰阿、琦善之流的纵容下,翌年夏天,英国侵略者便正式挑起了那场以其卑鄙龌龊著称于世的战争……

沙角之行,走马观花。作为一个仓促的游客,我是记叙不了多少见闻和感受的。我只觉得自己恍如置身于满目迷魂的历史风烟之中,听见六千斤生铁炮在耳边轰鸣,铁弹如雨,倾泻在高悬米字旗的三支桅铁甲舰上;看见那即便在绝境中还举起火枪,以轻蔑的眼色向敌人瞄准射击的许许多多淳朴英勇的兵丁……

啊,这就是江海之涯的往事前尘,这就是我们伟大祖国多灾多难的近代史最初的篇章。它曾经使我们感到屈辱,也常令我们为之自豪。要是不加以幻想,这里无疑是一个越来越美的江边花园,到处是花果树木,四周是亭台楼阁,水道上航行着我们的远洋巨舶，江面上巡逻着我们的海军舰艇。"蛮烟一扫海如镜，清气长此留炎州。"这为我们的先人世世代代热切企求而不可得的境界，如今已为我们所享用了。现实生活里已没有生铁炮的轰鸣，没有"蛮乱的杀戮"和殊死的搏斗。历史像一位长髯飘飘的长者，在丽日南天之下，向人们诉说着古老的故事。然而这故事毕竟是带着血腥的，它叫我们记取先人的教训，必须时时刻刻用警惕的眼睛，注视水平线上升起的每一丝动静，将"蛮烟"尽扫，让"清气"长留。

1980年3月

古猿、神女及其他

我是在微风细雨中沿江而下的。

峡雨漾漾，给江水披上轻纱，给群山罩上烟雾，使眼前的一切都增添了一层梦幻般的色彩。

船过白帝城，进入长江三峡自西而东的第一个山峡——瞿塘峡，我就不期而然地想起了猿。

古诗被人们反复吟咏，使得三峡和古猿的形象老是重叠在一起，有点儿难解难分了。"朝辞白帝彩云间，千里江陵一日还。两岸猿声啼不住，轻舟已过万重山。"这一脍炙人口的李白名篇，我们每当念及众峰磅礴、峭壁嵯峨的三峡景色时，心中便仿佛有一群焦躁不安的古猿，在攀缘，在跳跃，哀哀而鸣。古时候，这湿气蒸郁的重岩叠嶂、悬泉飞瀑之间，一定是猿猴的王国；要不，为什么头戴古冠的诗人们每当描述他们峡中的见闻时，往往离不开猿呢？

刘禹锡就曾这样吟哦："巴人泪应猿声落，蜀客船从鸟道回。"白居易也曾这样咏叹："唱到竹枝声咽处，寒猿晴鸟一时啼。"我们从李长吉、卢照邻、宋之问诸家的诗行里，都能听得见三峡古猿哀啼的声音。然而在诗篇中让猿猴出现得最多的，当首推杜甫。这位"诗圣"传世的咏峡诗中，提到猿的至少有十余首之多，人们耳熟能详的就有："猿鸣秋泪缺，雀噪晚愁空""岭猿霜外宿，江鸟夜深飞""穷猿号雨雪，老马怯关山"等等。设想千百年前，在这一江如带的悬崖峭壁两边，必定随处可见毛茸茸的猿猴攀藤援蔓，俯饮江流。老杜不是这样吟诵过吗："孤石隐如马，高萝垂饮猿""猿挂时相学，鸥行炯自如"。可见在古老的年代，猴跃猿啼，当是这一带常见的独特景色。三峡作为猿猴的王国，不知已经历过多少世代了！那个王国的湮灭，应该不会是太遥远的事情吧？我们至少还可以从明朝人的诗页中，找得出三峡的猿猴王国确曾历久而未衰的证据来。杨眉庵就曾以他忧伤的诗篇，唱出了当年三峡的悲歌："烟波草色时牵恨，风雨猿声欲断肠。"

哀哀猿啼，万载千年。想起那野性的呼声，三峡险峻与苍凉的境界就易于理解了。从前的三峡,确实是只有猿猴禽鸟才能够生存得下去的地方。在那蜿蜒曲折的江水两侧,山势巍峨,岌岌欲坠的瞿塘峡,说是"峰与天关接,舟从地窟行",真是半点也没有夸张。峰峦林立,连绵不已的巫峡,绝壁岩,层层叠叠,怪不得诗人怆然咏曰:"山塞疑无路,湾回别有天。"滩急礁恶,险象频呈的西陵峡,更是令人吊胆提心。著名的青滩、泄滩、崆岭滩,自古以来都是舟子渔父们谈之色变的难关。这些凶险的滩头,波汹浪涌,吼声如雷,"十丈悬流万堆雪,惊天如看广陵潮",写的就是这一带的动人景色。所以,这里一直是个悲剧频仍的伤心之地。昔时舟覆人亡,是常见事。青滩北岸那座"白骨塔",便是以掩埋沉船的死难者尸骨而著名的。"巴蜀雪消春涨发,何人敢放东吴船?"在那遥远的年代,每到春江水涨的时节,白帝城下,滟滪堆前,舟子们就只好望峡兴叹了。

在大自然赫赫声威的震慑和摧残下,人类总是不甘蜗伏的。在自己的力量暂时还不足以与之相抗衡的情况下,人们常爱借助奇特的想象,来表达自己不欲居于被支配地位的志气和豪情。所以,神话也就成了人类在大自然淫威之下的产物;那个诞生在只堪猿鸟栖止的三峡间的神女故事,便是一个生动的例子。

巫山十二峰，矗立在从跳石到青石洞附近一段峡谷的南北两岸。放舟江上，"十二巫山见九峰"，北岸的登龙、圣泉、朝云、神女、松峦、集仙六峰，依次一览无遗；南岸的六峰中，则只见飞凤、翠屏、聚鹤三峰，其余的净坛、起云、上升诸峰，则须上溯支流青石溪方能看到。不过，舟中所见的九峰，已是十二峰的精华所在了。众峰之中，最为纤丽瑰奇的当推神女峰，这是一座充满神奇色彩的兀然挺峙的山峰，秀美清幽，亭亭玉立；人们将之附会为一位娴静的少女，确是不无几分形似的。传说神女峰是西天王母的幼女瑶姬的化身。瑶姬对天宫里的呆板生活感到厌烦，羡慕人间之福，常常背着王母下凡游玩。有一次，她邀自己的十一位姊妹来到巫山，正值夏禹率领百姓在此开峡治水，她们起劲地帮助大禹疏河排淤，消除潦患。后来，这十二天女见这里水道险阻，经常舟覆人亡，人们生活艰难，于是毅然留在巫山，朝夕为人们指航道，驱虎豹，种灵芝……日久天长，天女们化成了十二座山峰，永驻于此。这个美丽的神话，分明凝聚着我们祖先在大自然的威逼之下不屈不挠的意志，以及对于未来幸福生活的无限向往之情。他们期待这样的一天终会来临：在这三里一湾，五里一滩，岩崖峭立，峰峦攒簇，只容栖猿宿鸟的地方，开出一条金光灿灿的平安大道来……

透过蒙蒙峡雨，神女诸峰因朦胧而益增美态，惹我遐想和深思。我想：神话的诞生，固然表现了我们备受大自然虐待的祖先们的意志和愿望，也同时表现了生活在艰难时世的他们，在与大自然搏斗中的可悲处境和弱者地位。他们是在面对灾害而又无可奈何的时候，才在受到创伤的心中树起了神，凭想象以求慰藉的。他们真是既可敬而又可悯，因为他们所热切企求的神明竟是如此的冷漠。神什么时候真的帮助过人呢？没有，从来也没有。这是有十二个好心的天女脚下那座白骨塔为证的。所以我想，当人们终于发觉只有自己能够解救自己，神话也就只余美丽的躯壳，或者成了只能博人一粲的化石，即如我眼前这迷离于雨雾之中的座座巫山天女峰……

川江航道的大规模整治工作，早在二十多年前就已开始。炸礁、疏浚、筑滩等一系列艰巨工程的胜利完成，已经大大改变了三峡航道的面貌。今天，三峡的过客们纯然是怀着载酒游园般的心情，兴致勃勃地穿行这"上有万仞山，下有千丈水""未晚黑岩昏，无风白浪起"的天险。从前的一切关于三峡的危言咒语，如今都只能引来人们的莞尔一笑了。航船一入峡门，便见心旷神怡的旅客们聚集在船头和甲板两边，捧着导游图和旅行指南，逐一对照沿江的胜景，互相诉说那许许多多有关的神话故事。人们在指点江山：这就是"孟良梯"，那就是"风箱峡";这就是"宝剑兵书",那就是"牛肝马肺"……当神女峰出现在眼前的时候,人们简直在欢呼了;多像啊!多像啊!你看那缭绕的游云好似她披着的轻纱!你看那微微弯拱的神态,好似她正在俯视江水,指引舟行……

然而当你把目光从林立的众峰间收回来,便会发觉江上随处可见美丽的航标,有如一朵朵艳丽的江花。啊,指引航道的原来不是神女,却是实实在在的航标!如今是美丽的航标代替了昔日的悬猿,成为三峡引人入胜的独特景色了。白天,它们是一朵朵盛开的江花;到了夜幕低垂的时分,这些电气化标灯便同时自动发光,变作迤迤成串、望之不尽的夜明珠,在激流和岩崖之上发出明晃晃的光辉,叫人恍如置身于灿烂的星河之间,享受着一种奇妙的乐趣。我以为这样的胜景,更是值得大书特书的——因为这是美和科学的结晶,那灼灼光华,足以使附丽于神话的任何名胜相形之下也变得黯然。

在丝丝峡雨中,我倚着船栏饱览沿江景色。古猿的啼声,早已融入历史的尘烟之中而归于沉寂了;瑶姬和她的姊妹们也已息影于山林川泽之间。就让古猿灭绝,天女们永远石化于巫山云雨中吧!如今长江天堑已变通途,昼有江花,夜有明珠,从此毋劳神女导航了!透过轻柔缥缈的雨雾,一个朴素的真理像风一样扑进我的胸怀:神,是从多灾多难的苍茫大地,从不幸的人们凄苦的心中诞生的,也终将在摆脱不幸境遇的人们充满希望和自信的心中隐退。时间将以它铁面无私的方式证明:神,只不过是历史长河两岸的石头。从那千百年前猿啼不已的两岸,我仿佛听见一个声音在说:人们啊,当你们在激流中行进的时候,最实在可靠的,毕竟还是你们根据自己苦苦摸索而建立起来的航标,而不是神……

1980年5月

浣花溪抒情

来到成都草堂前的小溪，那栖止在我记忆之巢的杜甫名篇，便好像一只只仙鹤飘然而起，拍打着雪白的羽翼，在我心灵的空谷间往返翱翔……

小溪呀小溪，我早就从老杜的草堂诗中熟知你了。——"浣花溪水水西头，主人为卜林塘幽""昼引老妻乘小艇，晴看稚子浴清江""清江一曲抱村流，长夏江村事事幽"……这些水灵灵的诗篇，仿佛都曾在你的流水中浸润过，至今仍能让人们感觉到闪耀在那上面的粼粼波光。你这曾让老杜如此醉心的小溪，竟因诗人那许多不朽的诗篇而在千百万读者心田里涓涓不息，世代相传，已有一千多年之久了。浣花溪啊，你叫我想起那曾与你相依为命的轻舟、渔父、小桥；还有那流莺、鸥鸟和紫鸳鸯。那时候,鸀鹈三三两两水边晒翅,蜻蜓成群结队上下飞翔。"细雨鱼儿出,微风燕子斜"……要不是有无尽诗情自你的流水中涌溢而出,老杜怕也写不出如此之多的美妙诗篇来。

草堂周围,当然早已寻找不到当年那几户野老人家的踪影了。往事越千年,草堂在历代几经扩建,如今已焕然一新,变成一座雅园精舍了。眼下的草堂幽深怡人,亭台楼阁,四时花木,都无所不备。庭内遍植松、梅、兰、竹,到处丛生着蔷薇、杜鹃、万年青。那红殷殷的是秋海棠,那黄澄澄的是六月雪;那好像无数烛台似的,不就是芬芳扑鼻的玉兰花吗?美丽的玉兰花,叫人很容易就会联想到北京长安街两旁望之不尽的行行路灯……

遗憾的是,杜诗中的许多昔时景物都已荡然无存了。花径、水榭、柴门、水槛……这些曾在草堂诗的卷帙里反复出现过的景色,如今也已面目全非。也许只有那水塘是例外吧?是的,水塘仍在,但也不再见有"园荷浮小叶,细麦落轻花"的景致了。

而我还不欲息心,总是希望从这个几经沧桑的地方,寻找出哪怕仅仅是一丁点儿历史的陈迹来——

公元八世纪中叶,在安史之乱的历史背景下,穷愁潦倒的杜甫挈妇将雏,从陕、甘一带流寓成都,在城西七里外的一块荒地上构筑了一座茅屋，这便是日后在中国文学史上大放光辉的成都草堂。人们兴许不知道杜甫生于河南巩县，也不知道他死于湘江上的一只小舟中，但是总不会忘记他在草堂度过了一生中很值得纪念的一段恬淡时光。在那三年多的江村生活里，诗人写下了许许多多光彩灿然的篇章，大大丰富了我们伟大祖国的文化宝库。来到草堂浏览一遍，人们就可以从那丰富多彩的陈列中得知"诗圣"生涯的大略，以及他留给后世的精神财富的分量了。然而我并不甘心仅止于此，我还想顺着众多草堂诗的袅袅余音，在此追寻和捉摸那逝去时光的留痕。

"背郭堂成荫白茅，缘江路熟俯青郊""万里桥西一草堂，百花潭水即沧浪""楠树色冥冥，江边一盖青。近根开药圃，接叶制茅亭"……啊对了！当年的草堂，就在浣花溪畔这背郭面江的地方，为一株生长了二百余年的浓荫如伞的楠树所覆盖。然而这一切都已不复存在了。……啊，对了！这周围曾经种植着许多绵竹和果树，堂前曾有四棵松树，堂侧曾有五棵桃树；那边还应该有一大片迅速成林的桤树，把阳光也给遮挡住。然而这一切都已不复存在了。……啊，对了！草堂的北郊曾有一所房子，住着一位嗜酒能诗的退职小官，常常拨开草莱来造访，和草堂的老诗人唱酬；南郊曾有过一个水亭，朱山人曾在那儿与老诗人一同饮酌；那曲溪之上还有过一座小桥，老诗人的表弟王十二司马为了资助他表兄构筑茅屋，曾经兴冲冲地跨过那小桥到过这里。然而这一切都已不复存在，再也无从探寻它们的影迹了……

所以，今天我只能粗略地忖测这草堂一带当日的颜色。我想，如果草堂也曾有美，也许只能说是一种苍凉的美吧？"地卑荒野大，天远暮江迟""城中十万户，此地两三家""草迷深市井，地僻懒衣裳"……那时候，四野萧疏，使这一马平川的荒郊更觉辽阔；地远天长，叫那逶迤而流的江水也显得迟滞了。成都市况繁华，而这里只有三数冷落人家。这是个野草离离的穷乡村，难怪老杜说他连衣裳也懒得穿了。

结庐在这样的荒野之间，这在老杜是迫不得已的。穷困的老诗人不但建茅屋的费用要仰仗于人，而且连平日的生活也常常朝不保夕，靠的是"故人分禄米，邻舍与园蔬"，而一些过去能给他以助力的故人，也往往把他忘掉了，所以他只好哀叹："厚禄故人书断绝，恒饥稚子色凄凉。"有时他甚至不得不抱怨一下："百年已过半，秋至转饥寒。为问彭州牧（指高适），何时救急难？"可见他在草堂生活的几年间，境遇并不比入蜀前饿死儿子的那些日子强多少。他不但家境困厄，还常常为风灾、水灾所苦，弄得狼狈异常。脍炙人口的《茅屋为秋风所破歌》，就曾十分生动地叙述了诗人自己可悲的处境。

好几首描写江涨的诗,也足以说明他常受水淹之苦——"江涨柴门外,儿童报急流。下床高数尺,倚杖没中洲";"一夜水高二尺强,数日不可更禁当。南市津头有船卖,无钱即买系篱旁"……这草堂所处的环境,分明不是一片安乐土,老杜时常要逃灾,可他连买一只小舟以备不时之需也无从办到。可见他当年在这里过的完全不是一种闲适的生活。在草堂四周,他还曾亲自耕耘,破土植树,开圃种药,斧伐恶木,带着童子们荷锄四出,刈除毒草……然而即便在如此困厄而忧伤的景况中,老杜还念念不忘苦难的人民,在破败的茅屋里唱出了"安得广厦千万间,大庇天下寒士俱欢颜"的浩歌来,而且衷心表达了自己这样的愿望:如果这样的一天终于到来,"吾庐独破受冻死亦足"。老杜的伟大,因他这样高尚的情怀而益添光彩了。

所以,对于学术界曾经出现过杜甫是大地主、农奴主、庄园主之说,我以为实在令人太难以理解了。这是为什么呢?我把自己的疑惑向那位给我当向导的同志提了出来,想听听他的意见。这位同志幽默地笑着:"这是一个古老的问题了。对于杜甫的'阶级成分',古人也一定曾经喋喋不休地争论过。如果不信,请到工部祠一看!"

工部祠在柴门正北。走进祠里,可以看到两个形态截然不同的杜甫石刻像,一个瘦骨嶙峋,脸容憔悴;另一个脑满肠肥,容光焕发。看了这两个像,我才明白导游同志的意思了。原来在几百年前,对于这位伟大诗人的理解,竟也有如此对立的两派。我想,那时候的"胖派"也许仅仅出于无知,想当然地以为当过检校工部员外郎的大诗人,必定是个庞然大物,所以赋予他以大腹便便的贵族老爷形象。这里面不独毫无低贬老杜之意,而且我们可以从中捉摸得出立像者对诗人不无几分敬畏的心情。而我们时代的"胖派"则恰恰相反。他们硬是要把"计拙无衣食,途穷仗友生"的杜甫,说成是在成都郊外的别墅里,过寓公生活的大腹贾。究竟为的什么?这是我百思不得其解的。

我怀着凭吊圣地、缅念古人的心情和一个难解的疑团,徜徉在这为浣花溪环绕的地方。忽然一阵大风吹来,风沙迷住了我的双眼。朦胧间,仿佛看见风把许多茅屋顶上的茅草吹了起来。茅草轻飘飘地飞过浣花溪,散落在江岸和溪流,飞得高的,挂在林梢;飘得低的,沉落在塘坳……啊,那四散分飞的,不就是老杜那为秋风所破的茅屋的残草了吗?

草堂没有了,它化作了繁花似锦、游人如鲫的胜景。

杜甫不见了,他的诗魂活在山水间,活在诗歌里,活在人们怦怦跳动的心怀里……

1980年6月

宝瓶口遐思

巴蜀的风土人情、名胜古迹,"前人之述备矣"!就以都江堰而言,我还能再说些什么呢?但是我还是禁不住要唠叨一下,因为它不仅是一项古代的伟大水利工程,而且还是一个科学与神话并存,务实精神与罗曼蒂克情调浑然一体的地方。

都江堰与李冰的名字是分不开的。战国末年,秦灭蜀后,李冰于秦昭襄王晚年即公元前250年左右入蜀,为群众整治岷江,修建都江堰,分洪减灾,引水灌田。"于是蜀沃野千里,号为陆海,旱则引水浸润,雨则杜塞水门,故记曰:水旱从人,不知饥馑,时无荒年,天下谓之天府也。"(《华阳国志·蜀志》)李冰的功业是不朽的,因为都江堰与巴蜀人民的命运太密切了!两千多年来,李冰在这里一直是家喻户晓的一位近乎神明的人物。人们立庙宇祭祀他,用香火供奉他,作诗文礼赞他,唱歌谣颂扬他。离堆上的伏龙观,内江边的二王庙,就是凝聚着千百万巴蜀人民对李冰无限崇敬的地方。

都江堰的全局,由三项分散的重点工程配套成龙。其中的一项,是在岷江右岸的玉垒山凿开一道缺口,叫宝瓶口,使内江江水流经这个狭窄的缺口,灌溉川西平原的广袤原野。所谓离堆,就是凿成宝瓶口后与玉垒山分离开来的一座石堆。传说李冰曾在这里降伏兴风作浪的孽龙,所以后人就在这离堆之上,修建伏龙观敬而祀之。伏龙观是一座相当讲究的雄伟建筑,前殿安有李冰的塑像,殿后临江的地方有观澜亭。站在这里,远眺大面山、青城山、都江堰,景色一览无遗。移步宝瓶口水畔,但见脚下江水汹涌奔腾,震耳欲聋。"洪涛一喷薄,石怒水尤怒。雷霆走盘涡,蛟鱼莽争路。喧豗裂虚空,沫溅风生树。回波偶得势,惊遁如脱兔。"在前人的许多吟咏离堆的诗篇中,我以为这几句是颇得其气势的。其势汹汹的自然力在这里永不停歇地显示着它看似无敌的赫赫声威,叫人在它的面前顿感自己的渺小;然而当你想到二千多年以前,我们的祖先仅凭粗陋至极的原始工具,居然能将这凶如孽龙的千里激流镇服下来,这又叫人忽觉真正的弱者,到头来毕竟还是这看似不可一世的暴躁的大江。

凭栏俯瞰宝瓶口，看江水穿越这蛮石夹谷时的奇观，真是叫人胸膈为之一畅。你瞧那澎湃的激流，飞腾着，咆哮着，狼奔豕突，在这石谷之前碰得焦头烂额，然而它还不死心，仿佛困兽犹斗，以求最后的一逞……它终于力竭声嘶，疲惫地、衰颓地倒下去了，它失败了，不得不服输了。目送那服服帖帖地往成都平原流去的滔滔江水，我忽然感到心中荡漾着一种快意。这种快意是因为我意识到在与大自然所做的斗争中，人是并不渺小的，人是真正的强者。一个古老的问题从我心中涌溢出了：这强者的力量从何而来？到底是什么东西，使得那位巴蜀郡守成此震古烁今的功业呢？李冰来自漠漠黄沙的高原地带，岂能是个携同治水之符入蜀的神人？那么……

两件新近出土的文物，初步给我解开了疑窦。在伏龙观大殿里，展览着两个（严格地说应该是一个半）巨大的石像：一个是1974年3月3日从岷江的泥沙深处挖掘出来的石刻李冰造像，近三米高，造型拙朴，脸部表情显得很雍容。像上刻有"故蜀郡李府君讳冰"字样，还有题铭注明此像是建宁元年立的，那是距今一千八百多年前的东汉灵帝的年代，距李冰筑堰时约四百年。耐人寻味的是大殿上那另一个（其实只是半个）石像。这石像是继李冰像出土后不久发现的，大小与李冰像不相上下，可惜的是这石像自胸部以上已残缺，只余下半截。这个石像的特异之处是手中握着一把竖在地上的大铁铲，形状与我们目前还在使用的差不多。从这座像的石质、大小规格、造型风格等来看，应该是与李冰像差不多同时的作品。很显然，这是一个直接参与修建都江堰的民工造像。远在一千八百多年前的封建时代，石像的作者竟然把劳动者与李冰等量齐观，给予平起平坐的地位，实在是一件很了不起的事情。这个手执铁铲的石像启发了我：李冰的功业，在很大程度上是当时胼手胝足的老百姓成全的。原来李冰入蜀之前，熟悉水性的开明族人，早已从川东迁徙到川西来，在成都平原治过水。在与大自然的长期斗争中，他们当中一定涌现过不少经验丰富的治水人才。可见李冰治水，并不是白手起家的。早在春秋时代，蜀国人民已在今天的灌县城南开凿了一条人工河，引岷江水入沱江，借以减轻成都平原的水患。我想，李冰的功业无非是这里土生土养的人民群众共同才智的发展和升华。是人民成全了李冰，也是历史成全了李冰。

是的，人类文化史上这一光辉成就，从本质上看，应该说是历史所赋予的。关于这一点，我们还可以从一些广为流传的民间传说中悟出一点道理来。——显然是因为古代的莽莽神州，许多地方都深受水患之苦，所以河神娶妇一类传说，曾经在不少地方大同小异地出现过。西门豹治邺的故事，要算是其中最为人们熟知的一个。这故事大意说战国初期，魏文侯派西门豹治邺。为了破除当地"河伯娶妇"的陋习，西门豹把巫婆和贵族地主阶级的代表人物——"三老"狠狠捉弄了一番，把他们一一抛进河里喂王八去了。

与西门豹故事近似的还有李冰故事。传说李冰入蜀后，得知当地又要行河神娶妇的陋习，便自荐说要把自己的女儿嫁给河神。他亲自到河神庙去找河神劝酒，河神化牛而逃，李冰也化牛穷追，两牛在江边相斗，在混战中，化为苍牛的河神终于被李冰的部属用箭射中，负伤被擒，锁于江底。

西门豹故事的现实主义成分多一些；李冰故事则浪漫主义色彩浓一些。前者以好人战胜了恶人为主题，还没有表现人对自然力的胜利；后者则以好人战胜了恶神为主题，表现了人在自然力面前业已夺取了主动地位，这完完全全是一曲人定胜天的凯歌，标志了人类在历史舞台上终于有资格成为主角了。

民间传说其实也不是我们的老祖宗随意杜撰的，它往往反映出不同时代的生产力水平。西门豹是周威烈王二十一年衔命治邺的，要比李冰入蜀早一个半世纪。那时中原各国在很大程度上还处于奴隶主统治下，西门豹是不可能把涣散、困苦而忧伤的奴隶们组织起来，拿着原始工具去从事大规模的水利工程并取得巨大胜利的；只有到了李冰的时代，封建制度逐步取代了落后、反动的奴隶主制度，新的经济地位使得那些从奴隶境遇中解放出来的农奴们，有可能从水利事业中直接或间接得益。而且他们手中大都已有了铁工具，所以李冰治水才得以称其为有意义和有成效的事情。这便是为什么西门豹只能留下一段佳话，而李冰却能留下一个都江堰的根本原因。

这便是宝瓶口之旁的离堆上那两个石像，以及在民间曾经广为流传的两个传说给予我的启示。启示曰：人们啊，当你们为英雄立像的时候，也为手执铁铲的无名氏立像吧！当你们为英雄记功的时候，也为造就英雄的历史记功吧！

当我在宝瓶口畔遐思的时候，澄碧澄碧的岷江水奔腾而过，有如金鼓雷鸣。在那仿佛有过斧凿之痕的石谷之间溅起雪花一般的水雾，现出了朦朦胧胧的一片。啊，莫非那就是人们常爱说的什么历史的烟雾了吗？怪不得我好像隐隐看见层层烟雾里头，有着正在艰难地开山导水的古人。他们的装束不是和大殿上那半个石像的有点相像吗？是啊，我还认得他们手里拿着的也是同样的铲子呢……啊，人民，历史！历史，人民！古往今来，一切英雄豪杰的功业无不赖你而成全！

1980年6月

刘三姐和刘三妹

关于刘三姐的传说，在广西壮族自治区几乎是家喻户晓的。这个美丽、善良、机智、勇敢的妇女，用她灵巧而犀利的山歌作为武器，揭露和鞭笞地主老财们的丑恶嘴脸，讥讽和挖苦他们的污秽内心，使穷苦老百姓扬眉吐气。这个可爱的形象一直深刻地铭记在人们心中。

刘三姐的传说，不但流传在广西，广东的好些地方（尤其在粤中粤西一带）也有许多类似的故事，其中以在阳春流传的最为丰富多彩。就以阳春一县而言，刘三姐故事是衍发于春湾的。据《阳春县志》记载，思良都（古春湾名）有个铜石山（按：实为交椅山之误），山上就有个刘三姐的坟墓。

在春湾，有关刘三姐的传说很多，有的很淳朴优美，有的却很粗鄙浅陋。相传唐朝景龙年间，刘三姐从贵县辗转来到阳春，在春湾铜石岩下安家，经常与姐妹们在铜石岩上绩麻纺纱，对歌传歌。刘三姐的故事，大都离不开歌。春湾有两个流传较广的刘三姐故事：其一说刘三姐来到春湾传歌，弄得当地的地主老财寝食不安。为此地主老财收买了刘三姐的兄嫂，要他们设法不让刘三姐唱歌。刘三姐的哥哥于是命令妹妹去放养一大群鸭子，企图弄得她精疲力竭，无暇唱她的歌。可是，刘三姐把鸭群赶到池塘里，照样去唱歌。鸭子一只只都乖乖地待在池塘里。原来所有的鸭子都被刘三姐的歌声陶醉了。另一则传说是这样的：有一年歌墟（山歌大集会），刘三姐正忙于帮大伙一起筹备歌墟的活动，地主老财为了破坏他们的对歌活动，下令刘三姐必须在当晚插下二十亩秧，否则治之以罪。刘三姐一口答应下来。地主老财以为这一下可难倒刘三姐了，哪晓得到了第二天早上，二十亩秧果真一点不漏地插下去了。地主老财瞠目结舌，问人这是怎么回事，人们告诉他说：昨夜子时，刘三姐点了三炷香，唱了三首歌，天上的许多仙女都纷纷下凡来，帮她把二十亩秧苗全插下了。地主老财听了，吓得赶快溜走。原来帮助刘三姐插秧的不是什么仙女，只不过是许许多多经常和她在一起唱歌对歌的青年男女。

春湾真可以说是刘三姐故事的一个宝库。在那儿，除众多的传说外，还有不少传说中的胜迹，如刘三姐歌台、刘三姐绩麻水凼，以及相传刘三姐生活过的地方。

我最近到封开县旅游，才知道那儿也流传着一些关于刘三姐的故事。在封开，这个"歌仙"不叫三姐，而叫刘三妹。刘三妹的显赫名声，是同当地著名的奇景——斑石联系在一起的。

封开县杏花公社斑石大队，有一块岿然兀立于沃野的大石。这石呈椭圆形，像是一个大面包，占地一千二百多亩，高近两百米，横六百米，周长达一千三百多米。这斑石被称为天下第一石。石上半敞，叫作仙人台。斑石下有一个斑石庵，祀的就是刘三妹。据《封开县志》记载："三妹以善歌得仙，土人祠之。春秋佳日，男女祭赛，歌以乐神，声振林木。"可以想见当年群众纪念刘三妹的节日，一定是非常热闹的。

刘三妹在封开一带的传说是充满神话色彩的：有一天，歌仙刘三妹云游到了这里，看见这一带由于水土流失，土地干旱，作物枯萎，人民的生活很困苦。于是她连夜从广西用鞭子赶来一块大石头，也就是斑石大队这块斑石，打算用它来把附近的猿岭径堵住，好让杏花河的水倒流，解除这地方的旱患。可是，当刘三妹把斑石赶到径口时，被吕洞宾看见了。这个存心捣蛋的仙人使了坏，故意学鸡啼，四周农户的雄鸡听了啼声，同时喔喔报晓。鸡一啼，斑石就再也鞭不动了。刘三妹为了要在天亮前赶回天上，只好怅然而去。从此之后，每当月明之夜，这位善良的仙女便来到斑石的顶上，纵声歌唱，抚慰胼手胼足的劳苦大众。至今斑石山前边有一条横斜上山的小径，相传就是刘三妹经常登上仙人台唱歌踩出来的痕迹。在众多关于这位歌仙的传说中，这一传说是最富于罗曼蒂克情调的。

不论是刘三姐也好，刘三妹也好，在传说中都是善心人，以擅歌成仙的。刘三姐或是刘三妹，也大都传说她的老家是广西贵县。可见刘三姐和刘三妹，其实指的都是同一个人。

历史上是不是真有刘三姐或刘三妹其人，这是难以查考的了。但从刘三姐故事流传之广、影响之深远看来，历史上真的有这么一个生活原型，是不足为怪的。这个出生于千百年前的奇女子，这个识织知农、善良睿智的女歌手，浪迹天涯以谋生，到处助人为乐，一生以她美妙的歌声表达劳苦人民的痛苦和愿望，抚慰他们的哀伤和不幸，鼓舞他们面对丑恶势力进行反抗的勇气，并且成为他们的一面旗帜，因而赢得了他们的热爱和崇敬。这个充满传奇色彩的人物事迹在民间辗转相传，逐渐被后人美化甚至仙化为偶像，难道不是很有可能的事情吗？

我是这样相信的：这位歌仙的神奇传说，想必脱胎于某个凡人的不平凡的历史。善良人们的善良愿望，使一个具有美丽心灵的美丽女子成仙了。

1983年8月

神 泉

到了惠来，才知道这里有"三多"。一是炮台多：澳脚炮台、溪东炮台、靖海炮台、资深炮台等贝灰夯筑的断壁颓垣，至今仍赫然在目。

二是烽火台多：在沿海的山腰和峰顶之上的烽火台遗迹，还有二十二处。这些历史的残痕，叫人不禁遥想明清之际，倭寇海匪加于这片土地的创伤。

还有"一多"，是井泉多：靖海北的君子泉、岐石南的小神泉，还有县城南神泉的海角甘泉和古井通海。其中海角甘泉，更是远近知名。神泉一地，便是因海角甘泉而得名的。到惠来而不一游神泉，当然是十分遗憾的事情。我们抵达惠来的翌日，便被主人邀约到神泉观光去了。

神泉在县城南方的海边，由于每年三四月间海面上空常现海市蜃楼的奇景,而为游客们所向往。据说每隔数年,这样的奇景总要出现一次。最蔚为壮观的一次出现在1965年3月19日,天幕上幻化出古城、兵戎、车马、钟楼、旗幡等形象,有如不断变换的电影镜头;忽又显现大桥、锅炉、起重机、都会……持续了五小时之久。导游的同志告诉我们,海市蜃楼的奇景去年也曾出现一次。说起海市蜃楼,当地居民无不眉飞色舞,绘形绘声地把自己的见闻说个痛快。可惜我们这次缘悭一面,看不到那难得一见的奇观,只能徘徊在面海临风的平台上,遥望南天,臆想那不知道什么时候才会出现的幻影奇光。

海市蜃楼看不见,海角甘泉却是实实在在的。这甘泉,原是宋代海滩的泉眼,明代成为三面环海的陇滩之上的井泉,地势低洼,汲水的人们要走下22级台阶才能到达泉边。我们来到这里时,看见数十个居民排着长龙,在泉边轮流取水,秩序井然。看来这井泉仍是当地居民主要的食用水水源。据说这里泉水甘洌异常,并且对一些疾病有疗效,妇女长期饮用此水,肤色会变得特别洁白。乾隆十年任惠来知县的河南汤阴进士王玮,在泉边立石为碑,文曰:"泉也能疗百疾,取而饮者无不瘳,若有神助。"十年内乱,此碑竟得以幸存,也可以说是"若有神助"了。也许因为海角甘泉是神泉居民食用水的大源,生活所赖,而且盛名远播,所以在十年内乱期间,连狂妄之徒也怯于毁损这块表彰甘泉的碑石吧？

甘泉上方，有一个线条简朴而又古色古香的亭子，叫海角甘泉亭。亭柱刻有独联，文曰："抉取携而不竭，任卤浸盐蒸，独漂平淡。"据传这是明代当地的才子苏福所撰，特地留空下联，以待后人完对。我想，这独联自然是对海角甘泉的赞词，但也许还有潜而不露的深意，作者无非是借甘泉以言志罢了。海角甘泉"处斥卤而能甘"（处于盐碱地中而能独显甘冽）的品格，不也是为人的一种高贵品格吗？宋朝濂溪先生周敦颐，在他的《爱莲说》中所歌颂的"出淤泥而不染，濯清涟而不妖"的莲花，所具的正是这样的品格。

作为余兴，我们观看了在海角甘泉西边不远的水仙宫。这水仙宫，原是祀水神的小庙，建筑简朴，貌不高扬。其所以薄有名声，只因为门前的"水仙宫"三字，有点古怪。其中"水仙"二字，苍劲有力，唯独"宫"字两肩耷拉，显得有气无力，与前两字迥然有异，分明是另人手笔。正是因为这三个字的不协调感，引起了人们的种种忖测。好事者还为之编造各种各样的故事。较为流行的一个故事说："水仙宫"的匾额是请岭南才子宋湘写的。宋湘是清嘉庆进士，嘉应人，性格豪迈，"下笔具倜傥雄奇之概"。故事说他答应写字，每字索润笔一百两银子。但写后仅得二百两。他一怒之下，只给"水仙"二字，携"宫"字拂袖而去。后来执事者只好另请别人补写一"宫"字续貂。这故事虽说得有眉有目，但故事中那位书法家的行为举止，与历史上宋湘的性格不见得是很合拍的吧？我倒是较为倾向于一位朋友的推测：这间小庙，原名"水仙庙"，后来有人嫌"庙"不足以表崇敬之情，将之升格为"宫"，删"庙"易"宫"，也就只好另请别人挥毫了。"水仙宫"本无多少文物价值和艺术价值，却因一个有点古怪的匾额而"成名"，这对世间的某些幸进之徒，不是很具讽刺意味的吗？

惠来与革命的渊源甚深。1927年秋，南昌起义后，周恩来、陈毅、贺龙、叶挺、郭沫若、古大存等老一辈革命家，曾经先后到过惠来。1928年春，彭湃也曾在这里领导一场轰轰烈烈的农民运动，攻占惠来县城，开创大南山革命根据地。至今这一带仍留有不少有纪念意义的陈迹。郭老当时居留神泉九天，候风赴香港。后来就是经水仙宫前扬帆出海的。他在神泉时住过的楼房，至今仍完好无损。

神泉匆匆之行，我印象最深的还是海角甘泉亭勒于石柱之上的独联"抉取携而不竭，任卤浸盐蒸，独漂平淡"，真是风高神迈、气度恢宏之一笔。将之做座右铭，不是很有意思的吗？

1987年

阿炳墓前的杜鹃花

还不曾听说过瞎子阿炳的故事,还不曾倾聆过他那婉转悠扬的《二泉映月》,就知道名闻遐迩的惠山泉了。

惠山,是无锡的名山,又名慧山、惠泉山、九龙山,以山有甘泉而名播远近。关于惠山泉水,有过一个脍炙人口的故事:唐武宗时,当朝六年,威权独重的李德裕,以惠山之泉甘洌适口,非此泉水不饮。地方官员为了讨好这位权臣,经常派专差将惠山泉水从无锡运往京城,供他泡茶之用。傲诞不经的唐代诗人"醉吟先生"皮日休,就曾作诗以讥之,诗云:

丞相长思煮茗时,郡侯催发只忧迟。

吴关去国三千里,莫笑杨妃爱荔枝。

此诗以《惠山泉》为题,用意固然在于讽刺权贵的骄奢和佞人的媚行，但也同时道出了惠山泉水的赫赫声名。我未有机会喝过这著名的泉水，但从种种关于它的美誉中深信惠山泉水的品质定必卓尔不凡。据说，唐人陆羽独行至此，诵诗击木，哀歌恸哭之余，曾用这里的泉水烹茶，赞不绝口，誉之为"天下第二泉"。这"二泉"，后来不知引诱过多少迁客骚人，携同香茗而来，细品甘泉的美味。元朝赵孟頫的《留歌惠山》吟道："南朝古寺惠山前，裹茗来寻第二泉。贪恋君恩当此去，野花啼鸟漫留连。"赵孟頫一直为皇上所宠，得意非常，连"贪恋君恩"也不讳言了，但光临二泉之际，竟也舍不得遽尔离去，可见这里的泉水确是独具魅力的。宋人苏轼也曾到此一游，留有《惠山谒钱道人烹小龙团》一诗："踏遍江南南岸山，逢山不觉更留连。独携天上小团月（按指一种上品龙井茶），来试人间第二泉。"赵孟頫因君王恩宠而飞黄腾达，苏轼却是个失意文人，他们的时代不同，境遇也大相径庭，但对惠山泉水却同怀一心，可见二泉确是名不虚传的。

二泉名气，古已得之，然而近年名声远播，却不能不归功于瞎子阿炳的故事，以及这位盲人音乐家所作的《二泉映月》一曲，广泛流传。电影《二泉映月》的公映，使惠山泉的盛誉达到了前所未见的高度。

我是慕阿炳和《二泉映月》的名气，欣然来到这惠山脚下的。

惠山在无锡西郊，它的东峰脉断处突起一座小峰，相传在周秦时盛产锡矿，故名锡山。如今锡、惠并称，人们在这一带种四时花草，建亭台楼阁，是为"锡惠公园"。我是在杜鹃盛开的时节来到这地方的，正值举办一个大规模的杜鹃展览，全国各地都把开得最灿烂的各色杜鹃花送到这里来展出，以至偌大一个公园顿时成了杜鹃花的世界。然而吸引万千游客的主要并不是那许许多多异彩纷呈的花卉，也不是它的凉亭水榭和石阶长廊，而是山。更准确地说，是惠山，是惠山的葱茏林木和它脚下的名泉。前人有诗礼赞惠山之麓，说是"水木两销魂"，真可谓得此山的神韵了。二泉，就在山下幽深的林荫处，泉上有"天下第二泉"的大字石刻。泉水如今已渐浅旱，但仍不至于枯竭。数百年前，已有人将泉水引至山边的寄畅园前，据说当时泉水曾"汇为大池，有声幽潺"，而眼下所见，泉水虽仍映照碧空，但已不复涓涓了。

啊，二泉！莫非你也已到了耄耋之年了吗？在阿炳的那个年代，当一弯新月倒影浮泛在你澄碧的水面，轻风拂过，银波澹荡，山花的芬芳与林木的窸窣之声一同流泻在这静穆的境界之中，那情景想必十分惹人遐思，因而你也就以自己秀美而又略显凄凉的形象，以及伴你而生的天籁，融进年轻的阿炳的灵感之中了，于是也就有了《二泉映月》，于是也就有了《听松》……

我是熟知阿炳的故事的——

阿炳，又名华彦钧，生于19世纪90年代，是无锡的一个道士的私生子。他自己也跟随父亲当过道士，正是鼓乐喧天的斋事活动，引起了他对音乐的浓厚兴趣。与一些文艺作品描写的大不相同：阿炳并非圣贤，他年轻时候有过放浪形骸的糜烂生活，双目失明便是那一段污秽生活的恶果。他与董彩娣的结合也并非充满罗曼蒂克色彩的，在很大程度上是互相依存的需要。（诚然，他们长期在相濡以沫的苦难生活中经受考验的爱情，也是很感人的。）阿炳的故事不是可歌可泣的英雄故事；也不是缠绵悱恻的爱情故事。阿炳始终是一个凡人，他的价值在于他以自己的才智丰富了人生；在于他处于绝境之中仍然意识到与丑恶势力搏斗是自己的责任和天职。惠山之下仍流传着瞎子阿炳用二胡、琵琶和略带沙哑的嗓音，歌唱正义和希望，以此来同日寇汉奸、土豪劣绅做斗争的故事。沿街卖唱、穷愁潦倒的阿炳以他沾满尘埃和汗水的生命史向人间昭示：哪怕是寻常不过的凡人，也可以凭借自己人格的力量变得伟大。这便是为什么古往今来多少帝王将相、封疆大吏都已灰飞烟灭，在人们的记忆中早已淡忘，而一个小小瞎子阿炳的故事，至今仍在惠山脚下的远远近近成为口碑。计算人的价值的方程式其实是易解不过的。

阿炳死于1950年12月12日，葬在无锡灿山东南麓的明阳观旁道士的墓地，与他父亲华清和的坟墓比邻。后来人们将他的骨殖移葬于惠山的一块坡地上。几经寻觅，我才在茂密的松柏林间找到了他的墓地。墓地距二泉不远，应是阿炳当年流连忘返的地方。这里林风飒飒，芳草非非。阿炳墓虽不算壮观，但说得上宽敞、开阔。墓前石碑刻有"华彦钧之墓"的大字。当我凭吊这惹人思怀的民间艺人墓地的时候，发觉墓碑之下摆着三束杜鹃花，分别是白色的、红色的和紫色的。其中两束已经凋残，只有一株尚属新鲜。那分明是游人的赠予。我想，给人间奉献过《二泉映月》的阿炳，以自己的坎坷经历阐释过"气节"这个词儿的阿炳，是理应无愧于这种赠与的。

惠山脚下，二泉已日趋干涸，而眼前林木，仿佛犹带阿炳的弦索之声，不绝于耳。阿炳，我这拙文也可以权充一束野杜鹃，呈献到你芳草萋萋的墓前吗？

也许那回荡于林木之间的呼呼山风，就是阿炳表示应许的琴音了吧？我于是搁笔，献上这束"野杜鹃"，祈求他的安息。

1988年9月

越秀层楼

百年之前，中法战事。当时有一位奉命到广东办理防法军务的将军，驻扎于越秀山五层楼。这位善诗能画的儒将登楼远眺，感慨万千，立就楹联一副，联曰：

万千劫危楼尚存，问谁摘斗摩星，目空今古？
五百年故侯安在，使我倚栏看剑，泪洒英雄。

这多愁善感的将军是清光绪年间的兵部尚书彭玉麟。下联中的"故侯"指的是明朝的永嘉侯朱亮祖。朱亮祖原是元末的降将，归顺明太祖后屡建殊勋，论功封侯。这个勇悍善战而又无法无天的大老粗，后来是被明太祖召回京师，与他的宝贝儿子同受鞭刑而死的。朱亮祖坐镇广东时，虽然劣迹斑斑，但也做过一件好事：在越秀山上的北城高处，建了这座五层楼。这座楼形的塔、塔形的楼,气度恢宏、庄严稳重。初名望海楼,后改镇海楼。始建于明洪武十三年(1380),距今已六百余年了。

想当年,越秀山上,心事重重的彭玉麟登上层楼,面对山间林木、野外风云,顿觉自己的渺小和功名的虚幻。感慨之余,挥笔为联,那是何等惹人遐思的一幕!那楹联,至今仍旧悬挂在"镇海楼"巨匾的两旁,成了一个"看破红尘"的将军两声历久不息的长叹。

彭玉麟在五层楼上倚栏看剑的时刻,他眼中的越秀山的景致,也许还是蒿莱簇簇、芳草萋萋的吧?一个世纪过去了,山上山下,都已几经巨变,只有五层楼还岿然如故。它仿佛是一位山中老者,以冷峻的目光恒久地凝视山下的风云变幻,见证了羊城六百余年的沧桑史。

要是有谁发起一个群众性的投票运动,让人们在广州现有建筑中选择一个作为这个城市的标记,你选哪一个呢?

海珠桥?电视塔?白天鹅宾馆?……

我想,上了年纪的广州人,也许大都属意于五层楼吧?五层楼,早已同广州的名字分不开了。没有到过大雁塔,能算到过西安吗?没有到过灵隐寺、开元寺,能算到过杭州、泉州吗?当然不。没有登临五层楼,其实也不能算到过我们这个以红棉为市花、以五羊为徽号的南方大城。在清代,"镇海层楼"就已被列为"羊城八景"中的一景了。这座从前专供达官贵人、文人雅士们宴饮作乐的高楼,1928年重修时辟为博物院;1949年后,定名为"广州博物馆"。由于有关部门的锐意经营和热心人士的慷慨捐赠,馆藏日增,为人们展现了一部浓缩了的、形象化的广州历史。从那一个个琳琅满目的玻璃橱窗里,我们可以看到这个古老城市历史的曙色,先人们含辛茹苦的创业经过,以及历代入寇者的刀光剑影和不愿做奴隶的人们的斗争烈火。它已不仅是只供缅怀和鉴赏的古建筑,而且同时是一个生动的历史课堂了。

五层楼显然因为同越秀山配伍而相得益彰的。试想想,要是将五层楼移置于山下的某个广场,它也许早已湮没无闻;倘若越秀山少了那么一座五层楼,谅必也会大为逊色吧?正是因为这两者依附在一起,才给人以一种协调而和谐之感的。郁郁葱葱的山丘之上,以蓝天白云为背景,巍然矗立着一座绛红色的、飞檐翘角的层楼。楼前红棉怒放,四周绿树婆娑,繁花纷陈,燕雀啁啾,那是一幅多么多彩多姿的画图!这景致是古朴而又优美的,明媚、秀丽、玲珑,分明洋溢着一派南方特有的情调和色彩。这里,连秋风也是芬芳的。这里,即便隆冬天时也使人似觉春之将至。

是啊，怎么能够把越秀山和五层楼分开来！历代所评"羊城八景"，似乎都没有着眼于这二者配合而生的意境。明代的"粤秀松涛"，清代的"粤秀连峰""镇海层楼"，后来"羊城新八景"中的"越秀远眺"，山与楼都未有被交融为一景。这次由《广州日报》和广州地区绿化委员会组织群众和专家重评，把二者加以撮合，名为"越秀层楼"，这才真正高度概括了这个美妙景色的意蕴了。越秀山——一个绿色的面，五层楼——一个红色的点，这面与点的有机联系构成了一幅东方亚热带情调的迷人图景。远行的广州游子们时常梦绕魂牵的，不正是这样一幅熟稔的图景吗？

那所谓绿色的面，如今已成为一个大型的综合性公园——越秀公园了。这是山的公园，毋宁说是公园的山。越秀山，属白云山余脉，东西绵延约三里，海拔七十余米。历史上又名粤秀山、越王山（因西汉南越王赵佗归汉时在山上建有朝汉台而得名）。明永乐年间，山上曾建观音阁，所以民间又常称之为观音山。经过多年的建设，这座规模宏大的公园已辟有北秀、南秀、东秀三个人工湖，先后建成了游泳池、游乐场等文体活动场所。可容五万观众的人民体育场，就在五层楼面对着的山脚下。鲤鱼头山冈上，还新辟了一个可容两千余人同时进行文体活动的场所。那里草木茂盛，清幽宜人，池水之畔，楼榭之间，设有羽毛球场、体育室和弈阁。看来公园的建设者有意把重点放在体育设施之上了，怪不得每天清早，满山都活跃着精力充沛的晨运者，他们以各自喜爱的方式坚持不懈地锻炼自己，那股劲儿真是令人不能不为之感奋。其实，山上那高耸入云的中山纪念碑周围，以及那从山脚直通山巅的石阶梯，还有那木壳岗上的五羊石像基座四边，早已是晨运者们的天堂。越秀山越来越显得像是广州人民的健身场了。这里是生意盎然、朝气勃勃的。一股日益强劲的时代之风，正流逸于秀美的林中花木之间。山麓上，那拔地而起的电视塔，更是使这座山昔日娴雅而古朴的容颜为之大改了。

然而因为有五层楼在，这里毕竟还是可以让人们发思古之幽情。五层楼的西侧，不是有二十多方有关广州历史的碑刻和明清两代广州铸造的铁炮吗？那里面蕴藏着多少年代湮远的故事！在楼门之外，往右沿着斜路西行，我们还可以发现一段约有二百米长的古城墙。城墙已残破不堪，苔藓斑驳，杂树蔓生。这里也许曾是兵戎相见、血火交辉的地方。越过楼前的山坡，沿着中山纪念碑石级下行不远，在树荫丛中，可以看到一座石碑，上书"古之楚庭"四字。这是清代的建筑，唤起人们关于"百粤归楚"故事的记忆。传说公元前七世纪周惠王时，"南方之强"的楚国派大臣南来，与百粤结好，使百粤归属于楚,并建"楚庭"以志念。所以"楚庭"也就成为这个城市最早的名字,在此抚今追昔,遥想二千多年的楚庭市况,未始不是一趣吧?

越秀层楼,作为重评羊城八景中的一景,自然不纯然是以它本身的诗情画意取胜的。它是朝气、活力、芳菲与阳光的组合,是新时代的几何图形与尚未朦胧的历史梦境的叠印。在这里,人工美与大自然的魅力几乎不露痕迹地融于一体了。

1990年4月

徜徉山水间,缅怀徐霞客

读过一首诗,记住了诗人在赞美伟大祖国年轻一代的美好心灵时说,他们的心灵境界就像一片片桂林山水。

"桂林山水甲天下"。古往今来,桂林山水不知曾经陶醉过多少中外游人!

桂林山水,秀丽,淡素,清新,明媚……用这几个形容词来概括桂林山水的姿容,远远不足。造访桂林,徜徉于山水之间,细细欣赏、观摩、品味那大自然的杰作,一定还会有更多得多应该属于它的贴切词儿从心中跳跃而出,从而大大丰富和深化自己对这奇美世界的体会。

来到桂林,游览岩洞当然是不可少的。如果说,桂林的大自然风光有如超尘绝俗的山水画,那么,桂林的岩洞可以说是瑰丽多彩的童话世界。据说这些岩洞是因为具有很强溶解力的地下水，在石灰岩的裂缝中不断渗透，溶蚀，使岩缝不断扩大而形成的。桂林一地，最脍炙人口的岩洞是七星岩，后来又开发了犹有过之的芦笛岩。这两个美不胜收的岩洞均蜿蜒数里之长，里面的石钟乳和拔地而起的石笋杂然纷陈，百态千姿，在灯光的照射下，色彩斑斓，绚丽诡奇，令人目不暇接，恍如置身于美妙的童话世界之中。

千百年来，络绎不绝的游人都曾被这里鬼斧神功般的景色所迷住，光怪陆离的石钟乳和石笋，在岩洞中形成变幻无穷的形态，如珊瑚，如翡翠，如象牙，如玉石，如绫罗帐幔，如瓜果蔬菜，如走兽飞禽……这一切，真让游人大开眼界，惊羡不已。无数游人兴之所至，禁不住为之题诗作赋，泼墨挥毫，衷情礼赞，把墨宝铭刻洞壁之上，以期与名山同寿。泛观众多诗文，不乏情文俱茂的佳构，但更多的是述游记兴的肤浅之作，并无多大意思。

徜徉山水间，难免想起徐霞客。徐霞客是我国明代的大旅行家和大地理学家。他自少鄙弃功名，以探索大自然奥秘为毕生职志，用自己一生中全部的青春岁月和最旺盛的壮年时光，跋山涉水，浪迹天涯，基本靠徒步游历了十六个省份——从他老家江苏出发，向北到过北京附近的盘山和山西的五台山、恒山；向南到过福建和广东的罗浮山。年过半百以后，他还用了连续四年时间，迢迢万里，遍历浙、赣、湘、桂、黔、滇各省，然后才东归从事著述。在漫长的旅途中，经常在渺无人烟的山林川泽之间，登危崖，攀绝壁，闯洪流，探洞穴，露宿风餐，出生入死。往往日行百余里，栖身于荒山草莽之际，还点燃枯枝败叶照明，把日间的见闻和考察所得记录下来。一部数十万言文采斐然的《徐霞客游记》，就是后人把他散轶不全的遗稿搜集编刊而成的。这游记，是徐霞客对伟大祖国充满热爱的赞歌，又是一部光辉的地理学文献。当年这位孤零零的、连最简单粗陋的测量仪器都没有的天涯行客，竟成了世界上石灰岩地貌考察的先驱，竟纠正了过去的图经志籍中以讹传讹，认为岷江是长江的上源这一历史性的错误，正确地指出了金沙江才是长江的上源。弄清了前人没有弄清的广西红水河上游北盘江和南盘江的发源地。查明了怒江、澜沧江、红河三江分流入海，否定了前人的错误说法。对云南腾冲的火山群进行了深入的科学研究，详尽地记载了火山喷发及其引致的种种地质现象，为地理学做出了突出的贡献……徐霞客一生的经历和贡献，使我们看到：人的能量得到充分发挥的时候，其成就竟可以达到多么光辉的高度！

多少年来，作为《徐霞客游记》的读者，我对徐霞客这位

"不计年，不计程，旅泊栖岩，游行无碍"的充满传奇色彩的人物，十分崇敬。岁月如流，对于这位偶像的记忆大体已渐渐淡化，但是有两个关于他的情节，一直不曾忘怀：徐霞客游至西南时，遇见一位法号静闻的和尚，交谈十分投契，成为挚交。静闻有志于远赴云南鸡足山，愿与徐霞客结伴同行。静闻途中得病，徐霞客不离不弃，一直随侍在侧，殷勤为之求医奉药。静闻终于不治病故。徐霞客按静闻夙愿，竟负其遗骸到鸡足山安葬。《徐霞客游记》述及他五十二岁时行至湖南，要游上清潭和麻叶洞。当地人说那两个地方都有"神龙"盘踞，从来都没有人敢进去。徐霞客在日记中这样写道："予闻之益喜甚"，后来，他果然在无人做伴的情况下，克服种种难以想象的困难，伏水进洞，进了那所谓"神龙"的领地。

这两则关于徐霞客的轶事，在我心中被深深牢记着。他的一颗对朋友、对事业的赤诚之心着实打动了我。徐霞客就是这样一个人：一诺千金，对朋友要竭尽真诚，要负责到底！对事业要勇于担当，甘于置一己荣辱安危于不顾！

当我踏着徐霞客当年的足迹，浏览那诡奇的岩洞景观时，心中不时翻腾起关于《徐霞客游记》的所剩无多的记忆。设想着当年那矍铄老叟，偕同一僧一仆，怎样手持松明，在洞穴中蚁行前进，抚摸着湿黏黏的钟乳石，微笑着，赞叹着……

踽踽而行。啊,那是一幅多么动人的图景!要是能在那"峭峰离立,分行竞颖"的地方,看到哪怕仅仅是一点点徐霞客的留痕,那该多有意思呀!

想不到,怎么也想不到,这个几近妄想的一闪念,居然在我到阳朔浏览那个名为龙洞的溶岩时实现了——在龙洞口的石壁上那众多题刻中,有一块正文上刻有"洞开八口,曲折通畅"八个大字,字字如碗口大小。字体端庄,意态平和。仔细看去,署名的竟赫然是我在徜徉山水间时常常念及的徐霞客!读过《徐霞客游记》的人都知道,这游记的作者是纯然无愧于被恭称为才华横溢的诗人和大散文家的,但是这位巨匠在龙洞石壁上留下来的,既不是诗词,也并非歌赋;他既不描绘岩洞的诸般美态,也不炫耀自己的文采风流。他在此留下来那八个大字竟是那样的浅显、简明、通俗,委实平易得不能更老实、更平易近人了!它丝毫也没有矫揉造作,只是老老实实地向别人介绍这个岩洞的基本结构,说它有八个出口,虽然迂回曲折,但却通行无阻。这八个大字,无非是徐霞客要给日后的游人以寻幽探胜之便罢了!徐霞客热爱祖国的山川风物,也希望别人也热爱祖国的山川风物。他热衷于探索大自然的奥秘,也深愿有众多同道中人。他穷毕生精力遍历祖国的名山大川,其目的纯粹在于告诉同胞们祖国是多么美好!多么丰富!多么妖娆！让大家都热爱她，珍惜她，了解她，卫护她。龙洞石壁上那个个大字，正好体现了徐霞客那真挚的荡荡情怀。那八个大字，让我亲切地感觉到徐霞客对别人和对事业那一颗赤诚之心。正是这赤诚的一颗心，使他面临如此瑰丽的境界时，也不耽于述游记兴，不屑于附庸风雅；一心想着的还是别人；一念执着的还是事业。那八个简朴的大字，以它们的平凡与真挚，显示了什么是高贵与庄严，横扫了那蒸腾于石壁之间的腐儒之辈的酸俗之气。我想，这就是美了！这就是一生以山野为家、恍若流水行云的那位古人的磊落襟怀了。那明朗豁达的心境，不也是一片明媚的桂林山水么！

1991年

圆明园凭吊

小时候就知道北京圆明园的悲惨故事了。那时的小学课本，就有火烧圆明园的国耻课，圆明园被英法联军焚掠后那断壁残垣的图像，附印在课文一角，是那样的悲凉，那样的触目惊心，叫我难以忘怀。

多少次到北京，都没有机会凭吊那代表欧陆文化的石头建筑所遗下的废墟。直到这一次北京之行，才得偿所愿。

圆明园由圆明、长春、绮春三园组成，圆明园是它们的统称。这被欧洲人称颂为"万园之园""人世间的天堂""一切园林艺术的典范"的圆明园，是清代经过康熙、雍正、乾隆、嘉庆、道光、咸丰六代的苦心经营，集全国的能工巧匠，历时一百五十年才建成的一个规模空前、美妙绝伦的皇家花园。它因乾隆皇帝命人在园中修建了一组欧洲式的宫殿,装置了当时称为"水法"的人工喷泉,这座园林兼有了欧陆情调而更著称于世。圆明园的全盛时期,总面积达五千二百亩,外围总长近十公里。在"康乾盛世",富饶的大清帝国全国总收入每年约为三千万两,而修建圆明园,光是白银就耗掉二亿两。这就是说,这个令人惊羡的名园,花去约七年的全国总收入兴建的。法国大文豪雨果曾经这样描绘圆明园:"在东方有一个神奇的世界,这个世界就叫夏宫——圆明园。几乎是神奇的人民运用想象所能创造的一切,在这里都得到了体现。你只管去想象那是一座令人心向神往的,如同月宫仙境一样的建筑。你尽管去想象这座建筑是精雕细刻出来的,全是用洋漆漆过的,上了珐琅的,镀金的,用最珍贵的宝物装饰起来的。四周全是花园,到处都有喷水的水池、天鹅、孔雀。艺术家、诗人、哲学家,个个都知道这座夏宫。人们常常说,希腊有帕特农神庙,埃及有金字塔,罗马有大剧场,巴黎有圣母院,中国有圆明园。这是一个令人叹为观止的、无与伦比的艺术杰作,是亚洲文明的一个剪影。"受命在长春园督造水法的法国传教士,在他给罗马教廷写的一封信里这样写道:"圆明园是一个令人目醉神迷的地方,它的园林景色层出不穷,千变万化。你在这个园里游览,永远不会感到厌倦。"法国传教士王致诚这样赞叹道:

"圆明园真是人世间的天堂,只有神话传说里的神仙宫阙才能与它媲美。园内山清水秀,好像是天然生成的,一片自然野趣,引人入胜,令人心醉。……我的眼睛有生以来从没有看到过能和它媲美的东西,所以,它令我特别惊讶!"怪不得自雍正以来,君主们都惯于住在圆明园。他们每年正月到天坛祈年殿祈祷五谷丰登,典礼完毕后,就移居圆明园,直到冬至在天坛举行祭天典礼前夕,才返回紫禁城,每年住在圆明园的时间,一般都超过八个月,在遭受破坏之前,圆明园实际上已成为大清封建王朝统治的中心。从康熙到咸丰的六个皇帝,除乾隆一人死于紫禁城外(因他死于正月初三),其余五个皇帝都死在园林里。

因此,圆明园是一个如何如何美妙的园林,也不必多做介绍了。而且不曾亲历其境,也是不可能叙说其美妙于万分之一的。然而圆明园之所以名闻遐迩,主要还不是因为它是多么的美轮美奂,而是因为英法侵略者的焚掠使它毁于一旦,那群欧洲野蛮人令人发指的卑鄙而暴戾的行径,使圆明园成了一个用烈火烙成的,使中国人民世世代代都因之而悲愤,全世界的良心都为之而震慄的名字。提起圆明园,人们便会立即想到那意味着美好事物的毁灭。

1856—1860年,英法联军,发动了第二次鸦片战争,迫使清政府签订了《天津条约》之后，他们又以进京交换条约批准书为名，闯入大沽口，遭受惨败。恼羞成怒的侵略者于1860年又大举进犯，打下大沽炮台，进占天津，要求清廷增加赔款。在咸丰皇帝犹豫不决的时候，这些强盗由天津向北京进攻。清廷赶紧派怡亲王载垣急赴通州，与联军代表巴夏礼、威妥玛谈判。达成协议之后，侵略者又节外生枝，使谈判陷入僵局，联军于是继续进攻，载垣下令拘捕了巴夏礼等三十九人，谈判遂告破裂。联军以清政府拘捕巴夏礼等人为借口，发动进攻，从东面进入通北京的要道。在鏖战中，三万清军几乎全军溃散，清将僧格林沁率残兵退驻安定门、德胜门外。咸丰皇帝惊恐万状，慌忙率后妃和一些王公大臣逃奔承德避暑山庄。侵略者借强大火力，逼迫清军向北京城内败退。他们穿过海淀镇，进入圆明园，被园中富丽堂皇的景象所惊住了。这个伟大的园林，原来还是一个到处是奇珍异宝的博物院！英军司令格兰特和法军司令孟托邦在大为惊讶之余，协议分取园中的无数珍宝，计划把那些最具艺术价值和考古价值的宝物，个别呈献给英女王和法国皇帝拿破仑三世；又允许军官们任意选取他们喜爱的物件。后来，连士兵们也可以随心所欲地大肆抢掠了。顷刻间，圆明园成了强盗们予取予携、竞相掠夺珍宝的地方。他们乱哄哄地叫喊着，争吵着，扭打着，疯狂地把一切伸手可及的珍宝据为己有，塞满了自己的所有口袋，口袋装不下，便含进嘴里，抓在手里。一些不便带走的大件珍宝，如瓷器、古铜器、象牙雕刻、珊瑚屏风……用棍子打碎、砸烂；名家书画、孤本秘籍，在这些强盗眼中不过是一堆废纸，他们随手撕一把，用作点燃烟斗的引火物……有人曾经用"一个被人挖开的蚂蚁窝"来形容那个乱哄哄的场景，说强盗们就像受惊的蚂蚁，一只只口含着谷粒、蛹虫、卵子或麦秆向四面八方散去。那混乱的场景，无疑是有点儿相像的，但这又怎能描述强盗们贪婪的心态和盗贼般的行径于万一呢？

经过疯狂的抢掠，强盗们都满载而归。一个法国兵后来回到法国，卖掉了抢自圆明园的珍宝，立即成了法国中部歇尔省的一个大富翁。英国陆军军官赫利斯回到英国后，由于拥有大量来自圆明园的珍宝而发了大财，终身享用，福荫子孙。诸如此类的例子，何止万千！

疯狂的掠夺之后，侵略者随即开始了一场毁灭人类文明的暴行，他们到处放火，把雕梁画栋、参天巨木，以及残留的珍贵文物，都付之一炬。这个稀世名园在一片火海中燃烧了三天三夜，终于成了一片残破不堪的废墟。强盗们随后又劫掠和焚毁了万寿山的清漪园、玉泉山的静明园、香山的静宜园，畅春园和海淀镇也被烧个精光。

四十年后，八国联军攻占北京，联军在大肆劫掠颐和园的珍宝和古玩之余，又对圆明园残留的殿宇进行了一次蹂躏。继强盗们的焚掠之后，腐败的八旗兵丁又勾结恶霸地痞，把园中的木料、石料和砖瓦拿来拍卖。园中几万棵侥幸没被焚毁的名贵树木，也被他们砍倒，有的当建筑材料卖掉，有的就地设窑烧炭……

从此，圆明园原有的繁华尽成过去，只余下我们自小在课本里见过，广为人们所熟悉的那一堆萋萋荒草之间的断壁颓垣了。

圆明园早已荡然无存，而乱石废墟，赫然仍在。越过秋菊盛开的大门，我怀着庄重的心情走进了以它的遗址命名的公园。尽管那断壁颓垣依旧以它们悲怆的神态诉说惨痛的往事，而这里已不再是李大钊笔下那副"玉阙琼楼委碧垓，兽蹄鸟迹走荒台"的景象了。如今这永远记录着君王的骄奢和强盗的暴虐的地方，不再是悲怆的，而是悲壮的。1983年8月10日，圆明园整修工程开工，至今十年，已初具成效。在废墟乱石之间，繁花怒放，杨柳依依。这种强烈的反差，虽然很难牵强地说它们之间是多么的协调，但这对比强烈的二者竟构成了一种奇特的氛围，让人们生发出一种要争气、要奋发图强的感悟。万千稀世奇珍虽已风流云散，而如今那一堆堆残断的石头，对于一个永远不甘沦落的伟大民族来说,其价值又岂在那许许多多已流失于海外的珍宝之下呢?

1994年10月

刘三姐的足迹

二十多年前,我出差广西,在南宁期间看了著名演员黄婉秋主演的音乐剧《刘三姐》,印象深刻。黄婉秋把美丽、善良、机敏、冰雪聪明,妩媚中透着刚毅神采的"刘三姐"演活了。舞台上楚楚动人的刘三姐形象,和她那具有浓郁民歌情调的美妙歌词和悠扬旋律,久久萦绕心中。兴许是由于黄婉秋艺名远播,那音乐剧的成功演出又有口皆碑吧,那时广西各地都兴起了"刘三姐热",许多人都学会了哼剧中的几句唱词。在我们入住的宾馆,那位年轻的女服务员就是一边轻轻哼着《刘三姐》的山歌唱段,一边把热水瓶送进我入住的房间里来的。

"刘三姐"的传说,在广西家喻户晓。据说故事出于宜山(也有一说是出于贵县):秀外慧中的壮族姑娘刘三姐与同村的英俊小伙子李小牛相爱，这对年轻恋人劳动之余常在山野间对歌传情。当地的财主莫海仁认为他们有伤风化，命人将两人抓起来问罪，并把这双情侣扔进河里。李小牛不幸溺死；刘三姐扳住一根漂来的木头，随着流水漂到柳州，被一位善心的老渔翁救起并收为义女。刘三姐在柳州施展她的歌才，以山歌为武器，揭露污秽，鞭笞丑恶，倾诉百姓的苦难，讴歌忠贞的爱情，深受广大群众热爱，被尊称为"歌仙"。

最近读到瑶族史诗《盘王歌》，才知道《歌仙》的传说在瑶族社会早已流传。盘王是瑶族百万子孙的共同祖先。为了祭祀祖先，缅怀先人，瑶族人民每到秋收季节，便在盘古庙或在旷野设置拜王歌堂，唱祭祀歌，"还盘王愿"。《盘王歌》即起源于"还盘王愿"的祭祀歌。《盘王歌》原本是民间的口头文学，由瑶、畲族民间艺人传唱，其后以瑶音汉字记载的文本形式出现。内容涉及人类起源、民族根柢、迁徙历程、劳动生活、婚姻情爱等等，在代代相传中不断丰富。《盘王歌》中就有关于"歌仙"刘三妹的记述。刘三妹以歌传世的事迹在《盘王歌》中称作"刘王传古"。歌词是这样的：

> 高王在天置天地，龙王搬石在江心。
>
> 水底龙门是贺县，刘王传古到如今。

据说广东的刘三妹传说，是由广西贺县传入的。广西贺县

（现称贺州）是壮族和瑶族杂居的地方。从前当地的两个族群都崇尚传说中的"歌仙"。兴许因为壮族的"歌仙"已有了刘三姐的名字，瑶族的"歌仙"于是成了有别于壮族"歌仙"的另一个名字——刘三妹。贺县一带瑶胞传说刘三妹是瑶人祖先。贺州长坪乡的瑶胞自称为"三妹瑶"，他们所居的村子叫"三妹村"，村边的河旁有刘三妹歌台，岭上有刘三妹墓。刘三妹的传说在瑶族中影响深远。广东连山、连南瑶族聚居区还建有刘三妹庙。

沿着刘三姐的"足迹"寻思，设想这位"歌仙"的传说很可能源于广西某地，渐渐往东传扬，经贺州而播于粤西北，越梧州而及于粤西南。于是壮族、瑶族、汉族居住地区的人民都共有了这个可敬可爱的偶像。刘三姐的足迹，鲜明地体现了我们兄弟民族之间的文化交融关系。《盘王歌》中不但有刘三妹的传说，还有源于汉族的"后羿射日"的神话，甚至还融入了梁山伯与祝英台的故事，这更进一步说明在中华民族大家庭里，我们兄弟民族之间不但在血缘上，而且在文化上都是我中有你，你中有我的。

历史上是否真有刘三姐或刘三妹其人，并无可考。但从"歌仙"传说传播之广、影响之深来看，历史上真的出现过这么一个传说中的生活原型，是很有可能的。这位出生于千百年前的奇女子，这个识织知农、睿智机灵的女歌手，浪迹天涯，助人为乐，毕生以其美妙歌声表达老百姓的疾苦和愿望，抚慰他们的不幸和忧伤，鼓舞他们面对邪恶进行抗争的信心和勇气，成为他们的一面精神旗帜，因而赢得了他们的敬爱。"歌仙"的高大形象在民间相传中被丰富，被美化以至被神化了。

我是这样想象的：刘三姐或刘三妹的传说，很有可能脱胎于一位平凡女子的不平凡经历；善良人民的善良愿望，使一位具有美丽心灵的美丽女子俨然成"仙"了。

1996年

龙母祖庙前随想

这是第二次来到悦城龙母祖庙了，几年前的那一次纯属游览性质，走马观花，没有留下深刻印象，这一次却为的是要组织编写一部关于龙母文化的专著，对龙母故事和龙母祖庙的历史以及有关资料，自然要多一点关心和做一点思考了。

在肇庆地区尤其德庆一带，关于龙母的传说家喻户晓。故事发生于两千多年前：在西江、程溪、泽水汇流处，渔翁梁三正在捕鱼之际，忽见江面漂来一只木盆，木盆在他伸手可及的河边停了下来，只见盆里装着一个啼哭着的婴儿。无儿无女的梁三本想把这弃婴收养，但想到自己两餐不继，实在无力供养这个婴儿，只好把木盆轻轻往江心推去，希望木盆里的弃婴能在江水下游遇到善心人被抱去收养，谁料那木盆在江上打了个漩儿又漂回他跟前。梁三再把它往江心推,木盆在漩流里转了一下,还是漂了回来。如是一连三次,木盆终又回到了老地方。梁三觉得这婴儿似乎与自己很有缘分,便把她抱回家中。这是个女婴,身上还留有字条,写着"温天瑞辛未年五月初八日子时生"的字样。

十多个年头流水般逝去,梁三抱回家的婴儿已经成长为一个亭亭玉立的少女,她秀外慧中,冰雪聪明,而且心地善良,助人为乐,不但天天跟着义父撒网捕鱼,维持生计,把家务操持得井井有条,还经常帮助穷苦的邻居分忧解难,很得人们爱戴。一天,她到程溪浣纱,看见滩边有一枚巨卵,便把它带了回家。过了不久,有五尾状如壁虎的动物破卵而出,她把这五尾生灵养了起来,视同儿女,爱护有加。它们常到河里玩耍,学会了捉鱼,把捉到的鱼儿叼回来给梁三父女。渐渐成长的它们"身披鳞甲,头角峥嵘",人们都说这都是龙,这位把它们养大了的女子也就被人们尊称作龙母。五龙子的身躯日渐庞大,狭小的西江再也留不住它们了,五龙子只好别过母亲,沿江出海。母子情深,时相思念。有一年,西江一带大旱,禾苗尽萎,寸草不生。五龙子回家探母,兴云布雨,旱情顿消。人们说这都全赖龙母恩德,因此对她更加崇敬。龙母去世后,大家把她葬于悦河东岸。一天夜半,突然风雨大作,雷电交加。

翌日人们惊奇地发现龙母坟墓竟连同周围草木，被移到了悦河西岸她昔日劳作时常临的珠山宝地之上。人们说，这是五龙子涌沙为坟所致。人们还说，五龙子曾幻作五个秀才，披麻戴孝，在龙母墓旁守灵三年之久，后来在墓侧建了一座孝通庙。当然，五龙子幻作五秀才在龙母墓旁守灵三载之说，神话而已。孝通庙为幻作五秀才的五龙子所建一说自然亦属虚妄。但如今的龙母祖庙的前身是孝通庙却是有根据的。据占籍记载，此庙昔名"博泉神庙"，宋时称"永济行宫"，后来改称孝通庙，历代几经扩建重修，才成了今日名传遐迩、"四海朝宗"的悦城龙母祖庙。

龙母祖庙所处的方位和环境首先便给人以开阳壮阔的感觉。它处于三山环怀、四水汇流之间。前人说它"旗山列于旁，带水漾于外，目穷千里，岭西之大观在是矣"！又说它"左右山川气象雄伟，殆非人之所能卜而有是也"，文辞简练，却是对龙母祖庙所处环境再精当不过的概括。

悦城龙母祖庙与广州陈家祠、佛山祖庙并称为岭南古建筑的"三瑰宝"。它布局恢宏，气魄雄浑。造型俊朗轩昂的石牌楼矗立于前，直面大江；牌楼后面是一片宽阔的广场；广场之后，便是由正殿、前后两厢、妆楼、碑亭、东裕堂、西客厅等组构而成的龙母祖庙这个庞大的建筑整体。祖庙里里外外的石雕、砖雕、木雕，尽是巧手能匠们精雕细刻的杰作。庙里数以百计的壁画，使这座气度雍容的宏伟建筑益添华彩。就整体而言，它壮丽华美；细看它的每一个局部，都足以被誉为建筑艺术和雕塑艺术的精品。然而每年数以百万计的游客中，专门到这里来观赏或研究其建筑艺术和雕塑艺术的，为数却不多。看来龙母祖庙的魅力主要来自涌溢于龙母故事中的融融情意。

我想"龙母"很可能实有原型：设想中的她原是一个被好心人收养的弃婴，长大后事亲至孝，自己后来也曾收养过几个无依无靠的孩子，她的义子们也不忘母亲养育之恩，对养母爱护备至。心地善良的她关爱生灵，怜惜孤寡，为民众做过许多好事，有口皆碑，成为大家爱戴的偶像。经过众口相传，人们心中的偶像日益完美。大家都从自己心中的偶像寻求慰藉和寄托，希望偶像永生长存。而在现实生活中，人是不可能永生长存的，只有虚幻世界中的神才得以"不朽"。人们在这个善良女子去世后，将一些偶然发生的灵异现象附会于她，众口相传，人们心仪的偶像日益完美，偶像也就渐渐被神化为"龙母"。现实生活中太需要这样的好人了！"龙母"是千百万善良人民善良期待的精神产物。他们的善良期待，使一个现实世界的善良女子成了虚幻世界的善良女神。如此设想，未必无稽。在历史上，现实生活中的人，因其辉煌功绩或因其人格魅力，死后被神化的例子很多。关云长是一例，包拯是一例，整治都江堰水利工程的李冰父子也是一例。又如冼夫人，冼夫人是真有其人的，众多史籍对这位一千四百多年前的俚族首领都有颇为详尽的记载。她毕生致力于维护祖国统一，坚持民族团结，促进汉俚融合，在俚族社会中大力宣扬先进文化，鼓励农耕，发展生产，加速俚族社会的封建化进程……这位生活于梁、陈、隋三朝，业绩彪炳、功勋卓著的女性民族首领，也是在历代人民对她的崇敬与缅怀中逐渐被神化了的。直到今天，光是在粤西南一带，为老百姓虔诚奉祀的冼夫人庙，就有三百多座。可见人民群众对于那些曾经造福于民的善长仁翁永志不忘，并且企求其永生长存的。

龙母传说，是爱的故事，是爱的赞歌。徜徉于祖庙的里里外外，仿佛感觉到在庄严肃穆中融合着袅袅慈爱氛围。厕身其间，似乎亲切更多于敬畏。我们太需要人与人之间的关爱了！越来越响亮的金钱的哐当之声，是不是已经使人间的这种高贵的感情变得越来越稀薄了呢？

2004年6月

4

雷州石狗

近年两度出差雷州,也先后两次慕名到当地博物馆的石狗陈列室参观雷州石狗。满以为名声在外的雷州石狗准会有一个体面的归宿,它们的陈列室想必像个样子,遗憾的是现实与我自己原先的设想大相径庭,陈列室很湫隘,石狗们被挤迫地、杂乱地、可怜巴巴地堆叠在一起,真教人为它们的凄凉处境感到难堪。

先民由于蒙昧,常为迅雷狂飙、山崩地裂的大自然凶险情境所慑,又因置身于每时每刻都难以自保的野生环境之中,还因生产力低下,常有冻馁之厄,诸多无从排解的恐惧和忧虑使他们只好借幻想来寻求慰藉,幻想冥冥中有灵圣能庇佑自己,使自己得以消灾远祸,饱暖生存。他们心目中的所谓灵圣,常常是某种动物或某种自然物,当这"灵圣"在某一氏族中为众所认同、信奉、托赖,也就逐渐演化为这个氏族共同崇拜并以之为标志的图腾了。这是众所周知的常识。

远古岭南,百越杂处。据专家所陈,其时雷州半岛的俚、僚、僮、瑶等土著民族,原先均有各自的图腾,或则以猫,或则以狗,或则以蛙,或则以其他动物为之。其后,随着农耕和狩猎业的发展,能够保护庄稼、帮助狩猎的狗,深受此地众多土著民族的喜爱。狗,以它们的机灵和驯善赢得了人心,大家相率豢养。在与狗长期密切相处的过程中,人们不断发现狗所特具的勇敢、忠诚、疾恶如仇和近乎侠义的天性,于是狗渐渐成为他们共同景仰、崇尚乃至膜拜的圣灵,并且顺理成章地升华为他们共同的图腾了。

据说在春秋时期,雷州半岛先民便以石头为材质,把心中的圣灵具体化了。他们借助原始的工具雕琢出原始的石狗,作为膜拜对象。狗,于是开始了从图腾到呈祥灵物和守护神的转变历程。在此后的漫长岁月中,制作石狗在半岛蔚然成风,人们利用当地丰富的予取予携的玄武岩石材,大量制作石狗,将石狗置于自己认为合适的地方,或借以驱恶镇邪,或便于祈福膜拜。据说盛极之时,雷州半岛所见石狗多达数万尊。它们形态各异,有文相的有武相的,有粗犷的有细致的。它们或坐,或蹲,或伏,散处于半岛的四面八方,城门水口、村前村后、塘畔田头,以至荒丘上坟茔旁……石狗成为半岛居民朝夕相处,并赖以得到慰藉的石化圣灵了!

啊,试想想:在一块广袤大地的千村万落之间,驻屯着数以万计形态和情状都不尽相同,却仿佛意志如一,衔着相同使命的石狗。这形成了这一方水土的人们守望相助、团结协作的浓厚氛围,是一幅何其壮观、何等撼人心魄的场景呀!真是举世无双的奇观!

十分遗憾的是:这无与伦比的动人场景已不复存在,并且永远也不可能挽回了!这不但是由于大自然积年累月对它们无情的冲刷和剥蚀,还由于它们历年不断受到宵小之徒的盗窃和无知者们的毁损:"文革"期间,石狗被斥为"四旧",被人以"革命"的名义肆意破坏,石狗家族惨受近乎种族灭绝之灾,有幸逃过劫难的就是我们如今在那湫隘的小房间(它们杂陈而无序列,真不好意思将之尊称为"陈列室")所见的那几百尊了,它们还不到盛极时的百分之一。

怀着有点儿苍凉的心情,我仔细地读遍那几百只"劫后余生"。它们无声无息,历经湮远的年代,身上深刻地留存着原始的朴素风姿;它们线条简单,形态憨厚,折射出制作者们未泯的童心和天真的审美趣味。它们从湮远的年代默默而来,历尽风霜，应感人间冷暖，可证历史风云……石狗们的古朴之美、稚拙之美、沧桑之美沁人心怀，与其说是愉悦了我，毋宁说是撼动了我吧！我是以湿润的双目倾情地凝视着它们的。

一名雷州石狗的研究者在《雷州石狗》一书中说到石狗价值的时候，将之归纳为四个方面：一是见证历史的文物价值；二是雕刻的艺术价值；三是观赏经济价值；四是石狗是远古雷州土著民族的图腾，因此雷州石狗兼具代表雷州土著民族的符号价值。若然容我置喙，我想，是不是还可以说：由于雷州石狗从来都与平民百姓相依相偎，它们仿佛有着自己的价值取向，那就是一切都以平民百姓为依归。当然，石狗没有生命，没有感知，所谓它们的"价值取向"，无非是它们的制作者们所赋予的，然而它们毕竟以自己的存在鲜明地体现了这种高贵的取向。石狗无声，却以它们质朴的形态呈现出一种令人肃然起敬的精神，这种精神无疑是会传递到它的感知者们心中，并升华为力量的。这便是我想要补充说的。

从石狗想到石狮。拿石狮与石狗做一对照来谈谈，有点意思——

石狮是尊贵的，高调的。它们趋炎附势，以侍奉权贵为志，威风凛凛，蹲在宫殿、庙堂、官衙或富家大宅门前，瞪着一双双圆滚滚的势利眼睥睨众生，震慑路过的寒微之辈。它们是权贵的侍从、保镖、奴仆。石狗则恰恰相反，它们谦和、低调，皈依平民百姓，总是置身山野之间的千村万落，为老百姓看更守夜，是老百姓的亲密伙伴。石狮与石狗分别"生活"在两个截然不同的世界。记得鲁迅先生在《出关》中写到老子在他的学生庚桑楚面前揶揄孔夫子，说了这样的几句话："譬如同是一双鞋子罢，我的是走流沙，他的是上朝廷的。"我想，石狗若能人言，也可以用老子这几句话来区分自己与石狮迥然有别的抱负。

有人把今天在博物馆堆放在一起的石狗群譬喻为"南方兵马俑"。我以为这个譬喻未必恰当。兵马俑是陪葬的俑，它们价值连城，主要是因为它们是远古珍稀的出土文物。其实它们只不过是石匠们斧凿之下批量生产的石头制品，未必有多大艺术价值，更没有寄托什么神韵。它们之所以震撼人心，是因为年代湮远，而且规模庞大、阵势堂堂；它们的魅力，也无非是带有神秘色彩的沧桑感、沧桑美，令人见了发思古之幽情。除此之外，兵马俑本身并无别的什么足以动人的精神内涵。而石狗呢，丰富的精神内涵正是它们一族所特具的。有人把雷州民系的精神特质概括为十二个字：刚毅果敢，求真务实，纯朴重义。这不正是我们可以从以石狗为形态的、无数大大小小石头上读到的高贵品格和精神吗？那就是：勇敢、正直、忠诚、侠义，以及对平民百姓的彻底皈依。石狗的精神内涵折射着雷州民系所崇尚的核心价值。这正是石狗文化最深层、最本质也是它弥足珍贵的地方。《雷州文化概论》在《雷州文化的风格》一章中论述到雷州文化的刚烈性、平民性和务实性，这三性，正好是石狗所清晰显示的风格，对石狗文化的深入研究具有深刻意义。

本来散处山野田畴的数以万计的石狗，历遭毁损，"文革"期间，被斥为"四旧"，更受到毁灭性的破坏，所剩已无多了。出于保护和抢救的需要，近年被收集堆放在一起，这是不得已的权宜之计。但毕竟是对石狗文化的糟蹋，完全有必要尽快建立专业场地予以展示。很盼望有力者登高一呼，筹集资金，兴建一座堂堂皇皇的石狗文化馆，使今天深受委屈的、劫后余生的几百只石狗得以延续它们一族曾经有过的辉煌，哪怕剩下来的只是其余晖，也是十分珍贵的。

背上的痣

痣这东西，无非是皮肤上所生斑点，皆因皮下深层细胞内存留多量的黑色素，血管在皮下破裂而致；也有因小脉管肿胀而形成的。本来并无神秘之处，但却成了星相学家们判别人生吉凶的依据，真是有趣之至！

相传明太祖朱元璋做牧童时，有个伙伴伸出长有一颗黑痣的脚掌向他炫耀，说："我脚踏一星，能管千兵！"朱元璋听了，也举起一只脚掌，向那位未来的"千总"笑道："请看，我脚踏七星，能管天下太平！"

脚下有"星"，当不上皇帝也能管千兵，那么，背上的呢？

背上的痣，据说是苦命的征兆。我背上痣多。记得小时候，老祖母把我放进木澡盆里，一边给我洗澡一边唠叨："唉唉，这孩子，脊背的痣数都数不清，是条辛苦命！"老祖母不幸言中了！我这条"辛苦命"，幼失怙恃，少年时代在战争的烽烟中穿行，备尝离乱之苦。后来走进了文学的门槛，又尝到了另一种苦涩滋味。

谁说"爬格子"不是桩苦差事呢？一天到晚趴在案头苦思冥想，大热天时，挥汗如雨；数九寒冬，手冰脚冻。别人公余之暇，挈妇携雏，逛大街，上餐馆，游山玩水，享受人生。你呢？你还得焚膏继晷，搜索枯肠。"文革"一来，文章闯祸，更是苦不堪言。我的大半辈子都是这样走过来的。这种生涯，虽说是苦中有乐，但毕竟还是苦的。不过，倍尝苦涩之余，想到自己背上的痣，觉得命该如此，也就不怨天、不尤人，受落下来了。

有一次，一份刊物的编辑来约稿，要我写一篇以《我的假日》为题的小文章。对这命题，我不禁哑然失笑了。多少年来，自己哪有什么假日。假日是"爬格子"的最佳时机。每逢假日，大都把自己关进小房间里，一盅清茶，一包香烟，置外事于不顾。我的假日，何色何彩之有！我只好交了白卷。退休以后，天天都是假日了。可是这条"辛苦命"还是闲适不下来。"爬格子"爬惯了，每天不"爬"它几个钟头，就像是欠了谁的债似的。加上人家知你退了休，要你写点什么、干点什么，就更觉心安理得。这样一来，就只好退而不休了。原来退了休竟然比在职的时候还要累得多。

老伴见这情形，自然是心疼的。"你这把老骨头，究竟还要不要？"每到这样的时刻，我便哈哈一笑，拿自己背上的痣来解嘲："背负七星，孤苦伶仃。命该如此，奈何！"不过，老伴的命令有时还是不能不从的。不知打从什么时候起，我也给自己放放假了。我家离公园很近，老朋友们戏称那是我的"后花园"。那公园原本是一片蚊蝇滋生的西洋菜地，五十年代广州市人民政府组织职工、干部义务劳动，成千上万的人轮番作战，不知费了多少时日，终于把这片烂菜地改造成一个美丽的公园。经过了几十年经营，这公园变得越来越美了。宽阔的湖面，交错的柳堤，到处可闻百花的芬芳和鸟雀的啼啭。漫步在这样的境界，每一回都觉得是新鲜的，心境仿佛被那溶溶湖水洗得干干净净，所有的辛劳也仿佛在顷刻间消散于柳絮丛中了。

此情此景，真叫人禁不住要说一声：人活着，真好！这种感觉是财富所换不来的，是辛辛苦苦之余获致的无价酬报。真的，这简直是一种不可思议的享受，叫人顿觉用再多的汗水来换取这样的时光也是值得的。

来到这"后花园",我就常会想到:人,其实是很容易就可以得到满足的,有时只消一阵风,有时只消一泓水;何必家财万贯,权柄在手!辛苦,不也是很容易就可以得到补偿的吗?有时只消一杯醇酒,有时只消一回午觉,何必自怨自艾,愁眉苦脸!

不期而然,我又想及自己背上的痣。"背负七星"又如何?这辈子不都如此这般挺过来了吗?唯其有了条"辛苦命",才往往得以从滴水之中感受到欢乐。这种得之不难的欢乐之感,是脚踏一"星"或七"星"的大富大贵者们所难以理解的。辛苦命也有辛苦命的好处。

这多少有点儿像阿Q了。不过,我着实从自己背上的痣悟出一点什么:这世上欢乐无处不在,而只有"辛苦命"才能获得廉价的欢乐;最廉价的欢乐偏偏又是最真实和最高洁的欢乐。

"辛苦命"们,辛苦之余,心安理得地享受一下的时候,你也有此同感吗?

1991年

"金牙二"们的笑剧

借问伯乐今何在?

在广东。

何解?

君不见"人头马"都直奔广东而来吗?"蓝带"算什么?"XO"算什么?连每瓶可换两吨双蒸烧酒的"路易十三",在我们广东也畅销不疲。据说法国酒老板已定下他们的宏观调控策略,把倾销重点放在中国,中心则是广东,皆因我们老广喜欢向别人显示"我有钱"云云。而要轻而易举地成全这种虚荣,无过于"人头马"加老鼠斑了。

林语堂在《吾国吾民》中写过这样一段话:"在中国正南的广东,我们又遇到另一种中国人。他们充满种族的活力,人人都是男子汉,吃饭、工作都是男子汉的风格。他们有事业心,无忧无虑,挥霍无度,好斗,好冒险,图进取,脾气急躁，在表面中国文化之下是吃蛇的土著居民的传统，这显然是中国古代南方越人血统的强烈混合物。"这番话说得恰切与否，见仁见智。窃以为在"挥霍无度"之后加上"讲排场，摆阔气"，也许会把老广们的这种群体性格概括得更准确和传神一些。"我有钱"的明示或暗示，在老广们的生活中，就像鱼在他们的餐桌上一样的普遍。

年过半百的人们都该印象深刻：几十年前，镶金牙在广东十分流行，有的人自然是为了补牙之需而镶金牙的；但也有许多人却仅仅为了表示"我有钱"，不管是否需要，也要光顾牙医，在自己嘴里镶上几颗金牙，有的甚至全口都镶满了。不知怎的，人们爱把满口金牙的人戏称"金牙二"。

那时候，嘴巴里有几颗金牙，也算是小康的标志了。为此，"金牙二"们笑口常开，在不该笑或不必笑的时候，习惯地龇牙咧嘴，以示"我有钱"，好像不这样便对不起自己那几颗金牙似的。时过境迁，这种"金牙文化"渐趋式微，近年来，"金牙二"已很少见了，但是他们的流风余韵，却以另外的形式在延续着。"我有钱"，依旧是许多老广直接地或间接地让别人认可的事实。

令全国上下大吃一惊的，是沸沸扬扬一时的广州黄金宴：把黄金打成万分之一毫米薄的金片，制成什么"黄金鳄鱼肉""九九金鲜鲍""金身一品香""黄金油泡响螺片""黄金夏果鲜带子""金装红烧金鲍翅"……真是"我有钱"极了! 这一类荒唐行径为什么不在中国的别的地方,而偏要在广东出现? 这难道仅仅是"经济腾飞"所使然? 不见得,如果不得力于"金牙二"们的遗风,那些金光熠熠的菜式是做不出来的。那遗风,岂止体现在一度喧闹的黄金宴上,只要留心一下,便会发现它简直无处不在。还记得七十年代,那些架着贴上小标签的遮阳眼镜,沾沾自喜享受着某种无聊乐趣的小白脸吗? 还记得八十年代,那些挽了个耷耳的手提录音机,旁若无人地招摇过市的小伙子吗? 如今轮到"大哥大"了。"大哥大"是大忙人的好助手,对于多少人来说都是不可或缺的必需工具;但到了另外一些本来并无多大需要的人手上,却成为"我有钱"的象征了。他们往茶居或餐厅的软椅上一坐,开了壶菊普,然后把"大哥大"往桌子上一搁,于是开始享受等待旁人认可"我有钱"的满足感,就像"金牙二"们咧开了嘴巴呆呆笑着一样。"大哥大"这玩意儿,成了与当年"金牙二"们的满嘴金牙并无二致的道具。如今,名牌西装,名牌衬衣,名牌皮带,名牌运动鞋……在广州大城走红,人们趋之若鹜,我想这也少不免有几分"金牙二"们的遗风。

当然,"挥霍无度"以及"讲捧场、摆阔气"的这一类并不怎么美妙的词儿，只不过是对我们老广的某种群体性格的粗线条概括而已，"金牙二"们的遗风，指的是也仅仅是一小部分老广精神上的伤风感冒。在芸芸老广中，多的还是耻于炫富或无富可炫的芸芸众生。不过，我们老广有六千多万，设若其中仅有一成染上这个毛病，患者就该有六百万之众，这数量与欧洲各国正规军的总和不相上下。当这堂堂大军一齐张开大口展露"金牙"，笑将起来，那情景也是很可怕的。"金牙二"的孑遗们发扬乃祖之风，互相炫耀、攀比，各自以引人注目的方式"潇洒走一回"，我们这地方，怪事就难免日益增多。此刻有远见的生意人，不知又在酝酿着什么招数，去迎合具有很强生命力的"金牙文化"了。

铲除"金牙文化"虽非当务之急，但是使"金牙二"们的遗风成为众人皆曰可笑的存在，也是不无意义的。应该让那些老想别人羡慕"我有钱"的人明白：他们那一类小动作其实并不像他们自以为的那样美妙，犹如"金牙二"们牵强地展露出来的满嘴金牙那样，当他们笑在并不需要笑的时候，那副龇牙咧嘴的怪模样，难道不正是十分滑稽而别扭的吗？

愿"金牙二"们的灵魂安息，阿门！

1994年9月

"三宝"之忆

为了要寻找一些什么，翻箱倒柜，所有该找的地方都找遍了。要找的东西找不着，却无意中从一个积满尘埃的抽屉里找出一把木头小折刀。

这小刀模样儿笨拙，有点儿像是乡下人从前用来剃头的大头刀，只是样子更老土，呆头呆脑的，工艺很粗，比例不对。掰开一看，刀子已锈迹斑斑，像是埋在地下已有几个世纪的出土文物了。

捧着这把小刀，我有点感伤，因为它是我亲手锻造的。一别二十多年，我把这患难之交冷落了。六十年代的最后一年，我交上了好运，在黄陂"五七"干校有幸被"解放"，成了一名不折不扣的"五七战士"，还被分配到连队里的工业班劳动。

工业班，好大的名堂！有四个人。任务之一是为"战士"们修理锄头柄、犁耙柄什么的，还动手造木牛车、打禾机；任务之二是开炉打铁，修修禾镰，把铁枝锻打成马钉之类。要打铁，就得有个炉火熊熊的铁工房。做了多年"对象"，得此美差，叫我喜不自胜。尤其到了隆冬时分，别的"战士"都在外面喝北风，我们工业班的四条汉子却可以围炉打铁、泡茶、聊天，甚或干点私活，心想，神仙生活也不过如此吧？

那期间，我自己动手干过三件私活：一件是造了一个足有两尺长的木刨子。早在"文革"之初，一被打进"牛棚"，我便学会做木工活了。这手艺传自与我同在"牛棚"的杨师傅。这老杨原本是我们单位的木工。在那"工人阶级领导一切"的口号响彻云霄的日子，木工进"牛棚"，在全中国可以说是绝无仅有的吧？皆因老杨当年曾在东江纵队待过几天，后来脱离了革命队伍，一直在干他的木工活，虽也属工人阶级一分子，到了这"横扫一切"的时候，背上的历史包袱仍使他逃脱不了进"牛棚"的厄运，这"工人阶级"领导不了一切，却在"牛棚"里执木工之牛耳，领导着我们几个"化外之民"，一大到晚大汗淋漓地干木工活。除了被拉去做批斗靶子的时刻，我们几个都挤在单位的一块小空地上锯呀，刨呀，凿呀，钉呀……

不知修理过多少桌椅板凳和制成过多少大字报栏。我的半拉子木工手艺，便是由老杨手把手带出来的。正是因为有了这点本事，我才得以在"解放"之后立即被分配到工业班来。到了可以干点私活的时候，我首先想到的是要给自己造一个长木刨。

一次偶然的机会，在柴枝堆里发现一段榆木，那是一种坚实厚重的木材，我把它捡了回去，仔细刨刨削削，精工造成了一个木刨。那木刨子的色泽褐里透红，密布着叶脉一般细致的黑色条纹，好看极了！经过仔细打磨，更是说不出的精致。啊，我这宝贝！在我看来它简直就是一件木雕艺术品！工业班的"战友"们见了，都无不啧啧称羡。我视自己这杰作珍同拱璧，轻易舍不得动用。

干私活的另一件产品是一个火水炉。到了我进工业班的时候，"五七"干校已较前松垮多了。当初校规很严，连响当当的"五七战士"也不大敢到墟场去买几两花生或吃一碗酿豆腐。后来呢，开个小灶煮点番薯糖水润润喉，也不算大逆不道；连杀鸡烹狗，也居然有人敢去干了。我们连队的老谢，用两个罐头壳和几片薄铁皮制成了一个火水炉，晚上用来煮碗面条、糖水什么的，羡煞旁人。在这位开风气之先者的教导之下，群起效尤，像一阵风似的，很快便在连队里普及开来。附近公社社员中的好事之徒唱起了顺口溜："五七佬，五七佬，起得晏（迟），睡得早；着（穿）得烂，食得好；种田种出满地草；人人有个火水炉……"描写的正是这么一回事。我自然也投身进了这火热的"小高炉"群众运动，而且利用工业班得天独厚的条件，制造了一个六芯节能改进型火水炉，火猛焰蓝，人人称赞。

我的第三件宝，便是事隔二十多年之后，从抽屉里翻出来的那把锈蚀的大头小折刀了。在工业班的铁工房里，我最初只配拉风箱，后来居然学会了打铁，在铁砧上把红透了心的铁块锻打得火花飞溅，要圆能圆，要扁能扁。打出过马钉，还修补过锄头的我，要给自己打一把小折刀，可以说是驾轻就熟了。我挑了一块边角料，按自己设计的模样，把小刀锻打出来了。这小刀钢水好，淬火又恰到好处，自认为是上乘之作，于是找来一小段木头，削成刀柄，开了刀槽，把刀肉嵌进槽里，穿孔固定，然后在刀石上把它磨得锋利。虽然还达不到可以刮胡子的地步，但用来切果子、削甘蔗之类，还是游刃有余的。自从有了这宝贝，生活仿佛增添了不少光彩。我一天到晚把它揣在怀里，一有机会便拿出来"露一手"。有谁要切割些什么，我都爱自告奋勇，让我的宝贝小刀亮相，充分发挥其服务于人生的积极作用。有一次，大伙上黄岗砍柴，我还用它来给一位"战友"剔刺，赋予这大头刀以手术刀的功能……

这便是我的黄陂三件宝，它们虽是那样的原始、简陋、其貌不扬，用九十年代的眼光看，简直是可笑之极了，但这三件宝却曾给二十多年前那个寒碜的我，带来过多少满足之感啊！是的，人其实很容易就可以得到满足，本来就不需要得到很多很多。即使到了连微波炉和镭射音响都已相率进入千家万户的今天，有时候，我仍觉得从一碗白粥、一根油条或是一包方便面那儿得来的乐趣，不见得会比从东方宾馆翠园宫一顿早茶那儿得来的要少一些，更不要说那在黄陂赤脚上山砍柴的日子了。那时我陶醉于我的那个榆木刨子，真无异陶醉于米开朗琪罗惊世骇俗的不朽之作那样，常常以近乎感激的心情，呆呆对着它凝视，一刻也舍不得离开。到了天寒地冻的夜晚，土屋之中，我和老谢他们各自在专用的火水炉上煮一口蛊鞋底面，白色的水蒸气和伙伴们的欢声笑语混在一起，满屋子蒸腾，那光景，也真是美妙极了！还有我那大头刀，当我用它剖开一个柚子，给一段甘蔗去皮，或者是当哪一位"战友"的豆豉鲮鱼罐头因为没有罐头刀而开不了，需要我那宝贝出动的时候，我的满足感外加自豪感，就更是难以名状了……

我转运于林彪摔死于温都尔汗的那些日子。听过传达不久，我便与黄陂那"高温高速大熔炉"分手了。回城时，行李带不了许多，"宝剑赠侠士，红粉赠佳人"，我把那宝贝刨子送给杨师傅时，难免依依不舍，但他是我木工事业的启蒙导师，把自己得意之作送给他作为一种感念的示意，也是应该的。回城那天的大清早，连队里的几个人像送状元荣归一样，翻山涉水，送我到车站。令我深感意外的是那位泼辣的"辫子姑娘"竟也出现在行列之中。她表现得特别的热情，边走边对我说："当日批斗你时，我便知道你会有今天的了！"她语带愧疚和欣羡，也许还有要我相信她当日对我的狠劲，其实都是装出来的这么一层意思。唉，可惜我知道得太迟了！若然她这话早说半天，我那"六芯节能改进型"就归她啦！很遗憾，昨夜我已将那宝贝送给了连队里"解放"未久的老王，他是个近视书生，我断定他一辈子也学不会自己动手制造一个火水炉。

三件宝之中，只有那大头刀伴随我回到广州。

后来我把我这最后的黄陂一宝冷落了。当初还在老婆孩子面前把它拿出来炫耀一番，但很快就将之打入冷宫，不闻不问了。这次无意中把它翻了出来，真有太多对它不住的感觉，就像因薄待了曾与自己相依为命的患难之交而自责那样。

大头刀，我仅存的黄陂一宝，再也不能让你锈蚀于潮湿的角落了！因为那是一段永难忘怀的日子。那时我曾把无处倾注的心智凝结成你。我们曾在黄陂的荒野上结伴，形影不离。你是我的宽慰和无奈，我的欣忭和辛酸。让我们重新在一起吧，朋友！我疑心你也有生命，也有灵性，而不仅仅是我生命被冤枉的十年中物化了的一段而已。

我磨掉大头刀上的锈斑，又重新把它磨得锋利，轻轻揩干，然后涂上一层衣车油。

1994年10月

苔花的风格

友人送给我模样儿古怪的盆栽紫薇。这盆紫薇的根部发育异常，拱出了泥土表面，与茎部联结成块，根茎互相扭缠，盘作一团，恍如蜷伏着的一只腔肠动物的化石，看来它一定已有一大把年纪了，粗糙的根茎之上却发了新枝，茂密的枝丫上长出了丛丛青翠欲滴的叶子，一些枝条儿还爆出了星星点点的嫩芽。叶丛中伸出了许多娇嫩的紫色花儿，远远看去，好像一团紫色的云，亮丽的花儿与苍老的根茎很不协调，却相映成趣。令这老树更添情趣的，是它那近乎老朽的根茎低陷处都长上了青苔。那许多青苔里竟长出了星星点点鹅黄色的花儿。啊，这莫不就是苔花了？对啦，这就是苔花！我们也许在世界上再也找不出比这更小的花儿了！你瞧，它们小得多么不起眼！多么微不足道！简直有点儿可怜。如此寒碜的它们也可以算是花卉家族的成员吗？谁愿意慷慨地将它们称之为花呢？

不过，这些渺小的花儿却似乎不因自己卑微的身世而自惭形秽。虽有紫云一般美丽的紫薇花簇在头顶骄傲地招展，恍如不可一世的骄矜贵胄，但苔花们并没有因而显出丝毫卑躬，依然在青苔丛中自得其乐，豁达地张开着它们细小得叫人难以分辨其轮廓的花瓣。然而那些细小得不能再细小的花瓣却确实在张开着，要是透过放大镜观察这些小不点，便会看到它们灿烂地甚至可以说是放肆地开放着，甚至仿佛感觉到它们的欢快和骄傲。它们那自尊自重和悠然自得的神态，叫我不禁想起清代诗人袁枚的诗句："苔花如米小，也学牡丹开。"苔花渺小的躯体与它们表现出来的坦荡荡的姿态，形成了巨大的反差，然而正是这巨大的反差显示了一种巨大的精神张力，这所谓的精神张力在牢固地支撑着它们渺小不过的躯体，不因自己的渺小而汗颜，不因自身的卑微而怯懦，使它们同样有尊严地、庄重地，堂堂正正地挺立于百花丛中，与牡丹竞放，与芍药争妍。这就是苔花的风格。这自尊自重的风格真是令人肃然起敬。

就生存的意义而言，世界上所有的花卉都是平等的。所有的花卉都一律具有天赋的生机，都一律享有生存、繁衍和自由地展现自我的权利。牡丹如此，芍药如此，即使毫不起眼如苔花者亦复如是。苔花的风格，于人生不是也有所启示的么？

就人格而言，任何人都是平等的。任何人都一律具有天赋的生存权利和作为人的尊严，这种权利和尊严生而有之，是不因人的贵贱而异的。人格与人的社会地位绝对不是一回事，人格的高下与人的社会地位也是不成正比的。人的贵贱亦即社会地位的高下，在很大程度上是众多后天条件糅合而成的，而且带有极大的偶然性。因此人生在世，依赖什么样的一种方式生存，或者说，从事一种什么样的职业以谋生，这种职业的"定格"，往往是身不由己的，在"定格"之前，通常都是个未知数。诚然，大富大贵人家的子弟自然要比苦儿们日后的职业"定格"要占许多便宜，但这带规律性的人生现象，只能说明富贵或贫贱这两种迥异的条件在人们职业"定格"过程中作用之大而已。职业"定格"毕竟不是先验的，不是注定的。有一位据说相当"灵验"因而一度名声大噪的相士，在他的畅销相书上信口开河地宣称：人们一生的际遇，在面相上和掌纹上都记载得一清二楚，因此每一个人的面相和掌纹，都是各自包括过去未来的人生历史记录和命运的地图。

没有比这更为荒诞的谬论了！我们不相信冥冥中有谁在主导谁的命运。人们职业的"定格"，的确只不过是众多后天条件的偶然凑合而造成的。当然，我们也不排除主观因素在人们自己职业"定格"过程中所起的作用，但主观因素能够不受客观条件的影响和制约吗？因此归根结底，客观条件还是居于第一位的。如果承认这一点,就不必因为自己职业"定格"的低微或不如意而自怨自艾了。不管从事哪行哪业,依赖什么样的一种方式生存也罢,至关重要的还是自尊自重,不因自己职业"定格"的低微而卑怯于人前,因为就人格而言,人人都是生而平等的。

据一份资料说,几年前,有一天在美国曼哈顿俱乐部的大厅里,美国总统克林顿夫人希拉里和总统的高级顾问们与一位专栏作家在高谈阔论,声音大了点。这时,俱乐部的看门老头走过来对他们说:"你们这样是不被允许的,你们必须离开。"那几位贵人只好从命。这看门老头确是好样的!在显贵们跟前,他丝毫也没有因为自身的低微而嗫嚅。只要是有违这大厅的规矩,哪怕是再显赫的人物,他也不留情面。这样的人是值得尊敬的,之所以值得尊敬,是因为他捍卫了谁也不应该违反的规矩,同时还因为他表现了自己人格的尊严。这看门老头的风格,就是苔花的风格。

人格的尊严,人皆有之,绝不因地位的贵贱而有所不同。在富贵人家面前,别说卑躬屈节,即便是带点虚怯,脊梁有点挺不直,也可以说是对自己人格尊严或多或少的亵渎。

抗战期间,我就读于粤北的一所中学。几十年来,老同学们仍常常聚会,重温同窗之谊。经过几十个春秋的沧桑变幻,同学们的际遇各不相同，但大都有了体面的职业，有的甚至当上高官，成了专家学者，或者腰缠万贯，但也有三两个命途多舛，在这个或那个政治运动中成了牺牲品的。有一位曾经与我同班的马君，酷爱音乐，当年是全校合唱队的指挥。他的嗓子洪亮，是全校数一数二的歌手。这位马君当年的理想是做一个指挥家或歌唱家。可是他后来的遭遇却十分可悲：他只因解放前在一个小机关当过两年职级低得不能再低的"录事"，在运动中成了"国民党残渣余孽"，一直在小学教唱歌的他被清除出"阶级队伍"。为了糊口，当时已年过半百的他只好去蹬三轮车，当搬运工，或者到建筑工地做临工……在老同学当中，马君可以说是最"霉"的一个。可是老马却从来不因身份的低微而自馁。老同学们欢聚的时候，他照样活跃于众人之中，高谈阔论，笑语风生，照样用几十年前的诨号称呼老同学们，照样指挥大家高唱怀旧歌曲，用他那特有的洪亮嗓子领唱。他性格开朗，心怀豁达，所以人缘很好。大家也丝毫没有因为他"霉"而对他另眼相待。有一次，老同学们聚会，相约在市郊外的一家酒家聚餐，几十位老同学都先后来到了，有几位当了高官或成了企业家的同学是乘自备轿车来的，有桑塔纳，有皇冠，还有奔驰、宝马之类的名车，一一停放在酒家门外。到了快要上菜的时候还不见老马来，正当大家等得有点不耐烦的时候，只见老马蹬着三轮车匆匆赶来，把他那又残又旧的谋生工具撂在皇冠、宝马一侧，一边擦着满头大汗一边大步跨进酒家，大声对老同学们致歉："各位弟兄，真对不起！迟到了！皆因刚才有个外地客上了我的车，自己不识路却瞎指挥，一会儿说去东，一会儿说去西，害得我白白浪费了半个钟。迟到该罚，等会儿罚九江双蒸三杯，向弟兄们谢罪！"说罢，便在满堂亲切的笑声中入席。

我尊敬这位可爱的老马，尊敬他那开朗豁达、自尊自重的风格。那不就是苔花的风格了吗？每当忆及老马，便会想起袁枚那礼赞苔花的诗句。有时想到，要是把其中的"学"字改为"若"字，是不是会好一些呢？这一改，便成了"苔花如米小，也若牡丹开"。牡丹，花之富贵者也。苔花并非要"学"牡丹的富贵之态，只不过是它也有作为花的尊严，它也要开，它也要放，它也有表现自我的权利！它也要像牡丹那样展示自己的存在。尊严是天赋的，与生俱来，并不因每一个人职业"定格"之不同而异。"苔花"不要自卑，自卑的"苔花"可悯；"牡丹"不要自傲，自傲的"牡丹"可鄙。能衡量人的真正分量的，是人格、风格，而不是命运的偶然定格。

1996年

敲响永乐大钟的铿锵之声

永乐大钟悬于北京大钟寺（即觉生寺）。因始建于明永乐年间，故大钟被惯称为永乐大钟。据说是世界上最大的铜质古钟，有600余年历史，被人们称为"钟王"。

15世纪初叶，明成祖朱棣迁都北京，为彰显大国的强盛富足，不惜竭尽人力财力，大兴土木，营建京都。如气势恢宏的故宫，如典雅辉煌的天坛，都是在当时建设起来的。永乐大钟，也诞生在那"国运昌隆"的时期。

据说永乐大钟钟声庄重肃穆，深远沉雄，其声悠扬，可传百里之外。人们在辞旧迎新和重大节庆之时，都会到大钟寺撞钟祈福祝愿。大钟以其特有的魅力，吸引了无数慕名而来的中外游客。大钟寺这个北京市文物保护单位，成为海内外到北京观光的游客们，大都不会不到此一游的名胜。

明成祖驾崩后，永乐大钟沉寂了150多年。历经变动，至清雍正十一年，笃信佛教的雍正皇帝才隆重地把大钟移置新建的觉生寺。

永乐大钟重9万余斤，上铸汉梵文共23万多字。

大钟之上铭刻着的文字，究竟是什么呢？

明代有一部权威性文献《帝京景物略》上说，永乐大钟钟身内外铸的是《华严经》；大钟口沿上铸的是《金刚经》。法源寺的和尚们同是这样说。总之，人们众口一词；连学术界的好些"权威人士"都作如是观。关于大钟上铭文的出处，人人言之凿凿，得出同样的答案，几百年来，从未见有人对此公开表示异议，这难道还会是错的？

真想不到，他们全都错了！错在他们全都被"权威性"的历史文献《帝京景物略》带入了歧途。

也真想不到，指出这历史性谬误的，竟是一名从部队转业才几年的小伙子夏明明！据这小伙子验明，大钟上铭铸的经文，根本不是人云亦云的《华严经》和《金刚经》；而是16种汉文经咒和几十项梵文经咒。

有如此发现的夏明明，一准是受过高深专业训练的专家了！

不！夏明明这小伙子，初中也没毕业，古汉语是些什么？当初连之乎者也都不甚了了……

那么，小夏凭什么去否定大专家、大学者们的定论呀？

凭什么？凭敢于向"权威"说的怀疑和挑战呗！

古往今来，正是大勇者们的这种气概，使得种种传统的谬误在真理的锋芒之下破碎了。人类要是缺乏伴随这种勇气而来的、对于诸般谬误的大胆否定，历史就不可能前进，社会就不易于发展了。勇气之所以难能可贵，在于它总是在"权威"的赫赫声势之下，经历万难，方得以冉冉而生。在历史上，对于亚里士多德某些学说的否定，就是一个突出的范例。

稍稍涉猎过西洋史的，都不会不知道古希腊的圣哲亚里士多德其人。亚里士多德（前384—前322）与柏拉图、苏格拉底一起被誉为西方哲学的奠基者。他本人又是一位科学家、教育家。他一生撰写过包括道德、美学、逻辑学、科学、政治学的著作达170多部，被人称作"仅次于上帝的人"。他的学说，当时被认为是颠扑不破的真理，根本毋庸置疑。

亚里士多德曾经断言："物体下坠的速度与其重量成正比。也就是说，一个10磅重的物体，其下坠速度是一个1磅重的物体下坠速度的10倍。"这说法，看来十分合理，况且是出自一位"神人"之口！因此，人人都视作真理。教授们将之传授给自己的学生；学生们日后成为老师，也依样画葫芦，把这"定论"一代一代传下去。谁也不曾怀疑过。这是"仅次于上帝的人"说的，还会错吗？连怀疑也属多余！

据说，"定论"流传了一千多年之后，遇到了伽利略的挑战。伽利略（1564—1642）是意大利物理学家、数学家、天文学家、哲学家。他对人类思想解放和文明发展过程中做出过重大贡献。在当时的社会条件下，为争取备受压制的学术自由进行过艰苦卓绝的斗争，被公认为科学革命的先驱。晚年备受宗教势力的迫害，境遇凄凉，但他追求科学真理的精神旺盛如昔，为世人所景仰。

1589年的一天，伽利略为了证明自己关于物体下坠学说的正确，在意大利比萨的一座斜塔上做了一次公开试验，邀请了许多名流学者莅临参观。据说，伽利略把两个重量不同的铁球带到塔上同时放下，结果，这重量不同的两个铁球同时落地。那轰然一声，宣告了亚里士多德关于"自由落体"的"定论"的破产。也有人认为这传说只出现在伽利略的学生V.维维亚尼在他给伽利略写的一部传记中，而在伽利略自己的著作中从未被提及，因此不足信。也有一说：其后曾有人在比萨斜塔上做过同样的试验，结果与所传事实不符。又有一说，1971年8月2日，阿波罗15号宇航员斯科特在没有空气的月球上用一把锤子和一根羽毛，重复了这个试验，让地球上的观众看到传说中伽利略在比萨斜塔所做实验的结果还是对的。可见这传说的真伪，以及真理的最后归属，我们还是难以摸底。但是，不管怎样，伽利略那种勇于探索，不唯"权威"所诺诺的精神，还是很值得赞扬的。

科学，要是离开了实践还有什么意义呢？人类社会的一切成就，社会的发展，依靠的都是人类自己不惮辛劳的实践。"实践出真知""实践是检验真理的唯一标准"。实践，还是勇气的"生母"。正是依赖于实践，我们才拥有敢于向权威和传统的谬误挑战的勇气。在这方面夏明明的事迹何其动人！——小夏当初并不是从立意否定《帝京景物略》中关于永乐大钟那权威性的记述出发的，他只不过想从自己的努力中摸索一点关于人钟的知识。为此，他刻苦钻研，跑图书馆，访寺观，蹲资料室，请教和尚、尼姑、专家、学者……日益丰富起来的有关知识，使他生发出要了解永乐大钟上所铸经文内容的愿望。于是他不惜在脚手架上爬上爬下，仔细审视钟上的经文，终于将500年来从未受到怀疑的"定论"应予否定。

"那不是《华严经》和《金刚经》！"小夏勇敢地向"权威"和传统的谬误挑战。接着，他经过一番努力，弄清了钟上经文，宣告了历经500多年的谬误的破灭。小夏的勇气和力量，纯然是他自己的实践所赐。他的胜利是实践的胜利。

夏明明经过自己不懈的努力，不断地实践，否定了关于永乐大钟的好些讹传，虽然算不上是什么重要发现，然而却是一部对人人都饶有教益的活教材。它告诉我们：权威是值得尊敬的，但有的权威性的"定论"却不是绝对正确、绝对不容怀疑，甚至应予否定的。它还告诉我们，不要以为一天两天、一周两周的短暂时间无甚意义，小夏从部队转业到大钟寺工作，不是才7个月工夫，便干成了前面叙述那个动人的故事了吗？短短的7个月，对一个有志者来说，是一段多么可贵的时光啊！

1997年

名片如其人

阵阵改革开放之风,引进了千般世态、万种风情,连名片这样的小玩意儿也大规模地随风而至了。其实名片这东西,古已有之,早在战国时期,就已出现最早的名片——"谒"。只不过后来曾被认为姓"资",属于应予否定的旧习;而且人际关系一直芥蒂甚深,岂能随便交换姓名住址?!所以50年代之初,这种交际媒介即已绝迹。

其实,名片无非是人与人关系的媒介,是友谊的桥梁,是交往的工具,既不姓"资"也不姓"社",应该说是中性之物。朋友初识,业务来往,登门自荐……仗着它就省却不少麻烦,得来许多方便。即使是老朋友、老熟人,互相交换名片,存念存念,也属颇见情趣的乐事。近来兴起名片册,将收到的名片分门别类，各自成册，检查起来就更是得心应手了。

笔者年纪已有一大把，又是个"社交关系复杂"之人，所以常与名片打交道，不数年间，积存起诸色人等的名片简直可以论斤计了。有时捧出一大沓名片册，东翻翻，西翻翻，也是一乐。名片如其人。一些有个性、有特色的名片，常常使我或则忍俊不禁，或则为之喟然。

杂文家老烈，老朋友了。他老兄心怀豁达，生性耿直，言谈幽默，妙语连珠。每次见到他或提到他，我都会不期而然地联想到已被停刊的《新观察》杂志里那个脍炙人口的风趣老头儿"吴世茫"（谐音"无事忙"）的形象来。老烈的名片上有"名衔"四个："辽西老兵、岭南客子、粤北学士（按即"五七"干校、"本科生"也）、东山（按他家住广州东山）闲人"，在名字之下通常用以注明职称或学位的地方，调侃地印上"员外"两个小楷字。名片左下角除住址外还印有标明"热线"的电话号码，妙趣横生，真是名片如其人！每次看见这名片，我都一边哈哈大笑一边想起这位总是叫满座乐呵呵的"吴世茫"来。

某刊物副主编给我一张名片，在"副主编"的职衔下加了个括号，括号内郑重声明："无正职"。他老兄虽属副职，但终究是操生杀予夺之权的第一把手也。

一位文化界人士在自己的名片上罗列了七八个本兼各职之后,加这样的注脚:"只领一份工资",寥寥数字,幽了一默之外,似乎还有愤愤然而又无可奈何的意思。

有位大半生坎坷的老教师,他的名片是裁旧挂历的纸边油印的,"职衔"是"卸任大右派、现职老百姓"。面对这废物利用的自制名片,叫人真不能不为之喟然一叹。

收到过一位县级民间刊物主编的一份名片。说它一"份",是因那名片一套两张。原来这位主编先生名衔甚多,除"主编"之外,连"××日报通讯员""××中学校友会理事""××诗社社员""××市信鸽协会会员"之类的荣衔都舍不得割爱,一一印在名片之上。头一张名片已印得密密麻麻,无立锥之隙了,后来添了新职,只好加印一张,作为"续篇",把头一张未能尽录的添补进去,名片遂从一张而成为一份或一套。

上述可称奇趣的名片成了我名片册里的"珍品"。然而它们还不算是最为独特的。我手头上有一张来自某省某市素昧平生的某君的名片。这位某君,不知从哪里听到过我的名字,并且打听到我的工作岗位,知道我是干出版这一行的,于是寄来名片一张,还附有一份鼓吹自己所写的长篇小说的宣传品。名片的名衔曰:"无官职、无头衔、无名望、无功绩的普通男子汉"。名片背后印着："业余创作：小说、诗歌、散文、戏剧、曲艺、民间文学"。下加括号，内文曰："尚无大作、永有大志、终成大笔"。

有趣吗？而更加"有趣"的还是那份与这名片配套的油印宣传品。奇文的标题是："长篇小说《××》自吹广告"。这广告太长，难以尽录，但有精彩绝伦的数语却是不敢自享的。语云：

"不是要通俗吗？《××》中没有半文盲看不懂的词语，没有全文盲听不懂的故事；

"不是要深奥吗？《××》高深得令所有政治家、军事家、哲学家、文学家都不能完全识透！

"如若出版家要讲究经济效益，作者愿赞助五万元。注意：不是五千，是五万！

"慧眼识珠者，请速来函，请速驾临！

"捷足先登者，必将在中国出版史上留下美名！"

笔者由于未有在中国出版史上"留下美名"的大志，所以没有前往领受此公那五万元（注意：不是五千，是五万）的赞助。这也许是失之交臂了。不过，若是把那张名片及其配套"自吹广告"妥善保存起来，传诸后世，若干年后，说不定会成为一份值钱的文物呢！

名片如其人，这位"四无"的"普通男子汉"的名片，定必更如其人。愿他到头来"终成大笔"。阿弥陀佛！

1999年

过三滩

1945年春夏之交，罪恶滔天的德、意、日法西斯已面临末日。在欧洲战场，盟军的强大攻势如秋风扫落叶，意大利土崩瓦解了！德国投降了！亚洲这一边，日本侵略者在中国战场泥足深陷，在太平洋迭遭败绩。第二次世界大战已到了即将终结的时刻。8月6日、9日，美国人先后在广岛、长崎投掷了原子弹；8月8日，苏联对日本宣战；8月15日，日本天皇诏告接受《波茨坦宣言》，向盟国无条件投降。一场旷日持久、生灵涂炭的大灾大难终于画上了句号。

那真是永难忘怀的幸福时光！在抗日战争中饱经忧患的中国人民，积郁已久的心情豁然开朗了！有什么比与亲爱的祖国共度患难，终又一起拥抱胜利更为幸福的呢？没有了！没有比这更为幸福的感受了！真庆幸自己享受过这段幸福的少年时光。那时我身在贵阳。在那普天同庆的日子里，我喜上加喜。那时的高等院校是各自招生的，没有念完高中的我，以"同等学力"先后报考贵州大学英语系和广西大学农学系，居然全都考上了。我选择了后者，是因为战乱多年，漂泊四方，失去家的温暖，太想家了！我一直梦寐以求，天真地梦想毕生隐逸于一个自食其力、与世相违的小小庄园，与亲爱的家人朝夕相处，永不分离。

就在日本无条件投降后不数日，广西大学通知录取新生在贵阳集中，由校方派人集体带回学校开学。那时的广西大学因为1944年"湘桂大撤退"，从广西临时迁往贵州东南一隅的榕江。我们十几个准大学生，全都是男孩子，由一位广西大学的办事人员领着，从贵阳乘车到独山后，翌日往东步行至三都，然后乘船沿都江东行，向目的地榕江进发。

我们十多人从三都县城出发，分乘两条小小的有篷船，沿都江直下榕江。都江是贵州东南的一条不大不小的河流，江宽一般不到十丈，水不深，但江流湍急。两岸群山矗立，山中千村百寨，是布依族、苗族和水族同胞聚居的地方。

两条小船一前一后，相距十多丈远，畅顺地顺流而下。我和几位同伴乘坐的是后一条船。小船主人是一对有了一大把年纪的夫妻，带着一个背着葫芦瓢的小男孩，那是他们的孙子。做奶奶的站在船头，双手紧握长长的竹篙，左一竿右一竿，吃力地撑持，防止小船偏离航道。她的老伴也手执长篙，站在船尾忙碌地这边撑撑那边撑撑，保持小船的正确航向。

一前一后的两只小船在波光粼粼的江上顺利行进，没有比这更为舒畅的时刻了！我们这十几个小伙子，在抗战胜利全民喜庆的大好日子里，考上了梦寐以求的大学，个个都憧憬着自己仿佛触手可及的灿烂前景；如今又在风景如画的江中航游，远眺天高云淡，水秀山清，在阳光普照下，四野山花烂漫，草木葱茏。此情此景，叫我们这群春风得意的孩子个个敞开心怀。

"我们唱歌吧！"不知是谁这样一声倡议，歌声便起了。先是有人独唱，然后是有人跟着唱，接着是大家高声齐唱。歌声撩动了前面那条小船上的旅伴，他们也跟着唱起来了，歌声越来越起劲。

"一船一歌轮着唱吧！"也不知是谁向前面的姐妹船高声喊话，表示响应的回音立即便传过来了。两只小船于是像赛歌似的，你一曲我一曲，朗声高歌。此落彼起，江上响彻了人人耳熟能详、壮怀激烈的抗战歌声。

两只小船稳妥地行进了好长的一段水程之后，船主人告诉我们，前面要过三滩了。过三滩，一个比一个难。头一个叫大难滩，第二个叫二难滩，最后一个是门口滩。过了门口滩，就可以放下心来，安安稳稳到榕江了。

啊，大难滩！这是第一道关口，必须认真面对，我们自觉地停止了歌唱，凝神注视着奔腾而去的江水。对于小船的安危，我们这几个小书生是根本起不了任何作用的，但我们还是紧绷心弦，严阵以待，焦灼地等待着万一需要自己挺身而出应付危难的时刻。但是我们很快便意识到自己的这种心情纯属多余。船主夫妻俩在滩前驾轻就熟，彼此高声呼喊着，应对着，相互配合着，熟练地使劲撑持他们手里的竹篙。小船在急流中颠簸了几下，在滩头略为俯仰，便安然渡过了大难滩，继续轻快地前进。

啊，大难滩！说难也不难！世间的所谓为难事，莫不都是如此？小伙子们先前有点紧张的心情很快便平静下来，接着，小船上又扬起了歌声，大家热烈地高唱起来。可是唱不了多久，老船主又向大家提示，二难滩已在望了！

江水变得越来越湍急，小船在江中进发，疾如游鱼。流水哗哗作响，打着漩儿匆匆而去。急速旋转着的涡流下面神秘莫测，仿佛杀机深藏，令人不寒而栗。

顷刻间，二难滩便在眼前，只见船主夫妻俩一面互相高声对话，一面忙碌撑篙，忙得不可开交。急流裹挟着我们可怜的小船奔流而去。小船晃荡着，颠簸着。汹涌的江流拍打着船腹，砰砰作响，溅起飞雪般的浪花。小船一往无前，向着雾气蒸腾的滩头奔驰而去，在轰隆隆的几声巨响中猛然往前一倾，随即昂起头来，恢复原来的态势，安详地继续行进。

如今仍需挂虑的只剩门口滩了！门口滩虽说是三难中之最难，然而经历过大难滩和二难滩的考验，所谓难，看来并不那么可怕吧？

前面便是门口滩了！喧闹的流水越来越显得响亮。远远看去，前面的小船在水雾中左摇右摆，剧烈地抖动，忽然像失足摔了一跤似的往前倒了下去，接着又见它奇迹般地重新抬起头来，继续前行。啊，那情景，不也是我们这小船注定即将面临的吗？我们这小船也能同样走运吗？

正焦虑间，我们的小船已临近滩头。此时江流汹涌，发出撼地摇天的巨响，恍若咆哮着的兽群扑面而来，震耳欲聋，撼人心魄。满目飞溅的浪花漂进船舱，洒落在我们的衣衫上。老船主夫妻俩如临大敌，呼呼哧哧，全力以赴地驾驭着与他们相依为命的小船。那个背着葫芦瓢的小孩似乎也有点怯懦了，只见他一声不吭，蜷缩在小船舱里的一角。

船舱里的几个准大学生也默不作声，心弦紧绷，目不转睛地盯着舱外那个不停地剧烈颤抖的凶险世界。他们此刻的心情不再是闲适和舒畅的了。大家都屏息以待命运的安排。

轰隆轰隆，随着地动山摇的短暂巨响，河床的显著落差，使我们的小船在狂舞的浪花中从滩头猛然下坠。大家的心情紧随着小船的坠落蓦地一沉，又随着小船重新挺然航行而复归平静。

好险啊！好撼人心魄的一幕啊！然而我们毕竟安全地越过那最后、也是最艰险的一关了！真是说难也不难。所谓难，真的并非想象中的那样可怕。

过了三滩，老船主和我们都如释重负。大家满怀近似凯旋的心情眺望前程，欣喜莫名。到榕江的航程已经近半，不久之后，我们将要到达目的地，进入自己心目中的神圣殿堂，成为不折不扣的大学生了。那时候，大学生犹如凤毛麟角，被视作天之骄子。

此时晌午已过。盛暑骄阳，普照大地。两岸的树影山色，在明丽的阳光照耀下显得格外迷人。江面升起朦朦胧胧的袅袅水雾，航道渐渐变得开阔了。小船里的小伙子们个个心怀大畅，不待有谁煽动，就有人率先唱起来了。歌声此落彼起，正当大家纵情欢唱之际，我们的船底猛然爆出了一声撕心裂肺的炸响。小船触礁了！不待明白过来，我们都已从折断了的船舱滑落江中。幸好江面不宽，江水也不深，大家又都熟习水性，三扒两拨，便迅疾地登上岸滩。只见我们的行囊一个个浮在往东流去的水面上。啊，那是我们的全部家当！我们不可丢失的命根子！大家不约而同，沿着岸滩，紧追着那漂流在江面上的几个行囊。我们奔跑的速度比流速要快，不一会便追上了。待看准了时机，大家便一拥而下，凫进江中，把一个个湿漉漉的行囊全都捞回岸上，各自认回了自己的"命根子"。这时，翘首回望，只见船主老两口已把他们的破船拖上岸来。我们于是带着自己水泡过的"命根子"往老船主一家人那儿聚集。我们几个和老船主一家"同是天涯沦落人"，在这患难与共的时刻，自然而然地靠拢一起了。

　　我们在强烈的阳光下各自摊开湿透了的衣物暴晒。老船主夫妻俩也在拆解他们的破船，把破船的板块摊在岸滩的鹅卵石上。这是这可怜的一家人仅有的家当了。不，除了小船的残骸，船骸里还留着一只铁锅和几只陶碗。

　　太阳逐渐西斜。我们几个人凑了点钱，请老船主到附近的村寨买点粮食。一会儿，老船主便把几斤白米和一小块岩盐买了回来。大家捡来了一堆石头，砌成炉灶，又四处寻来好些枯枝败叶。老船主拿来铁锅架在灶上，然后拿出他那一直挂在裤头、形影不离的一小块燧石，用原始不过的取火法生起火来，动手煮粥。

我们在夕阳西下的时分喝到了热气腾腾的稠粥。陶碗数量不足，只好分批轮流喝粥。这天夜晚，大家都在岸滩席地而眠。日间劳累透了，此时虽倍觉疲乏，但仍难以入睡。仰望苍穹，新月临空，繁星闪烁。大野遍地银光，蛙鸣咕咕，虫声唧唧，好一个辉煌的夏夜！

翌日朝暾初现，我从迷糊中醒来，只见有的同伴起得比我还早，他们正忙着把晒干了的衣物装进行囊。由于离榕江还很远，环境陌生，投宿无门；加上山间小道崎岖难走，要继续前行已不可能。我们的领队已乘前面的小船远去，一切都只能自作主张了。大家议定一起往回走，先到三都县城过一夜，卖掉衣物做盘缠，然后回到独山各自筹谋前路。

我们议罢，即按计划行事。喝过老船主为我们煮好的又一顿稠粥，便向船主老两口道别。这时老两口正在生火开始烧船板，早已被晒干的船板烧得噼啪作响，烟雾弥漫，火光熊熊。不是有这样的一句老话吗？——"烂船还有几斤钉"。烧掉船板，那个三口之家还有几斤钉。

别过岸滩上那凄凉的一家，便要动身了。我们和老两口都有点依依不舍。老船主向我们表示歉意，说小船触礁沉没，把我们害苦了。我们说，若不是雇你们的船开往榕江，你们本来也不至于有今天。

我们背起行装上路,往西走到山峦拐角处,回眸眺望起步的地方,依稀可见岸滩之上,烟雾缭绕的火堆旁那一家三口的身影,不禁怆然。

一切都按议定的计划行事。我们到了三都县城,在街上摆地摊,贱价卖掉了从江水中捞回来的全部家当。

几个风雨同舟的患难之交,一同从三都步行返回独山,旋即揖别,各奔前程。

我的庄园梦碎了!后来我是在独山的公路旁,凭着粗略可通的英语,扬手招停一辆过路的美军运输车,被车上那位善良的希腊司机载到柳州。我是随后从柳州乘拖渡回到光复未久的广州,走上另一条生活道路的。过三滩,是我生命途程上的一道急转弯。

世态如师。过三滩给我的教导毕生难忘。

2015年1月

"不瞬"和"死磕"

不知道从什么时候起,在艺术领域里,"匠"这个字眼被注入了贬义。一些艺术作品(主要是书法和美术作品),据说是因为缺乏个性或曰"灵气不足",而被斥为"匠气重"。"匠气"沦为次等货色了。

所谓"匠气",明确的定义似乎还未见诸文字。历代的工匠,大都出身寒微,难得享有读书识字的幸福时光。许多贫寒人家子弟,小小年纪,家长便要为他日后乃至毕生的生活前景筹谋,及早让他拜师学艺,盼他学来一技之长,赖以养家糊口。拜师学艺是一种传承关系,师傅是徒弟的楷模、偶像,甚至是一种信仰。作为徒弟,师傅是自己一生衣食所赖,理所当然视乃师为"恩师",一行一动俱向"恩师"学样,以"恩师"为自己毕生的侍奉对象,把"恩师"所传技艺视同圭臬,一丝不苟地依样画葫芦。这种传承关系自然或多或少带有机械操作性质,对学师的徒弟的个性发挥难免有所束缚。

由此看来,所谓"匠气",也许可以理解为一种由于陈陈相因的师徒传承关系所形成的机械性风格,在艺术作品中的体现吧?

那么,所谓"匠气",是不是都应一律予以唾弃呢?

艺术作品,是需要作者融入自己的个性的。个性是艺术作品的灵魂,这也许就是人们常说的所谓"灵气"。"灵气"是"匠气"的对立面。就艺术作品而言,所谓"匠气",当然并非好东西;但把它作为工匠这个劳动群体的一种习性来看,却是另一回事。

工匠这个劳动群体通常有一个特色——"一以贯之"。

所谓"一以贯之",是笔者求其简明的概括说法而已,大意是指其始终致力于一种职业,从事一种劳作,一生坚守,别无旁骛的意思。

工匠们自小即随师学艺,一直跟随乃师,形影不离,直至"出师"自立。此后,毕生挟乃师所传技艺谋生,这已成为历代各行各业工匠毕生遵循的规律了。当然,所谓"一以贯之",只是对工匠作为一个群体特色的概括,自有不少例外。

但"一以贯之",在工匠这个群体中显然是典型的和大量的,何曾见过几个半路出家,"跳槽"改行而去,另觅高枝的木匠、铁匠、泥水匠……呢?

看来工匠们在拜师之初,便已意识到自己的一生,都将以乃师之业为己业的。"恩师"是自己的榜样,是自己的一面镜子。他们自然知道"恩师"的高超技艺是从勤学苦练得来的,是从专心致志得来的,是从聚精会神和孜孜以求得来的。自己也必须像"恩师"那样铁了心去学艺,以期日后拥有像"恩师"那样的高超技艺和为人之师的地位。因此"一以贯之",像"恩师"那样忠心于认定的目标,毕生坚守,全心全意,不他图,不旁骛,也就成为工匠这个劳动阶层普遍自觉奉行的信条了。

弓箭是古代最普遍的冷兵器,因此历代都不乏有关射箭手以及箭和靶的故事——甘蝇就是传说中一名了不起的射箭名手。据说甘蝇射箭,百发百中,只要他张弓搭箭,射兽兽伏,射鸟鸟坠。

传说中,甘蝇的徒弟飞卫,技术更在其师之上。有个名叫纪昌的人,慕飞卫的大名,向飞卫拜师学射。飞卫向他训勉:"尔先学不瞬,而后可言射矣!"

"瞬",即眨眼睛。飞卫对纪昌说的意思是:"你先学不眨眼睛,然后再谈射箭吧!"

纪昌听从飞卫的忠告,回到家里,天天仰卧在妻子的织布机下,全神注视织布机提综的脚踏板,练不眨眼。如是者苦练两年之后,即使有人用尖锥在他眼前晃动,他的眼睛也不会眨一下。纪昌把自己苦练"不瞬"的效果向飞卫报喜,飞卫听了说:"这还不够,你还要练到把小看成大,把模糊的看得清清楚楚。"

纪昌再次接受飞卫的忠告回到家里,用牛尾巴的一根毛,缚住一只虱子,挂在窗前,全神注视。十天过后,虱子在他眼里渐渐变大。他天天照样练,过了三年,纪昌眼中所见的虱子大如车轮了。他把虱子悬在窗前当作靶子试射。一箭射去,箭中虱心。他把这效果再向飞卫报告,飞卫听了十分高兴地对他祝贺道:"汝得之矣!"意思是说:"你行啦!"纪昌此后也成为一名射箭高手。

《纪昌学射》是一个带有寓言意味的传说,历史上未必真有其人,故事的细节可以肯定是杜撰的。试想一根牛尾巴的毛怎能缚得住一只虱子呢?一支箭的箭头比一只虱子还要大,一箭射去,要是射个正着,那虱子已不知往哪里找去,还怎能判知"箭中虱心"呢?但这故事却道出了要有所成的前提是"不瞬"。用中央电视台播出的纪录片《大国工匠》片首那八个醒目大字来表述,就是"一念执着,一生坚守"。执着,坚守。对于"不瞬"而言,很难找到比这两个词儿更为简约而精当的表述了。

瑞士的钟表制造业名闻遐迩,十九世纪中叶到二十世纪初,是他们的黄金时代。瑞士钟表,特别是瑞士生产的高档手表,占有全世界名牌手表市场的绝大部分份额;可是到了二十世纪七十年代,日本人发明了石英表,以其超级廉价的优势,向瑞士机械钟表制造业大举冲击,迫使对手几陷于万劫不复的境地。2019年《读者》第十期刊登了一篇文章透露,日本石英表对瑞士机械钟表业势如排山倒海的冲击,使后者的产量从原来占全球的比例百分之四十五陡降至百分之十五;近千家钟表工厂因而倒闭;超过十万名钟表工人失业。许多人都认为瑞士钟表业特别是机械手表业的末日已经到来了。但是出乎人们意料的是:经过近二十年的拼搏,濒临灭顶之灾的瑞士钟表制造业,不但得以稳稳保住,甚至赢来了前所未有的新繁荣时期。在当今全球的世界级高档手表品牌,几乎全是瑞士产的。真是个奇迹!

奇迹的出现,因素是多方面的。看来其中最为重要的是万千钟表匠们的"死磕"精神。

磕,动词。指碰在硬物之上。"死磕"之意近乎迎难而上，死撑猛干，不屈不挠。据说瑞士人执着，死撑猛干的性格举世闻名。瑞士钟表工匠们的"死磕"精神，正好用以说明那个只有八百万人口的小小山国值得自豪的国民性。

瑞士钟表工匠们太热爱这祖祖辈辈赖以为生、自己也与之相依为命的事业了。对自己手中事业的热爱和尊重，使他们对之不离不弃，为之坚守到底，不另作他图，不另觅高枝，而是致力于机械钟表功能的升级和创新，开发出诸多极其复杂的工艺，使得瑞士机械表的精密度越来越高，因而越来越赢得声誉和市场。据说，他们生产的一种名为"1735"的机械表，内有零件744个，由于需要精工制作，一名顶级钟表匠全身心投入，每年也仅能制作出两块。精益求精，使瑞士名表更上一层楼，开辟出一个新天地。

看来瑞士钟表制造业由衰复盛，从濒临灭顶之灾到重现生机以至再执牛耳，正是"不瞬"和"死磕"相加的切实得数。这因果关系，对我们实在太有教益了！

2020年

关于所谓"成功"的闲话

一出名叫《后天》的美国电影,有一个意味深长的桥段:

在美国纽约,有一群人躲避严寒,钻进了纽约国立图书馆。他们为了取暖,不得不把书拿来生火。但大家对"先烧什么书"争论不休。最后,终于达成一致意见:先烧税法方面的书。

这出美国电影的幽默桥段,隐喻了美国老百姓对纳税重负的普遍怨艾。

我是从一本畅销期刊上的一篇随笔中读到那美国电影桥段的大意的。那篇随笔的作者介绍过那幽默桥段之后继续写道:假如——仅仅只是假如——北京也遭遇了一场千年不遇的严寒,一些市民被迫拥入首都图书馆避寒,也同样需要烧书取暖时,他们会如何抉择?作者写道,如果有人这样问他,他主张首先要烧的是所谓成功学的书。

如果有人同样问我，我也会步那位作者的后尘作答：赞成先烧《成功指南》和《成功秘笈》之类的废品（如果有的话）。没有比引导人"成功"的说教更令人生厌的了！那些所谓功成名就的捷径、秘籍、锦囊……不是废话便是谎言。越早烧越好！

什么叫成功？由于目标的设定有大小之分，有难易或高低之别，因此所谓成功是没有固定标准的，难以给出一个科学的界定。当然，笼统的概念还是有的。一般的所谓成功，是指在事业上取得了可观的成就。而一个人的成功与否，并不只是以其业绩的大小高低来判断的。人们的文化背景各不相同，生活环境各不相同，主客观条件各不相同，因此，一个人在事业上是否取得了成功，不能一概而论。政治家因贤明的政绩赢得了民心，科学家做出了重要的科研成果，文艺家在自己的专业上写出了读者公认的佳作，或练就了观众叹为观止的技艺；企业家宏图大展，成为纳税大户等，当然都无愧被认作成功人士；但是并非只有做出了宏伟的业绩才够格称作成功者的，在平凡岗位上埋头苦干，为人民、为社会做出了积极贡献的普通劳动者，窃以为也应归入成功之列。

中国红十字基金会、新华社、中国图片社等联合举办了"寻找最美乡村医生"大型公益摄影活动；中央电视台和光明日报也联合举办了"寻找最美乡村教师"大型公益活动。广大群众经过几个月的访寻,推荐了许许多多评选对象。中央电视台在"走基层"专辑中按期逐一介绍了其中的若干佼佼者。

下面是几个随手拈来的事例——

"最美的乡村医生"介绍了云南怒江傈僳族自治州福贡县鹿马登乡赤洒底村乡村医生李佳生。李佳生是鹿马底乡上下11个村唯一卫生室的唯一医生,负担着近2000名村民医疗卫生的职责。由于环境恶劣,交通不便,这位村医为了送医送药到穷乡僻壤,不分寒暑,每天都背着医疗器械和药物,借着由铁滑轮和麻绳圈组成的自制滑具,悬空锁扣在400米长、50米高的钢索上溜索扳附横过波涛汹涌的怒江。这位平凡村医成了深受这一带近1700个村民爱戴的"保护神"。云南泸县洛本卓乡保邓村村医和光才,除日常繁重的诊疗任务外,还为产妇接生。行医14年来,接生婴儿1157名,母婴俱安……

"最美的乡村教师"介绍了云南迪庆藏族自治州中甸县乡村教师张桂梅。张老师从老家黑龙江支边至此已36年,全身心投入自己热爱的乡村教育事业。她少年丧父,中年丧夫,命途多舛的她自己又患上重病,深受命运折磨,却不但不因自己的诸多不幸而沮丧,反而以更加积极的态度迎接各种挑战。她历尽艰辛,募集了70万元,抚养了一百余名孤儿,还支持了一些穷孩子升读高中。江西省永丰县中村乡梅仔坪小学处于大山深处，没有人愿意前往任教，停课三年之久。2009年，年轻的周玉平嫁入梅子坪村，她不忍村里的孩子们失学之苦，不惜放弃了到外地任正式教师可拿到高得多的报酬的机会，甘愿成为月薪只有600元的梅仔坪小学代课老师。她还动员自己的婆婆巫秀银来学校做后勤工作，每天为自带午饭的孩子们热饭，让他们吃上热腾腾的饭菜。婆媳俩共同撑起了一间学校的好事，成为远近传扬的佳话……

上面列举的几位值得景仰的人物，相互间都有着若干共通之处：

他们都是立足本职，脚踏实地，落地生根，专心致志，对人民、对社会做出了积极贡献的平凡岗位上的普通劳动者。他们的业绩并不灿烂辉煌，更非轰轰烈烈，然而他们的作为却是群众所期盼、社会所亟须的；尤其重要的一点是他们所做贡献，已达到了他们自己主客观条件所许可的极限了。

所谓成功，应该是不以手执多少权势、拥有多少财富、取得多少荣誉来衡量的。成功并无标准刻度。如果要给所谓成功以标准，可以说，这一点就是标准了：竭尽所能，为人民、为社会、为祖国做出了自己力所能及的贡献，就可以说是成功了。

2021年

5

历史上的和银幕上的

中国历史蜿蜒曲折的浩浩长河，流至十九世纪的四十年代，仿佛陡落至激流飞溅的险滩，迅即奔泻而下，折进了充满灾难的途程。这个转折点，就是鸦片战争。中国社会自此开始发生了根本性的变化。帝国主义者以他们三门桅兵船的小口径火炮，轰开了"天朝"神秘而可笑的帷幕，把魔爪伸进了从朝廷军机处一直到老百姓们寒碜的瓦锅。这个闭关自守的古老帝国，从此走上了半殖民地半封建的悲惨道路。然而就在演出这一场景辽阔的历史悲剧的同时，那珠江的"水勇"、虎门的"节兵"、三元里的"义民"，以及厦门、定海、乍浦、镇江烽火连天的土地上，不愿做奴隶的人们的刀枪剑戟，却显示了中国人民足以震天撼地的英雄气概和巨大潜力，在历史的天幕上升腾起彪炳千秋的奇光，犹如风雨如磐之际的电闪和雷霆，使那个悲剧时代始终洋溢着永不为奴的"九州生气"。

形象地反映鸦片战争这一重大历史事件，艺术地再现中国人民在这场战争中烈焰飞扬的爱国主义激情，怀先人以励来兹，是作家艺术家们义不容辞的严肃任务。电影《林则徐》在这方面所取得的成果，是理应受到赞扬的。这部被"四人帮"禁锢多年，终于同广大观众重新见面的影片，主题鲜明，选材精要，结构严整，比较真实地再现了当年的斗争势态和事实过程，尽管在某些方面尚微显简略，但一场不足两个钟头的电影，能够把这一历时两年之久、规模宏大的事件的基本线条，勾勒得如此明晰，已是相当难能可贵的了。也许只有在人物的处理上还可以找出一些值得探讨的地方。

电影《林则徐》中的历史人物，我以为大都是处理得比较合乎情理的。例如对中心人物林则徐的塑造和刻画，就颇觉恰如其分：既突出了这个统治阶级中的进步人士、反侵略战争中的民族英雄的爱国主义精神，以及他在一定程度上与人民群众的结合，同时也表现出时代和阶级的局限性在这个人物性格上所起的制约作用，使观众感到真实可信，为之感愤，也为之惋惜和唏嘘。作为与林则徐同休戚、共命运的两广总督邓廷桢、水师提督关天培，也可以说是表现得颇为中肯得体的。这几个在历史上曾经奋烈一时的人物,都按照人们所曾熟知和理解的样子,动人地活跃于银幕之上。但是电影中的豫堃(剧本作豫坤)这个人物却不无值得商榷之处。

豫堃是当时身任粤海关监督的满族大员。在电影中,他是作为朝廷中的投降派头子——首席军机大臣穆彰阿和直隶总督琦善在广州的代理人而出现的。在禁烟派与投降派的斗争中,银幕上的豫堃成了林则徐的主要对手。当林则徐在道光帝旻宁手上接过钦差大臣的关防,南下广东的前夕,穆彰阿就已派人飞骑到广州向豫堃通风报信。豫堃得信,便立即部署破坏林则徐禁烟政策的步骤。这个被描写为抽大烟成瘾的粤海关监督,与买办洋奴伍绍荣(十三行洋商头领)之流是一丘之貉。正是这个豫堃,里通以贪婪残暴著称的英国驻粤领事查理·义律,窝藏和放走英国大毒贩颠地。林则徐被道光帝罢官,卖国贼琦善接任两广总督以后,又是这个豫堃,积极执行琦善的指令,拆毁炮台,解散水勇,予英国侵略者日后从珠江口长驱直入省河以方便……总之,在电影中,豫堃成了官僚、汉奸、洋奴一身而三任的丑物了。

对这个历史人物做这样的处理,是有足够根据的么?

在历史材料中,有关豫堃的记载所见甚少。所有已知的史料,都不足以说明他是个反面人物,甚至连不利于他的微词也未曾得见。只有在一份英国蓝皮书中,有一封英国商人的书信曾对豫堃的形象有过污损。(指《安德鲁·安德森先生致拉本特函》)除了这一不足为凭的外国史料之外,我们所能看到的其他史料,大都是有利于豫堃这个历史人物。

林则徐的日记应该是最有说服力的。据日记所载,林则徐、邓廷桢和豫堃在广州相处的日子,关系密切,他们时相过从,或议事,或行游,或宴饮,或唱酬……作为禁烟派阵营中人的广东巡抚怡良、水师提督关天培,也常欣然参与他们的活动。可见豫堃与禁烟派至少可以说是相处融洽的。在日记中,林则徐对豫堃并无明显的褒贬,但从他们两人的私交看来,这对老朋友是情长谊深、互相信赖的。林则徐曾多次单独与豫堃促膝谈心,载酒游园(邓廷桢的《双砚斋诗钞》中就曾有诗叙及这一类事)。1840年秋,林则徐接吏部文,得知道光帝要将自己"交部严加议处",并派琦善南下接任两广总督时,痛心之余,整理行装准备赴京"听候部议"。当时他把行装分为三份,一份托人带至福州老家;一份准备随身携带;另一份则寄存在豫堃家。如果他与豫堃并无深交,是决不会如此安排的。从《双砚斋诗钞》看来,当时的两广总督邓廷桢心目中的豫堃,是个高风亮节的知交。"握手知君贤,汪洋见叔度""兹来筦市舶,厘剔起沉痼""视事曾几时,威信已宣布""椒兰过留芬，松柏寒益固，题诗当寻盟，久要幸无斁"（俱见《为豫厚庵榷使题沧浪亭送别图》）。这里，邓廷桢不但嘉其贤能，颂其政声，而且引为至交了。

值得注意的是，豫堃在广东三年余，他的宦海生涯，大体上是与林则徐、邓廷桢共沉浮的。道光十九年三月十九日上谕，就以林则徐等收缴鸦片有功，将林则徐、邓廷桢交部从优议叙，怡良、豫堃、关天培交部议叙。林、邓因此各加一级纪录二次，怡、豫、关各加一级；又因"此项烟土，系在夷船起获，与内地迥不相同，林（则徐）、邓（廷桢）着各赏加二级，怡（良）、豫（堃）、关（天培）著赏加一级，著加恩俱准随带"。虎门销烟后，禁烟派声势大涨，豫堃此时也擢升为上驷院卿，仍留粤海关之任，林则徐还因此事而亲自谒门祝贺（见道光十九年七月初五日林则徐日记）。到了禁烟派失势，林则徐、邓廷桢被革职后不久，豫堃也"奉旨回旗穿孝"了。他离开广州之时，琦善到达广州只有一个多月的时间。如果他是投降派在广东的党羽，此时正应为琦善所倚重，琦善岂会在舟车劳顿、下马伊始之际，让自己的心腹遽尔离去？

林则徐、邓廷桢被遣发伊犁后不久，豫堃也谪戍到那里去了。三位老朋友老耄之年在边城相见，满怀心事，强颜欢笑，那情景想来也真令人为之感慨！癸卯年七夕，几位患难之交聚会在一起，为瓜果之会，题诗咏怀，直抒胸臆。邓廷桢有诗云："岂是针楼乞巧丝，微波款款欲通辞。坐中各有千秋泪，洒向星娥知不知？"从这首饱含忧愤的诗篇看来，豫堃亦自有可悲的际遇，他们在禁烟运动失败之后，同是肝胆相照的天涯沦落人，所以邓廷桢这才对豫堃有"与君共磨涅，愿保玉无瑕"（《和豫厚庵有感》）的肺腑之言。他深信老朋友品德上的清白，因而愿意与之共勉以保晚节。几位老人在边塞上的酬对，确实颇有"澄心盟白雪"的味道了。

根据上述史料分析，我认为林则徐、邓廷桢是一直将豫堃引为知己的。这个人物即使无功于禁烟，也决不有碍于禁烟；即使不是禁烟派的同志，也绝非禁烟派的死敌。那么，为什么电影的编导者一定要这个历史人物扮演这样一个可耻角色呢？据剧作者在一篇题为《关于〈林则徐〉的主题、结构和人物》的文章中这样解释道：首先，广州是需要一个投降派的代表人物的，"因为从当时的实际情况来看，以穆彰阿、琦善为首的投降派，在朝廷内外都拥有极大的势力，为了破坏禁烟运动，他们一方面在朝廷上包围道光皇帝，动摇禁烟政策，一方面在禁烟运动进行得最剧烈的广州，组织反禁烟集团的力量，造谣生事、诬蔑中伤，对以林则徐、邓廷桢为首的禁烟派进行了猛烈的反击"。其次，从艺术处理上来看，由于矛盾冲突主要是在广州展开的，广州实际上存在着投降派与反禁烟集团的庞大势力，"因此，就有必要塑造一个足以体现这种反禁烟势力的形象，通过它，把禁烟派与投降派斗争的这根线从北京贯串到广州来……"那么，由谁来担任这一角色呢？历史上是没有这样一个现成人物的。完全虚构一个足以与钦差大臣林则徐势均力敌的非历史人物，周旋于名声显赫的历史人物之间，则又未免显得过于别扭。作者是"在无可奈何中"，终于把豫堃推出来充当这个卑鄙下贱的角色的。选择豫堃，是因为他是身居粤海关监督高位的内务府旗人，在政治上具有可以与林则徐相抗衡的本钱；另外，粤海关监督这个职位，使豫堃与朝廷、洋人、十三行的行商以至私枭们的鸦片走私活动，都可以联系得上。所以剧作者认为通过这样一个形象来概括、体现投降派在广州的反禁烟势力，显然是最合适的了，因此把他写成了一个反面人物。

简而言之，把豫堃定为反角，一是因为艺术上的需要；二是因为他职务和关系上的合适。这样一来，剧作者需要解决的问题是解决了，可是历史却因而大为走样。我以为在历史题材的文艺作品上，如此随心所欲地处理一个历史人物，是不妥当的。显而易见的道理是：历史题材的文艺作品，必须尊重历史本身，以历史事件和历史人物的真实性为依据。诚然，对历史事件以及对历史人物的思想、性格和行动,都是可以进行必要的艺术处理的。情节和人物,都容许有利于集中、概括和生动地再现历史情景的虚构和夸张;然而却不容许正与反、善与恶、美与丑的肆意颠倒,否则这就是非历史的了。在历史上并没有与反禁烟势力同流合污的豫堃,却在电影中背上了这样一个大黑锅,是无辜的。

是不是电影里缺少了这样的一个豫堃,禁烟与反禁烟的矛盾冲突便无法在广州全面展开,艺术效果就会减色,主题的体现就会受到影响呢?我以为是未必的。林则徐抵粤后,这位以其大刀阔斧的禁烟政策取得广大人民群众拥护和支持的钦差大臣,首先面对的对手是以查理·义律为代表的外国资本势力;内部则面临着以伍绍荣之流的十三行大洋商为代表的买办阶级的滚滚暗流,以及鸦片贩子们为维护自身走私利益的抵抗。这就是当年在广州展开的一场波澜壮阔的斗争的基本势态。当然,除此之外,林则徐还有更加阴险而凶恶的对手在,这就是在道光帝身边的穆彰阿、琦善之流。但是旻宁此时正倾向于禁烟,太常寺卿许乃济因为奏请弛禁而丢官一事,教会了这些家伙必须耐着性子等一等。所以在一段时间里,这伙包围着道光帝的丑恶势力对林则徐、邓廷桢只是虎视眈眈而已。他们深知这不是向禁烟派动手的时机。对于这几个诡计多端的家伙来说，此时最为有利的一招，应是放手让林则徐去激怒"英夷"，好让挂着米字旗的炮舰慑住旻宁，这样一来，吓怕了的皇帝就会自然而然地成为他们手中的王牌了。他们事实上正是这样做的。当时这种曲折而微妙的内部斗争，使得投降派根本不需要急急忙忙在广州物色自己的急先锋来破坏如火如荼的禁烟运动，因为他们太需要"船坚炮利"的英国侵略者的赫然震怒，来证明自己的"高见"了。这便是历史上为什么并没有出现像我们今天从银幕上所能看到的那位"豫堃"的缘故。投降派的策略是不需要有这样一个豫堃的。我以为在反映这一段历史的时候，倒是应该着力揭露出穆彰阿、琦善之流的这点"苦心"，只有这样，才能显示出当时的斗争的复杂性。现在有个明目张胆地抵制林则徐的粤海关监督出场，就未免使这场斗争变得简单化了。而且，由于电影突出地从反面描写了作为内务府旗人的豫堃，这个人物和穆彰阿、琦善同是满人，他们构成了一个反禁烟的投降派三角联盟，与林则徐、邓廷桢、关天培等力主禁烟的汉族官吏针锋相对，这就很容易使观众产生错觉，以为当时禁烟与反禁烟的斗争是有民族背景的，反对禁烟的都是满人。其实，这场斗争在内部并无民族界限。鸦片战争爆发前两年，鸿胪寺卿黄爵滋奏请严禁官民吸烟时，道光帝令各省督抚大员商议，反对禁烟的二十人中，就有七名汉员；赞成禁烟的八人中,就有两名满员。可见这场斗争,从内部看来是不以民族来划分阵营的。电影把豫堃这个人物做这样的处理,在客观上容易产生消极的效果。

历史人物及其行迹,是当时的斗争形势和生活环境的产物,他们的思想行为,都必然合乎历史事件的逻辑发展,对历史人物进行非历史的描写,难免会引起人物关系上的矛盾,也会导致历史面貌的局部变形。例如硬是要把一个面目全非的豫堃塞在十九世纪四十年代的广州,就不可能不浅化了禁烟派与投降派之间迂回曲折的斗争,使作品无从更本质地显现那个巨大历史事件的真实。

按照历史人物的本来面目去描写历史人物,不把历史人物加以扭曲来将就某种需要,是我们编写历史题材的文艺作品时,所应该坚持的原则。

1978年9月

胸中勃勃

——读《郑板桥集》札记之一

郑燮题画中以题竹、兰居多,其中又以竹为最;三言两语间,往往精辟地表述了他独到的艺术见解,耐人寻味。

这里有他一则题竹的文字:

> 江馆清秋,晨起看竹,烟光、日影、露气,皆浮动于疏枝密叶之间。胸中勃勃,遂有画意。其实胸中之竹,并不是眼中之竹也。因而磨墨展纸,落笔倏作变相,手中之竹又不是胸中之竹也。总之,意在笔先者,定则也;趣在法外者,化机也。独画云乎哉!

秋日的早晨,天朗气清。在朝阳的照耀下,翠竹丛中的疏枝密叶间,浮动着淡淡烟光、溶溶日影和丝丝露气,多么美妙的自然景色!是这样的良辰美景蓦地促使画家产生了执笔作画的念头吗?不,这之间是有个过程的。郑燮的经验是:面对这样的景色,先是"胸中勃勃",然后画意遂生。所谓"胸中勃勃",就是为客观世界的事物所感,心中涌荡起难以抑制的激情。至于画意,则是在激动之余,为了通过艺术手段留下那引起激情的印象,这才生发出来的。可见艺术家为客观世界的事物所感动,"胸中勃勃",应该被看成是创作活动的前提。好些文艺作品之所以不动人,正是由于作者欠缺了"胸中勃勃"这样的一个前提,他们的"画意"(创作要求)并不是自己对客观世界的真情实感的产物。作者自己都不"勃勃",自然难以要求读者们"勃勃"了。

但是,"胸中勃勃"只能说是一个前提,而不是一种保证。有了基于真情实感的创作要求或创作冲动之后,还有一个怎么加以表现的问题。还是拿郑燮眼中所见的竹子来说吧,他可以按照"眼中之竹"去写竹,原原本本地再现客观世界的图像。自然主义就是以简单地复印眼中所见的图像为能事的。郑燮并不满足于表现"眼中之竹",因为他心里已经有了经过自己的思维活动作用过的、为自己所理解的竹,即所谓"胸中之竹"。这"胸中之竹"已不是自然形态的竹,而是被他赋予了精神并有所寄托的事物了。但即便是"胸中之竹",也还未有最后成形。只有到了"磨墨展纸",完成了整个创作过程的时候,那"眼中之竹""胸中之竹",才最终地成为其作为艺术品的竹。这时候的竹,又与"胸中之竹"不尽相同,走了样了。这是因为画家需要寻找最能表现自己"胸中之竹"的形式,而且在表现的过程中肯定会对"胸中之竹"有提炼,有发展,有升华,因而"倏作变相"。这种"变相",是服务于作者对自己表现对象的理解的。"眼中之竹"在画面上的变相,便使郑燮笔下的竹鲜明地体现了一种生机萌发、兀傲清劲的精神。这一从"眼中之竹"到成为艺术品的典型过程,是早已为众多有成就的文艺家的创作实践所验证了的。

郑燮最后总结得多好呀!——进入创作之先必须立意,这是不可更易的定则;而艺术却无定法,全凭自己灵活掌握运用。这道理,并非仅仅适用于画画而已。

1981年2月

直摅血性为文章

——读《郑板桥集》札记之二

"英雄何必读书史,直摅血性为文章。不仙不佛不贤圣,笔墨之外有主张。纵横议论析时事,如医疗疾进药方。"

这是郑燮诗《偶然作》开头的几句。这寥寥几句,我以为是颇能概括这位"扬州八怪"中杰出之一"怪"的思想抱负、艺术主张以至生活态度的。

真正的英雄,何必钻进故纸堆中,按照前人的规矩行事,模仿前人的笔墨趣味呢?他需要的是直接抒发自己的感情,以自己的血性写成文章。他不望升仙,不望成佛,也不企求被奉作圣贤;不为笔墨而笔墨,而是为经国济民的抱负和主张而笔墨的。他胸怀天下，剖析时事，关心民瘼，于国于民常怀医者之心。——这便是郑燮在上述诗句中所要表达的思想内容，也是他自己一直身体力行的座右铭。这些思想内容的核心，要是浓缩为一个词儿，这便是"血性"二字。

血性，笼统而言，也许可以说是爱国的激情和爱民的热忱吧？"直摅血性为文章"，就是要把自己胸中这等激情和热忱，亦即因为同祖国和人民休戚相关、命运与共而生的喜怒哀乐，直接化作自己笔下的东西。郑燮的一生，就是透过自己的诗词字画，去倾吐自己忧国忧民的炽热感情的。他一贯主张文艺服务于社稷（国家），服务于"劳人"（平民百姓）。对那些只懂得吟风弄月，热衷于寻章摘句，偏偏不务经世之学的骚人墨客，从来都嗤之以鼻。"凡所谓锦绣才子者，皆天下之废物也。""古人以文章经世，吾辈所谓风花雪月而已。逐光景，慕颜色，嗟穷困，伤老大，虽剜形去皮，搜精抉髓，不过一骚坛词客耳，何与社稷生民之计，三百篇之旨哉！"在他看来，要是文艺家沉湎于无聊之作，于家国人生毫无积极作用，那么，即便如何穷其一生搜索枯肠，呕心沥血，为此而弄得形销骨立，充其量也不过是一个自我陶醉的"骚坛词客"罢了！郑燮之所以瞧不起王摩诘、赵子昂，讥诮他们"不过唐、宋间两画师耳"，就是因为"试看其平生诗文，可曾一句道着民间痛痒"？郑燮正是以"血性"之浓淡，来作为衡量一个文艺家品格高下的标准的。他鄙蔑那些于国于民缺乏激情和热忱，将志趣寄托于无聊事物的无聊文人。所以他在家中告诫他的堂弟说："近世诗家题目，非赏花即宴集，非喜晤即赠行，满纸人名，某轩某园，某亭某斋，某楼某岩，某村某墅，皆市井流俗不堪之子，今日才立别号，明日便上诗笺。其题如此，其诗可知；其诗如此，其人品又可知。吾弟欲从事于此，可以终岁不作，不可以一字苟吟。"这一段话，骂得好！说得好！就是应该这样看！文章也好，作品也好，如果了无血性，于人无益、于事无补，如同梦呓，有若废气，不啻头脑中的精神排泄物，令人生厌而掩鼻，理应从下水道中找到自己的归宿；至于那些把文艺当作幸进的旁门捷径，借机自我标榜、攀龙附凤、欺世盗名的大人先生，则更是等而下之的"市井流俗不堪之子"了！

人民希望文艺家们都拿出血性来，为他们直抒胸臆。血性，在我们的时代有我们自己的解释。它已不仅仅是对祖国的激情和对人民的热忱而已；还有对真理的执着，还有对革命理想的追求；自然还有对真、善、美的讴歌和对假、恶、丑的鞭笞。血性，是人民群众的感情和意志在文艺家心中的结晶。有作为的文艺家，就是要让自己心中的这种结晶得到充分的表现，从裂变中释放出巨大的能量来。否则，充其量也不过是个词客、画师或文字匠罢了！

1981年2月

旧安乐椅里的"道德"

——读《"歌德"与"缺德"》有感

四凶逞蛮的日子里,有位外国名流携同宝眷,迢迢万里来到中国旅行观光,备受渥遇,心旷神怡,回去后写了一篇游记,把我们泱泱神州,吹得天花乱坠。这位二十世纪的马可·波罗煞有介事地说,中国人个个丰衣足食,心情愉快,笑口常开;他在中国旅行期间,发现这个国家没有一个衣衫褴褛、营养不良的人,没有小偷、盗贼,更没有乞丐、妓女;甚至连苍蝇也绝了迹,只有在回程时,他才在由北京开往广州的火车上,发现了仅有的一只。这位可爱的旅行家在他的文章中信誓旦旦地加重了语气说:"的确就只有那么一只了!"

这篇简直像童话一般有趣的游记，后来被译成中文，转载在我们的一份四开报纸上，让大家都能有幸看到。同志们看了，都禁不住为这廉价的恭维失声而笑。那哈哈一笑，记不清是夹杂着多少种怪诞滋味了，但是想起来那笑声当中起码带有一点苦涩、一点忧伤，以及对那位旅行家的一点怜悯的感情。是的，二十世纪的"马可·波罗"那廉价的恭维，看来并非出于叵测的居心，只不过是他老先生天真幼稚得近乎可怜罢了！

你说怪不怪？多少年后的今天，我们竟又从《"歌德"与"缺德"》这篇奇文中，看到了更加奇妙的仙境，在这"现代的中国"仙境里，"并无失学，失业之忧，也无衣食之虑""日不怕盗贼执杖行凶，夜不怕黑布蒙面的大汉轻轻叩门""河水涣涣，莲荷盈盈，绿水新池，艳阳高照"……简直是美妙得不能再美妙了！唷唷，我们究竟是生活在桃花坞中，还是大观园里呢？这位"歌德"同志给我们做过鉴定的这个境界，甚至是连一只苍蝇也没有的，果真如此，我们中国人就真是身在福中不知福了！

面对"马可·波罗"先生和"歌德"同志两人程度大体相若的"好话"，我们的反应却是迥然不同的：前者的天真幼稚曾使我们哑然失笑，后者却使我们要笑也委实笑不出来，因为我们一望而知"歌德"同志的胡言妄语绝非出于无知。就像街头巷尾那摆地摊的便宜得出奇的要价,不能不启人疑窦那样,他那过分离奇的表演,自然也是不能不令人有所警惕的。

"歌德"同志为他自己笔下那并不存在的完美无缺的七彩幻影大叫大喊,究竟意欲何为呢?难道真的如同他说的那样,怀着"无产阶级感情""站在工农兵的立场上",要求作家们"为无产阶级树碑立传,为'四化'英雄谱新篇"?不!这是扬此抑彼的战术。面对如此十全十美之"德"而不"歌",却去写什么"伤痕文学""眼泪文学""暴露文学",难道还不算是罪过吗?所以"歌德"同志不厌其烦地力陈不"歌德"即"缺德"的煌煌道理。按照他的说法,不"歌德",即等于"用阴暗心理看待人民的伟大事业";等于"怀着阶级的偏见对社会主义制度恶意攻击";等于"善于在阴湿的血污中闻腥的动物",因而"只应到历史垃圾堆上的修正主义大师们的腐尸中充当虫蛆"……总之,不"歌德"即"缺德"的作家们是必须打入另册的!

"如果人民的作家不为人民大'歌'其'德',那么,要这些人又有何用?""吃农民粮,穿工人衣,摇着三寸笔杆不为国家主人树碑立传,请问:道德哪里去了?"呵,真是"革命"得很!仿佛经此一问,"道德"就都列队"向左看齐",接受他的检阅,压根儿归属于他了。这样一来,除"歌德"以外,全都成为"缺德"了。你要控诉丑恶势力所造成的祸害吗?缺德!你要揭露阴暗角落里发生的荒唐事吗?缺德!你要指出我们制度中某些还不那么完善的地方吗?缺德!缺德!缺德!须知"歌德"同志是连仅有那么一只苍蝇也不承认的。只要你的作品中看不见"绿于金色软于丝的万千细柳",听不见"塞外原野的悠扬牧歌"和"战士打靶归来的阵阵欢笑",你就是十恶不赦的"缺德"派!

至此我们不得不向业已拥有很多"道德"的"歌德"同志请问一下了:你为文艺作品规定了一条比"样板"还要"样板"的死胡同,硬要作家艺术家们往那里爬,又究竟对谁有好处呢?在我们看来,你无非是致力于让人们忘却林彪、"四人帮"曾加于祖国和人民的灾难,同时把那个荒诞年代遗留下来至今未愈的社会痛疽用纸封住,以求其表皮的光滑而已!而这种表皮上的光滑,正是与你立下的伟论相吻合的;你不是堂哉皇哉地大声疾呼过吗:"虽然'四害'造成了十年灾难,但从根本上讲,我国的历史是前进的。"是的,我们明白了:你说来说去还不曾明言的潜台词是:"四害"何害之有!君不见"河水涣涣,莲荷盈盈,绿水新池,艳阳高照"吗?"歌德"同志,你不说我们也全都明白了:一言以蔽之,原来你实际上是主张"四害"大可不必打倒的。这便是你那可敬的"道德"

的真谛!

在论及"聪明人"的时候,高尔基说过:"聪明人是这样的一种人,他相信自己所坐惯的安乐椅是最好的安乐椅。所以他坚持所有的人要坐他自己所喜爱的式样的安乐椅,从自己屁股坐得舒服的观点来看一切事件,聪明人当然不会赞成那使他的尊贵的屁股所栖息的旧椅子摇摇摆摆的一切。"不错!聪明人的爱憎纯然是以自己的屁股栖息得是否舒服为依据的,并由此派生出他们的"道德"观念来。从他们目前焦躁不安的情绪和语无伦次的"道德"说教来看,可以推知他们尊贵的屁股依依不舍的旧安乐椅,如今已经支离得难以撑持下去了。

1990年

海明威风格

1954年度的诺贝尔文学奖决定颁给海明威的时候,这位以他的杰作《老人与海》《永别了,武器》《丧钟为谁而鸣》《第五纵队》……震惊了文坛、丰富了人生的美国作家的健康状况,已经不允许他到斯德哥尔摩去领奖了,他只能请美国驻瑞典大使代表他出席仪式,宣读他一篇六百字不到的演说辞。

重温海明威那篇致瑞典学会的简短演说辞,有两点是十分难忘的:一是他的谦逊;二是他认为作家必须甘于孤寂的主张。他说:"没有一个作家,当他知道在他以前不少伟大的作家并没有获得此项奖金的时候,能够心安理得领奖而不感到受之有愧。"他又说:"写作,在它真正产生成就的时候,意味着一种孤独的生活。作家的组织缓和了作家的这种寂寞,但我十分怀疑它们是否真正有利于他们的写作。他在公众面前的形象上升了，从而消除了他的寂寞。可是他的作品也就开始退步。"

海明威不是说说而已，他曾私下对自己的老朋友说过："作为这份荣誉的获得者，我只说我非常遗憾它没有能够给马克·吐温，也没有能给亨利·詹姆斯……"到了需要写作的时候，海明威常常把自己关在远离人烟的房子里，谢绝一切应酬。伴随着他的只有留声机和一只猫。当他获诺贝尔奖的消息公开后，各方面的人都急于侵入他的私人生活，向他表示那并不受到欢迎的祝贺，前来祝贺的人得到的往往是令他们扫兴的冷遇。葡萄牙领事馆的官员前来向他祝贺并发出邀请，他是用沾满海龟污迹的手同他们握手，并"祝他们一路平安"的。为了躲避更多的干扰，他带着妻子驾小船出了海。

我们的作家们，有多少人具有海明威的这种涵养和风格的呢？遗憾的是，真难一下子找得出一两个来！每逢到了评这个奖那个奖的时候，我们便可以看到种种令人啼笑皆非的怪事，有的自荐，或托人说项，或走上层路线，甚或酒烟开路，无所不用其极，令评委们应接不暇。只要能够得奖就行了，这样的"作家"是什么都"能够心安理得领奖而不感到受之有愧"的。这是因为文学这东西他们看来并非属于心灵的事业，而只不过是让"作家"上升到某种高度的一根撑竿，当跃过了横竿，那撑竿便可以不要了。

自然也有不少确实依靠自己的作品得到了承认和赢了荣誉的人，与此俱来的是职位的提升、待遇的变化，成了宴会常客、电视"明星"，迎来送往，早出晚归……有的人确实是不大甘愿如此的，只是身不由己，欲罢不能；而有的人却乐此不疲，他们渐渐适应了以至喜爱了这样的生活，要是寂寞下来，他才受不了呢！要是有谁提醒他："喂，老兄！这样子下去，你还能写得出真正像样的东西来吗？"这时，他也许会装出一副无可奈何的样子；其实，内心却是自有分寸的——横竿都已跃过了，撑竿还有何意义呢？

做真正的作家，还是多一点谦逊和多一点寂寞为好。1927年，传闻诺贝尔文学奖有可能颁给鲁迅，鲁迅在给台静农的信中是这样说的："诺贝尔赏金，梁启超自然不配，我也不配，要拿这钱，还欠努力。世界上比我好的作家何限，他们得不到。你看我译的那本《小约翰》我那里做得出来，然而这作者就没有得到。"鲁迅这番话，与海明威那演说辞里说的，何其相似！鲁迅之所以成为鲁迅，海明威之所以成为海明威，与他们这一并无二致的涵养，岂能无关？至于说到甘于寂寞，看看屈原的身世吧！屈原若不被流谪于江滨，还在朝廷做他的三闾大夫，他还能写得出光耀千秋的《渔父》诸篇来吗？60年代初辞世的我国德高望重的学者杜国庠先生家中，经常悬着他十分喜欢的一张条幅，文曰："流水孤村花数朵，于无人处最销魂。"杜老分明也是一位淡泊名利的甘于寂寞的长者，这条幅，正好反映了这位受人尊崇的长者豁达而恬淡的心境。孤寂的乐趣，自然不是追求灯红酒绿的文客们所能理解和体味的。

1991年3月

6

忧伤的歌与反抗的歌

一个真实的故事

事情发生在十九世纪中叶，美国新奥尔良的一个黑奴贩卖市场。午前，市场场主福礼门把成群黑奴带到一间大房子里，他命令奴隶们男女分开，按照高矮次序分别站在房子两边。

交易的时刻还没有到来，福礼门还有充分的时间来训练他的活商品。他教训所有的奴隶，必须在顾客面前"装作活泼伶俐的样子"。他像个导演似的，依照自己所喜欢的样式，逐一训练着他们。

午后，交易开始了，市场上围满了顾客。福礼门拉高他的嗓子，声嘶力竭地向人们鼓吹他的"新货色"，用他自以为最得体的言辞来证明这批黑奴的种种优点。他命令他的奴隶们伸着头,灵活地来回走动,向顾客们显示他们的四肢关节都很正常。买主们开始打量自己要买的"货色";他们把奴隶浑身摸遍,扳动奴隶的手、脚和脖子,要奴隶张开口,露出牙齿,正像一个马贩子检查一匹他要买的马一样。当他们看中了自己要买的"货色",还得把那"货色"的衣服全都脱下来,进行更加细致的检查。精明的顾客专门挑剔奴隶身上的疤痕,作为向福礼门要求降低售价的理由;据他们说,奴隶身上的疤痕,是具有反抗或刁悍精神的证据,降低售价是"理所当然"的。

一位巴顿鲁日的种植场主看中了黑孩子蓝达尔,他决定把蓝达尔买下来。这时,孩子的母亲伊利萨悲怆地痛哭起来,她恳求那个人不要把她的儿子买去,除非连她也一起买了;如果他肯这样的话,她答应给新主人做一个最忠实的奴隶。可是那位种植场主冷酷地拒绝了她。一切恳切的哀求都属枉然,种植场主付过现钱,便从母亲手上抢走了蓝达尔。当痛不欲生的伊利萨在福礼门抽打着的皮鞭底下抬起头来,给自己的孩子以最后的一瞥,只见蓝达尔边走边回过头,用稚嫩的声音哭喊道:"妈妈,妈妈……"

这是一个真实的故事。这是一幅十九世纪典型的黑奴贩卖市场的悲惨图景。新大陆在无数奴隶的血肉和骨头之上,建筑起它的"繁荣"。

七十年间

1862年9月22日，亚拉伯罕·林肯以合众国总统的名义发布了一道宣言：

"我利用我的职权，正式命令并宣告……所有作为奴隶的人现在和今后永远获得自由……"

可是曾几何时，美国黑人们重又发觉自己生活在奴役、陷害、偏见和虐杀的境界当中。当一切祷告和呼吁都已成绝望的时候，1888年，在四十多年前小黑奴蓝达尔被拉走的地方，奴隶的子孙们在新奥尔良群众大会上发表宣言，他们控诉了自己难以忍受的苦难，告诫所有的弟兄和后代："……如果你们的家遭受到暴徒的侵犯，不要指望能得到什么怜悯，因为暴徒们根本就不会有怜悯之心。如果你们势在必死，那么就用尽你们一切的力量来为保卫你们的生命和家室而死。如果你们认为在你目前所居住的地方将永无安宁之日，不能得到十分安全的保障，那么你们就静静地离开吧……"

七十多年来，祖先们满含忧愤的告诫是说对了。摆脱了奴隶身份的黑色的种族，在美洲大陆进入了他们更为悲苦的年代。白人牧师哈逊在大西洋城的一次集会上，曾经这样宣称：

"在神看来，杀戮黑人并不是罪恶，因为黑人就同狗一样。"由这位高贵的牧师先生口中所表达的"美国精神"，把黑人当作瘟疫似的同白人世界隔绝开来；一千七百万美国黑人被剥夺了起码的做人的权利。

1956年10月，路易斯安那州还新定了一条法律，规定凡是同白人一起参加体育活动的黑人，一律处以一年徒刑和一千美元的罚款；首都华盛顿甚至不准黑人在白人的家狗坟地上埋葬自己的狗；与白人通婚的黑人，要被判处五年徒刑……

正是由于这样的一种"美国精神"，黑人可以随时随地被夺去生命和财产。几年前，俄克拉何马州的一个黑人居住的地段发现了石油矿，资本家为了要占有这个财源，捏造一个黑人男孩企图污辱一个白种女孩；接着，这黑孩子被投入监狱，一群白人暴徒要对他处以私刑；激于义愤的黑人们把这孩子救出来了。于是暴徒向黑人发动了进攻，出动了八架飞机、机关枪和大炮。结果一百五十个黑人被杀害，其余的黑人弃家逃亡别地，他们的家室被夷成瓦砾，石油公司最后霸占了这块染血的土地。洛杉矶贫民窟里的一个黑孩子，有一天意外地收到一个注明"圣诞礼物"的包裹，拆开来看，竟是一个人的鼻子和一双耳朵；包裹里附有这样的字条："小黑炭，告诉你妈，这是她丈夫的遗产。如果你想活到像你父亲那样的年纪，得好好地学会对白人做到彬彬有礼。"像这样的一些惨不忍闻的事例，每个时辰都在发生着。在郊野以至公园的树上，在密西西比河或是波托马克河里，每日每夜都悬吊着和浮沉着黑人的尸身。

伟大的预言

在人类历史的黎明期，黑色的种族已经在幼发拉底河两岸耕耘；在刚果河畔，他们建起自己的居室；他们把金字塔的影子投进尼罗河的水流。这是一个有着古老光荣的历史、英雄辈出的种族。奴隶的儿子，为人们世代礼赞的英雄都桑，曾经转战在西印度群岛，奇迹似的抗击拿破仑重建奴隶制度的阴谋；克利斯帕斯·阿塔克斯，曾经领导规模浩大的民众起义，叫十八世纪的英国殖民者疲于奔命；叛逆的奴隶加布瑞尔一直是这个种族引为骄傲的灵魂。奴隶的子孙，兰斯敦·休斯以他壮丽的诗篇丰富了我们这个时代；罗伯逊为世界唱出过响亮而优美的歌声；杰出的和平战士杜波依斯，正在不屈不挠地捍卫着和平、正义、人类的尊严与良知……

让那个被侮辱与被损害的种族，为这许多光芒闪烁的名字而骄傲吧！把多少年来的屈辱全部洗尽，把世世代代的仇恨，全都清算吧！预料这样的时刻即将来到：黑色的种族揩干了自己的眼泪，他们不再去唱那些叫人忧愁叹息的歌谣了；那些歌谣唱道:"啊,他们拿鞭子赶他上山,他从不抱怨,他只是低着头流泪。"那些歌谣唱道:"在山谷里,我跪着向上帝乞求,我把我的灾难忧愁告诉了他,请他帮我消灾解难除忧愁……"他们将挺起胸膛,在觉醒了的非洲唱道:"火从大地边沿烧过来。"在密西西比河两岸唱道:"啊,美国,我们要把你重新缔造。"

在十九世纪,当英雄的加布瑞尔在领导黑奴起义失败之后,刽子手把他送到绞架跟前。

"加布瑞尔,啊,加布瑞尔!"黑色的弟兄们沉痛地向他喊道,"在这最后的时刻,你要向我们说些什么?"

加布瑞尔带着庄严的微笑说道:"当你们怀念着我的时候,我将再来。"

一个伟大的预言,必将应验!

1956年

"文明"的野蛮人和野蛮人的"文明"

如果把"野蛮"一词的含义,仅仅理解为茹毛饮血、穴居野外的原始生活和残暴的虐杀,那就错了。

"野蛮"应该还有它更广的含义。

请追溯一下中世纪黑暗的欧洲的统治者,曾经迫害过多少世上难得的天才。请追溯一下十七世纪的意大利统治阶级曾经以怎样可怖的刑罚,加于这个世界天文学的先知伽利略。还请追溯一下:十九世纪的德国,又曾经怎样残暴地对待它伟大的歌者——海涅,以至于他不得不逃亡国外,像他的一首诗的题目那样,在他心爱的祖国边境,有如"一棵杉树寂寞地站立着",凝望祖国的山川风物而怆然垂泪;直至老死的时候,统治者也不让他在自己的祖国有一坑可容葬身的墓地。一个世纪过去了,当这位伟大诗人的诗篇越过群山、重洋,被到处传诵,被谱上数以千计的美丽歌曲丰富着人生的时候,在纳粹军旗下,他所有的纪念像还是逃不过被砸碎的厄运;纳粹党徒们还用他的画像和卷帙浩繁的著作来生火……

不要以为像这样的野蛮时代已经一去不复返了。比方说,在并不太久之前,在土耳其,谁用监狱与镣铐款待了现世界最伟大的诗人之一拿瑞姆·希克梅特;魏地拉(前智利总统)的警探们,曾经怎样带着逮捕令,追捕被誉为"拉丁美洲的良心"的巴勃罗·聂鲁达,使诗人不得不从这一家迁到那一家,从这间小茅屋逃到那间小茅屋,作为一个被追捕的"犯人",不得不远离开他亲爱的盛产硝石的祖国,投奔波涛凶险的大西洋对岸。

丑恶的人们,是怎样残酷地以摧毁人间的花朵为能事啊!请看,谁迫使亿万人民的笑匠、这个世纪的艺术瑰宝——查理·卓别林亡命他乡?谁曾经扼住伟大的黑人歌手罗伯逊的歌喉,使他的儿子不得不学点小手艺来养活一家?谁遗弃了《牛虻》的作者艾·丽·伏尼契,让她在纽约贫民窟的一片小阁楼上,度着孤独而贫困的晚年?又是谁让自己国家里才华横溢的歌剧演员找不到演出机会,被迫成为牙膏公司的活广告,每天要在电视台上,在万千观众面前刷七次牙……

这就是二十世纪的野蛮人自己所标榜的"文明"！野蛮人是要用战争和劫掠来养活自己的，金元的叮当之声和枪炮的轰鸣，在他们听来是最美妙不过的音乐。因此，在他们的刀枪和绞刑架下，真正的文明落到怎样的一种境地，也就不足为怪了。在那个野蛮的"文明"之邦里，几乎无时不出现像这样的怪事：得克萨斯州赫斯顿城上演莎士比亚的悲剧《奥赛罗》，在演到全国人民跪下来祷告上帝拯救奥赛罗，奥赛罗在船上同暴风雨做斗争，终于度过了危险的时候，那位饰演奥赛罗的男高音歌手上场了。他一上场便说："烹饪最好请用著名的克鲁斯多牌食油！"然后才接着念出剧本的台词："你们一定很高兴吧！土耳其人失败了，他们都被投到海里去了……"舞台上饰演群众的演员同声向奥赛罗祝贺道："克鲁斯多牌食油是一种最好的食油……"（见《卑鄙勾当的大本营》）

英国人在嘲笑美国"文明"的时候，说过这样的一个笑话：一个美国人读莎士比亚的作品。他半本书都没读完，便对自己的老婆说："喂，莎士比亚这个年轻的小伙子真行！我可以打赌，我们这个城里能像他写得那样好的，绝不会超过二十个人！"这个笑话可以说是够尖酸的，但是从赞美克鲁斯多牌食油的"奥赛罗"口中，我们所能听到的对于美国"文明"的嘲讽，却使这样的笑话显得黯然失色了。

野蛮与愚昧是一对孪生兄弟，它合力写下了现今的资本主义世界的"文明"。这样的"文明"，特别在美国已经进入了它登峰造极的时代。"文明"的野蛮人，正在抱着"干净的"氢弹，践踏在马克·吐温、惠特曼和杰克·伦敦的古老的精装书册上，跳着疯狂的摇摆舞；在下流的音乐吹打声中，他们正在用华盛顿的骨头擂响战鼓，吆喝着要向东方进军。

在那儿，活着的和停止了跳动的无数伟大心灵，都在遭受着折磨和埋没；战争的号叫代替了歌声，军用地图代替了风景画；"非美活动调查委员会"的千条万条恐怖法令，代替了古老的美国人曾经朗朗上口的诗篇……这就是"文明"的野蛮人和野蛮人的"文明"！

1957年

石头和废铜烂铁的故事

这是殖民世家面临的艰难时世。

有谁要读一读大英帝国的兴衰史么？它早已写在海洋上，也印记在石头和废铜烂铁之上了。

当年，扯起米字旗的海盗们，在海洋上纵横驰骋，靠弯刀发迹的时候，并没有忘记用石头和铜铜铁铁来表彰自己的"荣光"；他们在自己刀剑所及的地方，为先人、也为自己塑造了无数耀武扬威的大理石像和铜像铁像，作为帝国兴隆的象征。而时过境迁，现在是贼子贼孙们望洋兴叹的时候了，他们先祖一代的雕像今天的际遇，凑巧得很——竟又成为帝国衰微的标记了。

说几个关于石头和废铜烂铁的故事吧：

在埃及，地中海水拍打堤岸的亚历山大港，有过一个"皇家"宠臣的石像，那个宠臣名叫威尔逊。1879年，威尔逊在炮舰的护送之下，从伦敦来到埃及，登上埃及政府"财政部部长"的宝座。后来，这位不请自来的"部长"死了，"皇家"为了纪念他在埃及出色的搜刮本事，便找来几个雕刻匠，把他的形象幻成石头，好让他死后还能装模作样，以征服者的姿态俯视那个历史名城。

除了威尔逊之外，克罗美尔的铜像在开罗公园里，也有过一些颇为显赫的日子的。1882年，英国用大炮的轰鸣之声向埃及昭告，他们要正式地把"西方文明"带到这非洲的一角来了；于是，那位名叫克罗美尔的英国驻开罗总领事，也就随之成为埃及的实际统治者。为了表彰克罗美尔忠心地执行刽子手的职务，在他死后，"皇家"用紫铜给他造了个雕像，还让那个雕像骑上一匹紫铜大马。

毫无疑义，出主意为威尔逊和克罗美尔造像的人，是指望过那两堆石头和废铜烂铁与帝国的"荣光"同垂不朽的，可是，那两个不争气的雕像，并没有"活"得很长久：1956年，当最后的一批海盗降下了米字旗，从苏伊士运河区撤走，英国对埃及七十多年的占领宣告结束，威尔逊和克罗美尔的雕像，也跟着在埃及人民的欢呼声中倒下了。人们用铁索和麻缆把雕像捆住，像处决死囚一样，一边拉一边齐声喊叫道："让他再死一次吧！让他再死一次吧！……"

埃及人民满含愤怒和鄙夷之情喊叫出来的那句话，无疑是煞够尖酸的；那句话如果用在"戈登将军"身上，也就更加有味道了。在我们祖父那一代，戈登曾是个耳熟能详的人物；那时候，这个海盗头子同晚清名臣李鸿章勾结在一起，残暴地镇压太平军的起义。在大量屠杀中国人民之后，这家伙连手上的血污还来不及清洗，便又率领手下众喽啰开到苏丹打家劫舍、杀人放火去了。可是好事多磨，1885年，这个刽子手终于死在苏丹人民手下。当然，在海盗的老寨那边对此是深表痛悼的，他们眼中的"英雄"的雕像，终于也在他们占领下的苏丹京城喀土穆建立起来了。最近看到一则消息说，不久之前，一万多名苏丹公民聚集在喀土穆公共广场，兴高采烈地观看拆除英国刽子手的雕像，其中的一个，就是戈登其人的。在苏丹人民手中倒下地来的滋味，"戈登将军"应该算是尝过两次了。

这些故事说完了，回过头来想想：石头与废铜烂铁无知，雕像本身对自己今天的际遇固然是不知羞耻和悲哀的；但是子孙还在，因而应该还有代替它们承受这份羞耻和悲哀的人。据报载，英国驻苏丹大使查普曼·安德鲁斯在参加拆除雕像的军事仪式时，不是曾经"在欢乐鼓掌的苏丹人民面前苦笑"过吗？谁又能保证此辈在大庭广众中苦笑的海盗的子孙们，不会在没有人看见的悲怆之夜里痛哭流涕！看来雕像要比它们的后代有福多了;因为它们只以石头和废铜烂铁之躯面临这艰难时世,而强盗的后代呢,却不得不无可奈何地苦笑着和痛哭流涕着。破落户的子孙们,现在是除了一面褪了色的米字旗和一柄生了锈的祖传弯刀之外,便一无所有了。

就摆脱了奴隶枷锁的人民而言,他们"处决"的岂止是没有生命的雕像?不,他们所"处决"的是一个时代,一个充满血腥的殖民主义的时代。透过那许许多多过了时的雕像的背脊,人们可以看见一个过了时的帝国的愁容。正是那个帝国,一直在用别人世世代代的哀愁来换取自己的轻裘暖酒;正是那个帝国,一直都要从每一具尸骸上面发财。因此人们在砸碎那一堆堆石头和废铜烂铁的时候,是十分懂得那些没有生命的东西的真正含义的。事实也正是那样,在不愿做奴隶的人们手上,海盗世家春风得意的时代已经被砸得粉碎了!

让那些还要重操祖业的海盗的子孙们醒一醒吧!这是一个正义伸张的时代,他们趾高气扬、躺在沙发上吃现成饭的日子已经不再来了。如果说,他们的祖先还算有"死两次"的"福分"的话,那么,真的是一蟹不如一蟹了,到了他们这一代,连这样的一种"福分"也不会再有啦!

1958年

幽灵在徘徊

"死去的灵魂,在一定的意义上,那就完全是废物。"——在《死魂灵》里,果戈理笔下的马尼洛夫曾经这样说。可是故事里的另一主角乞乞科夫却不同意这一说法,他意味深长地应道:"不完全是废物。"看来,乞乞科夫的观点是被西方世界的头目们所接受了,他们正在为死去的幽灵招魂,要幽灵为他们永远达不到的目的而服务。

在世界阴暗的角落里,人们遂看见幽灵在徘徊……

历史从不发霉

历史没有发霉,历史从不发霉。人们时常重温历史,让它的教训永远新鲜。

在二十个世纪三十年代初，德国总统兴登堡已是老态龙钟了。尽管曾经有一次他十分懊恼地说过，如果希特勒不去改一改狂妄之态来"弥补他的礼貌"的话，那么，他就只好任命这个常常失态的人来当乡村邮政局局长了。

但是，老头子的懊恼到头来还是变成了屈从；希特勒并没有做成乡村邮政局局长，1933年1月，他爬上了德国总理的宝座。老朽的兴登堡满怀希望，让希特勒"重建第三帝国"和"建立欧洲新秩序"去了。这个掌握了权柄的混世魔王，于是开始用他自己的这句格言去"指导"世界——

"人是一生下来就有罪的。只有借助武力才能统治这些人。要威胁人的时候，无论用什么方法都是可以的。"

1918年的干涉者们，并没有从世界上的第一个社会主义国家的领土上达到他们卑鄙的目的。后来，他们看中这个"有抱负"的魔鬼。他们想到，利用这魔鬼去成全他们的"好事"，倒是很合算的。于是，在慕尼黑，他们给魔鬼捧上了一盘带血的肉，对他说："往东方找寻你的新天地吧！"

可是，这个魔鬼在吃过之后，并没有一下子就扑向他不能不感到害怕的苏联；后来的血路，最初还是打从魔鬼自己的身边咬开去的。1939年9月1日，德军进攻波兰，战火开始在欧洲燃烧。希特勒是百分之一百地忠于自己的格言了。

"把反对我们的每一个人都杀死！杀，杀！你们是不用负责任的，由我负责，所以你们只管杀就是了！"纳粹匪徒们忠实地执行了他们的头目的这一指示。于是遍布欧洲的集中营、焚尸炉、屠场火海、血肉和肝脑，构成了希特勒所讴歌的"战争的美"。

战争终于以魔鬼的死亡而结束。十多年过去了，而历史没有发霉，历史从不发霉。人们时常重温历史，让它的教训永远新鲜。

魂兮归来

当奥斯威辛集中营的头发库里的每一丝头发，还在发出各种颜色的光泽，当纳粹匪徒当年在欧洲设立的万千个绞架的绞索，还似乎留存着死难者的丝丝暖意，艾森豪威尔却装得十分"宽宏大量"地对魔鬼的后代说："现在是忘记过去的时候了。"

是的，西方世界的头目们可以对一切都表示他们的"健忘"，如果这种表示是一种有利的做法的话。但是，他们却决不会忘记这样的一个曾经败露的阴谋：给魔鬼一盘肉，指望它听从指使，向东方扑过去。只是为了没有忘记当年还得不到百分之百贯彻的那个阴谋，西方世界的头目们那才如此"宽宏大量"的。难道艾森豪威尔的这番表示会是出于骑士的侠义心肠么？人们此刻看见希特勒当年的"对手"，正在无限懊悔地为服毒而死的混世魔王招魂，企图把那褐色的幽灵拉回来，一同把枪头、剑和导弹的尖端指向东方。

"现在是忘记过去的时候了。"——那"曾经帮助希特勒成为希特勒"的德国大军火商克鲁伯，在服过了十二年刑期的四分之一时就被释放了。这个曾经在每一具尸骸上赚过钱，在每一颗炸弹的啸音中都融入过自己的笑声的战争罪犯，早就重操故业，在联邦德国大肆制造种种杀人利器了。在纽伦堡法庭被判过刑的一个个大杀人犯，也早已从兰斯堡监狱——战后主要的德国战犯的囚禁地里很体面地走出来，担任着比他们从前更为"重要得多"的职务了。

看吧，希特勒的宠儿们——六名前纳粹政权的"部长"和部长级官员，早就走到波恩的"部长"宫邸中签署法令文件去了；希特勒的"人民法院"和前"国防军"的六百名法官，现在都是波恩司法界的红人了；里宾特罗甫（纳粹德国的外交部部长）外交人员，已经回到阿登纳政权的外交部里，占据了百分之八十的外交官员的座席了；老牌的纳粹外交家，也已掌握着七十多个波恩大使馆和公使馆中的五十一个了。

看吧！四十五名希特勒时代的"上将"，都恢复了昔日的凛凛威风,控制着将近二十万的联邦德国"国防军";那些说"现在是忘记过去的时候了"的人们,早已给一群得过铁十字勋章的大杀人犯,开辟了生产原子武器的道路;联邦德国"国防军"岐孙司令部辖下的第一批导弹部队,已经从美国军队那里得到了他们的"诚实的约翰"导弹;希特勒的亲信将领之一的汉斯·斯派达尔,一个十多年前曾经在斯大林格勒地区指挥法西斯军队、把乌克兰的几百个村庄和城镇夷为平地、在法国屠杀过万千妇孺的大刽子手,现在竟贵为北大西洋集团驻中欧地面总司令了……

西方的招魂者虔诚的香烛显然已经收到了成效,人们看见希特勒的幽灵从滚滚烟尘中冉冉上升,在波恩的上空徘徊,满意地俯瞰着上面所说的一切。

幽灵在徘徊,它借着一群在波恩当权的、至今还活着的徒子徒孙们仿照它当年的调子在呐喊。波恩集团的著名人物早就喊过了,他们要恢复的德国,除了德国、奥地利之外,还将包括部分瑞士、亚尔萨斯和洛林。1957年联邦德国议会主席格斯登梅尔也露骨地叫嚷道:"在今后二十年中非洲的变化不仅与……目前的殖民国家有关,并且,毫无疑问也将与德国人有关。"那些一度尝过铁窗风味、今番又佩上了美国勋章的匪徒们,在酒酣耳热之际,互相拍着肩膀兴高采烈地议论起来了:

"我们的东方边界,应该在维斯杜拉河还是在第聂伯河呢?"

"根据元首的遗训,应该在鄂霍次克海边!"苏联西伯利亚东濒鄂霍次克海。

历史不得重演!

幽灵在徘徊,一个凶恶的暗影投在欧洲的脊梁上。

但是,幽灵及其招魂者将会发觉,他们那复仇的、扩张的、侵略的狂热,只不过是历史的阴暗部分的点点磷火而已。人民的强大力量,正在以无可阻挡的严峻的光芒向他们逼射着,每一个阴森森地死去的和活着的魔鬼,即使在狂妄地号叫的时候,其内心也是在震慑着的。

"保卫世界和平!反对侵略战争!"这是一个雷霆万钧的声音,这是一个足以使幽灵及其招魂者感到惶悚和伤心的声音。这声音每时每刻都从大地上轰鸣而起,在广阔无际的空间纵横回荡。人们需要真理,需要进步,需要诚实的劳动,需要工厂、耕地、学校和花园。这种强烈的愿望,正是古往今来正义必能战胜邪恶的根据。正直的人类正在横眉怒目地面对着帝国主义刽子手,高举起手中的武器,用最庄严的心愿和不可摧毁的力量,在捍卫着世界和平。

历史不得重演！这洪亮的声音不单响彻广阔的天地，同时也在世界上阴暗的角落里，震撼着魔鬼的兄弟们的心房。

历史不得重演！幽灵及其招魂者的狐步舞是跳不长久的！如果幽灵果真"不完全是废物"，乞乞科夫的说法的确有他的几分道理的话，那么，希特勒的幽灵正在做自己的招魂者的向导，把他们引带到与自己比邻而居的墓穴。

1959年

巨人和狼

一

人们世世代代都在教诲自己的孩子：要当心狼！

狼在人类的心目中，一直都残暴、狡猾、贪婪——这几乎是千年万载不变的概念。祖母在为自己的孙女讲故事的时候这样说；当孙女后来成为祖母的时候也这样说：

"要当心狼！"

二

"狼说它已经斋戒沐浴了，——一个寓言的结尾这么写道——那就是说，它想吃肉了。"事实正是这样。

当朝鲜在血和火的日子里，麦克阿瑟将军不计血本地把成批成批凝固汽油弹往朝鲜的母亲和孩子头上恣意乱扔；来自加利福尼亚的军曹们在平壤郊野，用刺刀挖开孕妇的肚腹取乐的时候，杜鲁门坐在白宫的安乐椅里，曾经不止一次地叨念着上帝的慈悲。

不久之前，当那些曾在朝鲜受够了苦头的野兽，朝着"第六舰队"炮口所指的方向，爬上贝鲁特滩头，用枪头建立"森林秩序"，把灾难带到阿拉伯半岛西海岸的时候，艾森豪威尔也曾带着悲天悯人的口吻喊道：这只不过是为了要"履行一个基督的神圣责任"。

自然，在别的许多场合里，"神"的名义，还是常常要被那许多满嘴仁义道德和血污的家伙们，挂在自己的尖牙利齿之上的。比方说，当在广岛爆炸的原子弹隆隆之声还在远处回响，美国头号狂人之一的诺兰，就曾经唯恐不及地紧接着嚷道："这是为了基督的缘故。"另一位美国参议员费格逊，在顿足狂叫要把氢弹扔往莫斯科和北京时，也曾一边在胸前画着十字一边唾沫横飞地叫道："我们的目的是要从不信神的共产主义者手中拯救基督世界。"杜威在建议美国十七岁以上的男女都当兵时，不是也用加重了的语气在说，这样做是符合"神的意愿"吗？

真是同"神"太有缘了！那些"上帝的选民"们的姿态，很容易叫人联想起一则盎格鲁-撒克逊的民间传说来：据说，狼在对准人的咽喉扑过去之际，总爱把狼头上下左右地摇几摇——人们说，那是狼在用自己的鼻子画十字了。且不管狼子狼孙是否生来就皈依基督，但是在吃人之际，那象征对神祇"虔诚"的十字，倒是照例划过了的；狼所以心安理得地吃人，也许正是由于它们自以为既经画过十字，"吃人"业已在"神"的名义下"合法化"的缘故。怪不得印第安人在善意提醒自己的朋友要当心的时候，通常都爱用这样的一句俚语："狼在祈祷啦！"

把那些为"神"赋予了人的形象的衣冠禽兽，同传说中用鼻子画十字的狼对照起来看，该是多么的酷肖！即使是用定性分析的方法，也简直不可能把其精神状态与狼区分开来。由此看来，狼的概念决不应该仅限于四脚兽，它们有时甚至是可以穿起燕尾服的。狼毕竟是狼，不管是在森林里还是摩天大厦里；不管是在张牙舞爪地嗥鸣还是装扮着蒙娜丽莎的微笑。既然是狼，它一心想着的就只能是吃人。要知道，狼是永远也不素食的。

三

狼在祈祷啦！

据说艾森豪威尔已经祈祷过了；杜勒斯已经口口声声地喊过基督了；五角大楼里，胸前挂满勋章的两脚动物也已画过了十字。它们正在张开血盆大口对准我们的咽喉，企图按照森林里狼的法则行事。

不妨引用杰克·伦敦在他著的《白牙》一书里的几句话，为它们的"法则"做个注解：

"生命的目的是肉；生命本身也是肉。生命以生命为生。有食者和被食者。那个法则就是：吃，或者被吃……"

这就是狼的法则，也就是艾森豪威尔和杜勒斯之流的法则。

按照这个"法则"，扯着星条旗的狼群一直用它们嗅觉灵敏的鼻子追踪着"肉"的踪迹，东奔西突，时而涌往朝鲜、马来西亚、西南太平洋星罗棋布的岛屿之间；时而闯到地中海沿岸、中亚细亚和拉丁美洲……它们要在世界上所有的地方营巢、掠夺、撕肉喝血；无比的紧张和兴奋，努力使自己浸淫于吃肉时的那种本能的欢娱之中。

现在，是狼群集结到我们跟前的时候了。在用它们的鼻子画过十字之余，正在张牙露齿，企图"吃掉"它们自以为大可饱餐的一切。就像是饿狼对于肉的迫切期求一样，它们大喊特喊道："台湾岛，甚至中国沿海的小岛对美国本身的国防和安全具有很大意义。"是的，对于饿坏了的狼来说，"肉"无疑是"具有很大意义"的；按照狼的"法则"，应该是使用牙齿的时候了。

可是，对于狼群来说，非常遗憾的是：它们常常挂在尖牙利齿之上的"基督"，这一回可没有保佑它们遇上羊群，却偏偏让它们碰上荷着真枪实弹、捍卫真理而且善于打狼的东方巨人。尽管它们在气急败坏之余，大叫"真理是丑恶的"（杜威语），而真理依旧在巨人的手上大放光芒；尽管它们用森林的语言在叫嚷："主权这个概念是过时了"（美国参议员斯泰尔斯·布里奇斯语），而巨人并没有因此而放下枪来。当狼要在台湾海峡地区企图按照自己的"法则"行事的时候，那为六亿庄严的生命所凝聚而成的巨人，也在按照自己打狼的"法则"行事了；那就是：狼要在哪里出现，那就在哪里把它埋葬。

饱吃之后，在太阳光下躺着打盹的日子，那属于狼的快活的日子，已经一去不复返了。历史是那样的无情，人民的时代是那样的严峻，该是狼回到原始森林里苟延残喘的时候了！

1960年

疯子们的预感

混世魔王希特勒在欧洲大肆屠杀、耀武扬威的时候,早就在自己的密室中贮备了"不时之需"的毒老鼠药。这位颇有"自知之明"的纳粹德国元首,最后据说就是与他的情妇服用了毒老鼠药同归于尽的。抗日战争期间,从日本"皇军"的尸体上,往往可以发现保佑"冥途安宁"之类的符咒;几年前,在朝鲜战场上,事实证明美国的丘八们也是十分精通这种"玩意"的。

古谚"唯残暴者最怯懦",在这里可以找到充分的根据。

最近,在美国的五角大楼里,战争狂人们不是已在紧张地研究过他们的投降计划了吗?那些残暴的怯懦者怀着绝望的心情在发问:假如爆发核战争,"美国是否能存在下去?""在什么条件下投降比试图继续进行一场已经失败的战争更加得当一些？"他们在审慎推敲："在一次全面核进攻中"，美国应该以什么方式来投降才会"更为有利"。尽管这则消息的"泄露"，使得艾森豪威尔暴跳如雷，慌忙加以否认，但是美国国防部发言人却早已透露了真情："这项研究工作已在若干时候以前完成了。"

事实说明这样的一条真理：盗贼们对于死亡的预感是最敏锐不过的；因而对于自己身后事的筹谋，也是最周到不过的。早在数年之前，美国新泽西州州政府，便已规定要给孩子们捺指纹，"以便在遭到原子弹轰炸后辨明尸体"了。纽约州教育局局长也发出了关于学校"预防原子弹演习"的训令，他教训那些在莫名其妙的恐惧中过活的孩子们："像每天要刷牙的习惯一样，这样的演习应成为每天都进行的愉快的功课。"在这位狂徒的领导之下，纽约已经发给小学生一种特别符号，那是一种用镍和银的合金制成的徽章，上面写着学生和家长的姓名、生辰、地区和学校名称，学生必须依照规定佩戴它：男孩挂在脖子上，女孩用一根小链子系在手上。自然，这也是为了"辨别尸体"之用的。既然对于他们的下一代也竟然如此"关怀备至"，不消说，对于他们自己的身后安排当然是更为妥善得多了。

强盗们这种怯懦的精神状况，看来是与他们残暴的性格不很协调的；其实说穿了，这两者倒没有任何矛盾之处。因为既然身为盗贼，他们就不会不永远处于"不容于法"的这种惶悚之中，也不会不永远处于强大的道义力量的震慑之下。这就决定了他们怯懦和恐惧的内心世界。至于残暴的性格，只不过是他们掠夺以肥己的嗜血的动物本性而已。好比毒蛇就是一种最残暴、也是最怯懦的爬行动物。残暴与怯懦，在毒蛇身上是很自然而然地浑然一体的。

美国参议员肯尼迪·基钦不是正患着"恐月病"吗？据说他"每天夜里仰望华盛顿的天空，顾虑着从火星或金星发射下来的导弹将会落到他的头上。他感到：一等星像是向他摆着威胁的姿态，小一点的星星是那么形迹可疑，发着银白色光辉的月亮也像是因原子弹或氢弹的爆炸而黯然失色了"。像这位参议员先生一样，这个时代的疯子们都在战争高热病中昏迷不醒，呓语连篇地做着噩梦。这种美式流行病，恐怕找遍全美国光怪陆离的商业广告，还是很难找出它的"特效药"来的。真是难治之症！

1960年

"武士公鸡"沧桑录

二十年前的一个冬日早晨,太平洋上扬起了阵阵小西风,万顷碧波涌荡着泻在海上的朝阳的金光。珍珠港美国空军基地的指挥官喝罢咖啡,凭窗远眺,禁不住赞叹道:"天气很好哇!"当他欣赏着海景的时候,由远而近传来了飞机引擎的爆音,一大队暗黄色的飞机渐渐飞近,降低了飞行高度,突然侧身急转进入港口上空。

"猪猡,混蛋!狗娘养的!"指挥官破口大骂,"他们只晓得演习,连禁止直转的严格规定都不管了!"当他还打算骂下去的当儿,爆炸声便在四面八方轰鸣起来了。越来越多的翅膀上有红圈圈的飞机,不断地把重磅炸弹倾泻下来。整个珍珠港陷进浓烟烈焰里……

就在太平洋战争揭开了序幕的那一瞬间，珍珠港对开去的远方海面停着日本军舰"赤城号"。在舰上的瞭望塔，有一个人正在用望远镜瞄向那个被突然轰炸得稀烂的港口，边看边情不自禁地笑了起来，兴奋得好像一只斗赢了的公鸡。此人就是偷袭珍珠港的策划人之一、日本空军的一个重要人物源田实。在这次使美国海军实力损失惨重的突袭之后，源田实就由于立下了"神勇战功"，胸前添了一块沾上过日本天皇手汗的勋章。

打从日本投降的那一年算起，十七个年头过去了。你还想知道当年在"赤城号"隔海观火、乐极忘形的那只公鸡的下落吗？——真是妙不可言！那只曾经狠狠啄过"山姆大叔"的眼睛的老公鸡，这些年来竟受到那被他啄过眼睛的人大加呵护，不但步步高升，爬上日本航空幕僚长（即空军参谋长）的宝座，前不久——四月六日，美国参谋长联席会议主席兰尼兹尔，还代表美国政府把一枚光灿灿的美国功勋军团章，亲手佩在他胸前哩！

授勋典礼上的一百几十盏镁光灯闪过之后，众多的美国人纷纷表示了自己的反感，对美国政府导演的这幕荒唐剧频加指责。但是，美国统治集团对此却毫不脸红。典礼后第五天，肯尼迪在一个记者招待会上厚着脸皮声称，把勋章赠给源田实

"一点都没有做错"。他结结巴巴地申辩道：因为源田实是日本空军的一位"杰出的军官"；因为他现在和美国的关系实在"非常之好"；因为当年偷袭珍珠港时他不过是"作为一个军官而行事"；因为，因为……总之，这种奖章"对这样一位杰出的飞行员是适宜的"。美国香水，把那只日本公鸡的羽毛都喷洒得湿漉漉的了。

至于老公鸡源田实自己，在又捞了一个勋章之后做何感想，我们不得而知。只记得这个与美国的关系实在"非常之好"的日本军国主义分子，去年到英国走了一趟，曾经在那儿公开表示他对珍珠港事件唯一感到遗憾的是，"当年不应该只袭击一次，而应该多袭击几次"。这番有点儿不识抬举的说话，如果肯尼迪、兰尼兹尔之流也会忆及，不知有伤了他们的心没有？

但是不管怎样，源田实还是被白宫那些"宽宏大量"的老爷抬举了。这只老公鸡今天的青云得志，叫人不禁想起一些关于他的同类的事情来——

战后最初的日子，日本的"武士公鸡"们，确曾一度躲藏在自己的窝里；可是才过几天，他们的喉咙又痒起来了。当被炸后的广岛郊区的狗尾草重新生长的时候，在代代木火车站附近出现了一块大木牌，那上面有一首用英文写的四行诗：

你知道吗，我们的心——

是失去了翅膀的飞鸟的心。

我们是公鸡驾驶员，

当然，天空就是我们的爱！

在这首有几处拼法有误的英文诗下面，画了一只大公鸡。

难道这是日本著名的家禽——长尾公鸡的广告？不是的。原来这是前日本飞行员俱乐部的招牌。这个俱乐部的全称是"折翼公鸡俱乐部"。据说，这俱乐部的屋顶上挂起了白旗，根据主持人的说法，这是为了要"使战胜者彻底相信日本已经完全投降了"；而那首写在木牌上触目的四行诗，则是为了要感动战胜者，要他们给"公鸡"们以"呼吸高空新鲜空气的机会"。那些折了翼的武士公鸡，通过他们俱乐部简单明了的口号表达了自己的心愿："我们要飞行，哪怕需要更改国籍！"

从那首诗看来，那群武士公鸡当时实在不无凄惶忧伤的心情；但是从他们的口号看来，当时就已注定他们不但又要喔喔而啼，而且迟早会再有"呼吸高空新鲜空气的机会"的。至于从源田实今天的际遇和气焰来看，我想，代代木火车站附近的那块大木牌，一定早就拆掉了。既然连这只老公鸡都得了勋章，那首似乎有点幽怨味儿的蹩脚英文四行诗，还有个屁用！

源田实的经历，就是整整一代日本"武士公鸡"的一部活的沧桑录。它表明了美国统治集团这种狂热的信念：只要喂以美国麦子，连日本公鸡也能变种而成美国国徽上那一类兀鹰的。因此，这部沧桑录，也可说是美帝国主义专著的"新式家禽学"。这种还在试验阶段中的学问在日本至少已产生了这样的一种成效：在那一株株晾着美国占领军的裤子的樱花树上，常见一种正在变异中的日本长尾公鸡喔喔而啼；这种公鸡虽然还是公鸡，但是看那神态，已经具有几分兀鹰的性格特征了。

1962年

岑桑主要文学著作（附录）

1950年

国际小品集《廿世纪的野蛮人》由广州人间书屋出版。

1953年

中篇小说《巧环》由广东人民出版社出版。

中篇小说《火仇》由《联合报》连载。

1956年

传记文学《安徒生》由香港中华书局出版。

1957年

传记文学《徐霞客游山水》由香港中华书局出版。

1958年

国际小品集《巨人和狼》由广东人民出版社出版。

1959年

国际小品集《幽灵在徘徊》由广州文化出版社出版。

长篇报告文学《向秀丽》,与王伟轩合作、署名仰英,由广州文化出版社出版。

1961年

散文集《当你还是一朵花》由广东人民出版社出版。

1962年

国际小品集《在大海那边》由作家出版社出版。

1980年

中短篇小说集《躲藏着的春天》由四川人民出版社出版。

1981年

《岑桑散文选》由人民文学出版社出版。

短篇小说集《野孩子阿亭》由新蕾出版社出版。

1983年

文学散论《美的追寻》由花城出版社出版。

儿童文学集《岑桑作品选》由广东人民出版社出版。

1986年

诗集《眼睛和橄榄》花城出版社出版。

1987年

《当代杂文选粹（第二辑）·岑桑之卷》由湖南文艺出版社出版。

1988年

短篇小说集《爱之桥梦幻》由新世纪出版社出版。

1991年

长篇报告文学《所罗门之剑》由新华出版社出版。

1992年

儿童文学集《石心姑娘》由新世纪出版社出版。

1995年

散文集《岑桑作品选萃》由花城出版社出版。

小说、散文集《风雨情踪》由广东人民出版社出版。

2005年

散文集《鱼脊骨》由广东教育出版社出版。

2006年

人物传记《清初岭南三大家》，署名端木桥，由广东人民出版社出版。

2007年

历史传记《陈邦彦父子》由人民出版社出版。

2008年

人物传记《丘逢甲》，署名葛人，由广东人民出版社出版。

2015年

《岑桑自选集》由广东人民出版社出版。

2018年

《岑桑文存》（六卷集）》由广东人民出版社出版。

2019年

儿童文学集《画杨桃》由长江文艺出版社出版。

2021年

随笔集《海韵》由花城出版社出版。